K. Aratéh • R. Weiß
Buch gegen die Panik
Leben mit der HIV-Infektion

Dr. med. Keikawus Arastéh
2. Med. Abteilung
Auguste-Viktoria-Krankenhaus
Akademisches Lehrkrankenhaus der
Freien Universität Berlin
Rubensstraße 125, D – 12157 Berlin

Dr. med. Rudolf Weiß
2. Med. Abteilung
Städtische Kliniken Offenbach am Main
Akademisches Lehrkrankenhaus der
Johann Wolfgang Goethe-Universität, Frankfurt am Main
Starkenburgring 66, D – 63069 Offenbach am Main

1. Auflage 1995

Bild auf dem Umschlag: Pomona Zipser, Berlin 1993.

Printed in Germany
Druck: Druckhaus Süd, 50968 Köln, Tel.: 0221/387238; Fax: 0221/384504
ISBN: 3-924774-23-4.

Vorwort

Wir haben dieses Buch für unsere Patienten und die ihnen nahe stehenden Personen geschrieben: Freunde, Angehörige und Pflegende.
Während Angst in ihrem realen Bezug und Ursprung durchaus eine schützende Funktion hat, zerstört Panik die Beziehung zur Realität nachhaltig. Partnerschaften und Freundschaften werden aufgegeben; wichtige, schöne und selbstverständliche Umgangsformen erhalten plötzlich eine bedrohliche Komponente. Eine Einengung des Denkens auf oft irreale Inhalte erfolgt.

Wissen
erzeugt möglicherweise Angst,
schützt aber vor Panik.

Dieses Buch soll Wissen vermitteln, das einen angemessenen Umgang mit der eigenen HIV-Infektion oder mit der des Freundes / Angehörigen ermöglicht.
Gleichzeitig wollen wir konkrete Hilfen für verschiedene Situationen und Entscheidungsphasen anbieten und die Beziehung zu Pflegenden und Ärzten erleichtern.
Es war naheliegend, nicht alle Themen selbst zu bearbeiten. Ein integratives Beratungs- und Behandlungskonzept muß das Spezialwissen der Pflegenden, Sozialarbeiter und Psychologen vermitteln. Wir danken unseren Ko-Autoren an dieser Stelle ganz herzlich.

Dieses Buch widmen wir dem AIDS-Team des Auguste-Viktoria-Krankenhauses in Berlin-Schöneberg.

Berlin und Offenbach, September 1994

Keikawus Arastéh und Rudolf Weiß

Geleitwort

Die weltweite HIV-Epidemie hat tiefgreifende gesellschaftliche Auswirkungen für die infizierten Menschen selbst, aber auch für die Nichtbetroffenen. Die Kranken leiden nicht nur an den Folgen der Immunschwäche, viele verzweifeln an der Stigmatisierung, der sozialen Diskriminierung und der Isolation. Im schlimmsten Fall kann AIDS nicht nur Stolz und Selbstachtung, sondern auch Freunde und Familie kosten. Um so dringlicher erscheint ein rationaler Umgang mit den Fakten, eine sachlich nüchterne, aber deshalb nicht weniger leidenschaftliche Auseinandersetzung mit den Problemen. Dieses Ziel verfolgt das vorliegende Buch von K. Arastéh und R. Weiß. Es wendet sich in allgemeinverständlicher Form, ohne dabei weniger "gelehrt" zu sein, an einen breiten Leserkreis, vor allem aber an die Betroffenen selbst. Es ist ein Medizinischer Ratgeber mit einer Fülle von Informationen für nahezu alle Aspekte der HIV-Infektion. Neben einer systematischen Abhandlung der mit AIDS verbundenen opportunistischen Infektionen und malignen Tumoren, enthält es Beiträge für Krankenpflege, zur sozialen Sicherung und zu psychischen Aspekten der Erkrankung. Am wichtigsten aber erscheint die Tatsache, daß es die Patienten ermuntert, nicht in Passivität zu verharren, sondern sich aktiv mit ihrer Erkrankung auseinanderzusetzen. In diesem Sinne sind Anleitung zur Selbstuntersuchung und Hinweise zum Finden des richtigen Arztes zu werten. Der informierte Kranke soll seine Behandlung mitgestalten. Dieses Buch dient ihm hierzu als vernünftiger Leitfaden. Es wendet sich gegen die Panik, weckt damit Hoffnung und ist somit ein Manual für das längere Überleben.

H. Dancygier und M. L'age

Mitautoren

Volker Knep
Seit Oktober 1988 auf der Inneren / Infektionsstation im Auguste-Viktoria-Krankenhaus (AVK) in Berlin-Schöneberg. Schwerpunktzentrum für die Behandlung von HIV-positiven und an AIDS erkrankten Menschen.

Volker Wierz
Von Januar 1991 bis Juni 1993 Innere / Infektionsstation im AVK. Juli bis Dezember 1993 Pflegekoordinator bei HIV e.V., einer Sozialstation, die ausschließlich Patienten im Vollbild AIDS pflegt. Seit Januar 1994 Mentorenstelle im AVK. Betreuung Auszubildender insbesondere auf den zwei Infektionsstationen des Hauses.

Seit 1991 sind Volker Knep und Volker Wierz als Dozenten zum Thema AIDS an verschiedenen Krankenpflegeschulen tätig. Sie schrieben den Teil: Pflege im Krankenhaus und Hauspflege.

Rainer Hans Döring
Geboren 1956. Sozialarbeiter / Sozialpädagoge. Seit 1992 im Team der AIDS-Stationen des AVK. Er schrieb den Teil: Soziale Sicherung.

Klaus Bröker
Geboren 1956. Diplom-Psychologe / in psychoanalytischer Ausbildung. Studium der Philosophie und Psychologie. Seit 1988 im Team der AIDS-Stationen des AVK. Er schrieb den Teil: Psychische Konflikte.

Anschrift der Mitautoren: Auguste-Viktoria-Krankenhaus, Akademisches Lehrkrankenhaus der Freien Universität Berlin, Rubensstraße 125, D – 12157 Berlin

Wir danken Frau Susanne Werner und Frau Heide Müller herzlich für die redaktionelle Bearbeitung der Manuskripte.

Übersicht

Allgemeiner Teil

Spezieller Teil

Allgemeiner Teil

1. Das Immunsystem

Funktion und Aufgaben

Das **H**umane **I**mmunschwäche **V**irus erhielt diesen Namen, weil es seine krankmachende Wirkung vor allem über eine Schwächung des Immunsystems (= Abwehrsystem) entfaltet. Zum besseren Verständnis dieser Wirkung und seiner Folgen für den Körper ist eine kurze Beschreibung des Immunsystems vorangestellt.

Nach der Infektion mit dem Immunschwäche-Virus und einer viele Jahre anhaltenden Periode fortdauernder Gesundheit beginnt für viele Patienten eine Zeit, in der bisher harmlose Keime zu Erkrankungen führen können. Diese Keime sind für den Körper oft nicht neu; sie lebten bisher im Einklang oder in einer Patt-Situation mit dem Immunsystem. Mit der allmählichen Schwächung des Immunsystems durch die HIV-Infektion verliert dieses Gleichgewicht an Stabilität, und die Aufrechterhaltung oder Wiederherstellung bedarf der gelegentlichen, später häufigeren Unterstützung durch Medikamente (z. B. Antibiotika).

Bisher ist nicht genau erforscht, wie das Immunsystem funktioniert. Ein verständliches Modell wird im folgenden entworfen.

Die wichtigste Aufgabe des Immunsystems ist es, im Körper zwischen Selbst und Fremd zu unterscheiden, den Körper selbst zu schützen und alles (Körper-) Fremde zu bekämpfen.

Das Immunsystem besteht aus drei unterschiedlich funktionierenden Anteilen:

Durch ein **System von Barrieren** wird verhindert, daß Fremdmaterial in den Körper gelangt. Solche Barrieren sind von Innen nach Außen gerichtete Transportsysteme (z. B. auf den Bronchien, im Magen), wie Hustenreiz, Niesen, Erbrechen und Durchfall nach dem Genuß unverträglicher Speisen, häufiger Harndrang bei Reizung oder Infektion der Harnwege. Die Schleimhaut, die den Magen-Darm-Kanal und die Atemwege auskleidet, ist die wichtigste Barriere, die den Körper vor dem Eindringen von z. B. Bakterien schützt. Dieser Teil des Immunsystems wehrt den größten Teil der gefährlichen Erreger ab, noch bevor es zu einer Infektion kommt. Er bleibt von der HIV-Infektion nahezu unbeeinflußt.

Das **unspezifische Immunsystem** besteht aus Freßzellen, die eine Vielzahl von Krankheitserregern erkennen und unschädlich machen. Es sind dies vor allem Keime, mit denen der Körper häufig konfrontiert wird (z. B. verschiedene Bakterien) und die eine beständige Abwehr notwendig machen. Auch dieses System ist in seiner Effektivität durch die HIV-Infektion wenig beeinträchtigt.

Das **spezifische Immunsystem** hingegen wird durch das Virus beeinträchtigt. Es reagiert auf alle häufigen, aber eben auch auf die seltenen und seltensten Erreger mit einer "maßgeschneiderten" Abwehrreaktion. Hierzu braucht das Immunsystem einen Kontrolldienst, ein Nachrichtensystem (um z. B. die Alarmreaktion zu verbreiten) und dann einen sehr effektiven Apparat, um die erkannten Krankheitserreger zu zerstören.

Der Kontrolldienst besteht aus einer Vielzahl von Antikörpern, die im Blut frei mitschwimmen oder z. B. auf Schleimhäuten vorkommen, überall dort, wo eine Begegnung mit etwas Fremdem (Antigen) zu erwarten ist. Ein Antikörper ist eine kleine Eiweißstruktur, in der eine mögliche Feindinformation gespeichert ist. Andere Kontrollorgane (Rezeptoren) finden sich auf spezialisierten Abwehrzellen, den Lymphozyten. Jeder Antikörper oder Lymphozyt erkennt nur einen einzigen möglichen Krankheitserreger. Unvorstellbar groß ist also die Vielzahl der Antikörper und Rezeptoren, um möglichst alle Krankheitserreger zu erkennen.

Paßt ein Antigen auf einen Antikörper, verbinden sich beide miteinander (Immunkomplex). Das Antigen ist jetzt durch den Erkennungsdienst wie mit einer schwarzen Fahne als fremd gekennzeichnet und wird im Körper abgebaut.

Paßt ein Antigen zu dem Rezeptor an einem Lymphozyten, bindet es sich ebenfalls daran. Wird es nach Darbietung bei einer Kontrollstelle (T-Lymphozyt) als fremd bestätigt, beginnt sich der Antigen-tragende Lymphozyt schnell zu vermehren, und die neu gebildeten Zellen (Plasmazellen) produzieren wieder genau passende Antikörper gegen das ursprüngliche Antigen.

Helferzellen (= T4-Lymphozyten, CD4-Lymphozyten) können diesen Ablauf beschleunigen und unterhalten; Suppressorzellen (= T8, CD8-Lymphozyten) können die Aktivität des Immunsystems dämpfen und beenden. Hierzu stehen alle beteiligten Zellen in direktem Kontakt miteinander oder verständigen sich durch Ausschüttung von Botschafterstoffen (Zytokine; z. B. Interferone oder Interleukine). Über solche Botschafterstoffe kann das Immunsystem im ganzen Körper Alarmbereitschaft erzeugen. Zellen, die an diesem Nachrichtensystem teilnehmen wollen, brauchen eine Zugangsberechtigung; Sende- und Empfangsbereitschaft müssen an- bzw. abgeschaltet werden. Dieses Abwehrsystem mit all seinen Verstärkern, Abschwächern und den komplexen Rückkoppelungssystemen ist sehr kompliziert. Hier wird verständlich, warum die Erforschung des Immunsystems mit all seinen Kontakten und Botschaften so schwierig ist.

Störung des Immunsystems durch die HIV-Infektion

Mit Beginn der HIV-Infektion entsteht im Körper eine Patt-Situation mit einem geringen Ungleichgewicht zugunsten des HI-Virus. Eine spezifische Antikörperbildung gegen Teile des Virus beginnt. Gleichzeitig mit dem Erscheinen dieser Antikörper wird das Virus im Blut nicht mehr oder nur noch sehr schwer nachweisbar. Trotzdem bleibt von Anfang an ein bislang unangreifbarer Teil der Viren aktiv. Ein wichtiger Ort der Virusvermehrung sind u.a. neben den Nervenzellen auch die T4-Lymphozyten.

Es kommt mit der Zeit zu einer Verminderung dieser T4-Lymphozyten. Man nimmt an, daß diese durch die Virusvermehrung zerstört werden. Sicher werden auch viele durch intakte Zellen des Immunsystems als fremd eingestuft (Teile des Virus erscheinen nämlich auf der Zelloberfläche) und zerstört. Die Schlagkraft und die Fähigkeit vor allem des spezifischen Teils des Immunsystems, auf ein Antigen schnell und gezielt zu reagieren, ist aber wie beschrieben an funktionierende T4-Zellen gebunden. So verschiebt sich langsam das Ungleichgewicht immer mehr zugunsten des Virus. Dieser Vorgang verläuft individuell sehr unterschiedlich langsam. Die Gründe für diese Unterschiede sind nicht erkannt. Neben einer möglichen individuellen Resistenz gegen das Virus werden auch Gründe diskutiert, die mit der Lebenshaltung zusammenhängen. Gut vorstellbar ist, daß jemand, der sein Immunsystem zusätzlich schwächt, eher erkrankt.

Wenn man sich das Immunsystem in seiner Arbeitsteilung nochmals vorstellt, ist verständlich, warum eine Vielzahl von Erregern und Infektionen auch nach der HIV-Infektion sicher abgewehrt werden kann und es gerade die seltenen Keime (z. B. PCP) sind, die uns Probleme machen: Während die uralten und vorgebahnten Routineantworten auf herkömmliche Keime erhalten bleiben, ist die Abwehrreaktion auf alle seltenen Erreger an ein lernfähiges, aber komplex reguliertes "spezifisches" Abwehrsystem gebunden. Gerade hier führt die Behinderung einer der Kommunikations -und Befehlsebenen zu deutlichem Wirkungsverlust.

Der Eingriff des Virus in das Immunsystem bewirkt aber nicht nur eine Schwächung, sondern auch eine Fehlregulation. Die Bereitschaft des Immunsystems, ungezielt zu reagieren, nimmt zu. Es werden Antikörper gebildet, obwohl kein passendes Antigen (mehr) da ist. Oft werden Antikörper gegen körpereigene Strukturen gebildet, z. B. gegen die eigenen Gerinnungszellen (Thrombozyten), die dann als "fremd" gekennzeichnet und zerstört werden. Auch die vermehrte Bereitschaft zu Allergien, welche oft eine Antibiotikatherapie sehr erschwert, gehört zu diesen Überreaktionen.

Neben den gut funktionierenden Abwehrzellen werden in einem gesunden Immunsystem gelegentlich auch bösartige Zellen gebildet, die der Kontrolle des Gesamtsystems nicht mehr unterstehen. Durch die ständige Reaktionsbereitschaft des HIV-infizierten Immunsystems entstehen solche Zellen häufiger. Diese bösartigen Zellen können bei bereits bestehender Immunschwäche auch nicht so effektiv als fremd erkannt und wieder zerstört werden, so daß es mit dem Fortschreiten der Immunschwäche häufiger zur Bildung von "bösartigen Lymphomen" (wegen des Ursprungs aus den Lymphozyten) kommt.

Unspezifische Suppression des Immunsystems

Die Gesundheit erhalten heißt unter anderem, ein möglichst adäquat reagierendes Immunsystem zu erhalten. Insbesondere sollte eine Suppression (= Unterdrückung des Immunsystems) unterbleiben. Nachgewiesen oder zumindest sehr wahrscheinlich gemacht wurde eine Immunsuppression bei

schlechter Ernährung

Seit über 100 Jahren gelingen Heilversuche bei Tuberkulose durch eine reichliche und möglichst vielseitige Mastkur. Allgemein bekannt ist, daß eine Hungersnot auch besonders viele Erkrankungen an Tuberkulose mit sich bringt.

Schwangerschaft

Schwangere Frauen sind für viele Infektionen empfänglicher. Der Mechanismus ist nicht geklärt; möglicherweise basiert er auf einer Streßreaktion.

Übermäßiger Streß

Gemeint ist nicht der Alltagsstreß, sondern eine dauernde Überlastungssituation. Hierzu zählen weder eine neue Liebe noch drei durchwachte Nächte. Eine alleinige Betreuung des schwer kranken Partners kann aber eine solche Situation schaffen. Für manche HIV-infizierte Menschen ist das Wissen um die Infektion eine so große Belastung, daß eine Überlastungssituation entsteht. Sie sollten dringend Hilfe bei einem Psychotherapeuten suchen.

UV-Strahlen

Rösten in der Sonne oder unter einer Dosensonne (Solarium) sollte man deshalb möglichst meiden. Gegen einen Strandurlaub unter Anwendung entsprechender Sonnencremes ist nichts einzuwenden; zumal der Streßabbau hier sicher einiges gutmacht.

Triggerinfektionen

In verschiedenen Studien wurde gezeigt, daß Menschen mit einer HIV-Infektion früher an AIDS erkranken, wenn bestimmte "Trigger"-Infektionen (= Auslöserinfektionen) vorangehen. Zu diesen Infektionen zählen beispielsweise Hepatitis-B und Syphilis. Andere Untersuchungen konnten diesen Zusammenhang nicht herstellen. Daß ein bereits eingeschränktes Immunsystem während einer anderen schweren Erkrankung nicht unbedingt an Schlagkraft gewinnt, scheint einleuchtend.

Unspezifische Immunstimulation

In fast jedem Blatt der Regenbogenpresse werden Mittel angeboten, die das Immunsystem stimulieren und Gesundheit verheißen. Ähnliches gilt für viele Methoden, die über eine Stärkung der "mentalen Ebene" Gesundheit und Leben verlängern wollen. Beiden gemeinsam ist, daß der Effekt der Methode mittels "wissenschaftlicher" Untersuchungen bisher nicht nachweisbar ist und daß es immer wieder Einzelberichte über ganz erstaunliche Erfolge gibt. Sofern die Methode keinen sonstigen Schaden anrichtet, steht einem Ausprobieren nichts im Wege. Der behandelnde Arzt sollte aber davon wissen, schon damit er nicht irgend eine auftretende Allergie auf seine "wissenschaftlich geprüften Arzeneyen" bezieht, die in Wirklichkeit von einem neuen Mittel kommen könnte. Es gibt einige wenige Situationen, in denen keine zusätzlichen Medikamente genommen werden sollten, z. B. während einer Chemotherapie.

Es folgt eine Bewertung einiger gebräuchlicher "Immunstimulantien" und unkonventioneller Heilversuche. Die Auswahl und Bewertung ist subjektiv.

Zink

Gute Erfolge bei HIV-Dermatose und Zinkmangel, ungefährlich in gebräuchlicher Dosierung.

Selen

ungefährlich in gebräuchlicher Dosierung

Imuthiol (DTC)

Es wurde keine Stärkung des Immunsystems nachgewiesen. Das Präparat wurde vom Hersteller aus Studien zurückgezogen, da eine Beschleunigung der HIV-Erkrankung nicht auszuschließen ist.

AL 721

Mischung verschiedener Fette, die durch eine Veränderung der Virusoberfläche eine Bindung des HI-Virus an die Helferzellen erschweren soll. Muß selbst gemischt werden. Wegen der hohen Fettdosis gibt es häufiger Durchfälle, insbesondere bei Vorschädigung der Bauchspeicheldrüse oder des Galleflusses. Zusätzliche Verdauungshilfen in Form von Tabletten oder Aperitif ausprobieren, ungefährlich.

Frischzellen, Thymuspräparate

Auch Konrad Adenauer hat jährlich eine Kur mit Frischzellen gemacht. Sie enthalten bei schonender Präparierung wechselnde Gemische aus Zellhormonen, die in wenig vorhersehbarer Form in das Immunsystem eingreifen könnten (also nicht Immunstimulation, sondern Immunmodulation). Im günstigsten Fall werden bei der Herstellung alle Wirkstoffe zerstört, und es bleibt nur das (geringe) Infektionsrisiko bei der Verabreichung. Unsinnig.

Naturheilkundliche Verfahren

Der Natur abgelauscht sind viele Wirkprinzipien und Arzneistoffe, die heute in der Medizin gebräuchlich sind. Fenchel, Kamille, Kümmel sind hierfür Beispiele. Die Eibenrinde enthält ein hochpotentes Krebsmittel; die "Antibabypille" gibt es als eßbare Wurzel. Überall dort, wo zusätzlich zu den Medikamenten auch noch die richtige Gesinnung bei Aussaat, Ernte oder Verabreichung wichtig ist, befällt mich Unbehagen. Die meisten homöopathischen Mittel sind ungefährlich. Die Gefahr besteht eher im Weglassen der dringend benötigten Arzneistoffe. Bei manchen aus dem fernen Osten bezogenen Mitteln ist ohne weitere Angabe ein Arzneistoff beigemischt (Östrogene oder Corticoide).

Mistelextrakt wird von vielen Ärzten und Heilpraktikern z. B. Tumorpatienten verabreicht. Trotz vieler Studien ist ein Wirkungsnachweis bisher ausgeblieben. Es gibt einige glühende Verfechter der Misteltherapie. Gelegentlich werden gerade hier Tumorrückbildungen berichtet. Abgesehen von einem kleinen Infektionsrisiko bei der Verabreichung sind keine schädlichen Wirkungen bekannt. Die Erfahrungen mit Mistel und HIV-Infektion sind noch sehr gering.

Grundsätzlich sollte eine Verabreichung der Medikamente abgebrochen werden, wenn

Ausschläge
sonstige Hautveränderungen
Fieber
Grippegefühl
Augen- oder Nasenlaufen auftreten.

Eine Zusicherung, daß solche Symptome eben die Wirkung beweisen, sollte einen eher argwöhnisch machen. Das körpereigene Immunsystem sollte sich anderen Dingen widmen können, als irgendwelche vorsätzlich eingebrachte Fremdstoffe abzuräumen.

Mentale Verfahren

Autogenes Training

Hilft sehr gut bei Spannungszuständen aller Art. Das gleiche gilt für Yoga, Tai Chi, u.a. Keine Nebenwirkungen bekannt.

Massage

Es gibt sehr unterschiedliche Massageformen. Die beste davon zur Steigerung des eigenen Befindens zu entdecken, gelingt am besten durch Ausprobieren. Der Masseur / die Masseurin muß über das Bestehen einer HIV-Infektion informiert werden. Je nach Erfahrung und Methode sollte die eine oder andere Schutzmaßnahme Anwendung finden. Für den Masseur gefährlich sind offene Hautwunden, die z. B. vorher abgedeckt werden können (flüssigkeitsdichtes, aber luftdurchlässiges Pflaster). Massagen, die sehr in die Tiefe gehen oder bei denen Verletzungen (Muskulatur) möglich sind, verbieten sich für Menschen mit niedrigen Gerinnungszellen. Aus dem San Francisco General Hospital gibt es eine gute (Sicherheits-) Anleitung für Masseure.

Akupunktur

Sehr viele und unterschiedliche Berichte. Ungefährlich.

Mit Urteil vom 23. Juni 1993 entschied der BGH, daß die "Wissenschaftlichkeitsklausel" in den Musterbedingungen des PKV-Verbandes unwirksam sei. Diese Klausel schloß die Leistungspflicht des Krankenversicherers für wissenschaftlich nicht allgemein anerkannte Behandlungsmethoden und Arzneimittel aus. In der allgemeinen Handhabung war es allerdings schon vorher bei einigen Krankenkassen möglich, z. B. Akupunktur oder homöopathische Arzneimittel zu erstatten. Bei AOK oder DAK war diese Praxis sehr an den einzelnen Sachbearbeiter gebunden. Nach diesem Urteil läßt sich ein Anspruch auf Übernahme mancher "alternativer" Behandlungen sicher besser durchsetzen. Für den Umgang zwischen Krankenkasse und Patient ändert sich folgendes:

Die Krankenkassen sollen beim Fehlen einer "wissenschaftlichen" Behandlungsmethode in der Regel die Kosten auch für weniger gebräuchliche Verfahren übernehmen, wenn ein Erfolg nicht von vornherein ausgeschlossen werden kann. Ein Verfahren, das bei einem bestimmten Patienten bereits hilft, muß bei diesem Patienten mit großer Wahrscheinlichkeit bezahlt werden. Es ist für die Krankenkassen natürlich auch viel billiger, z. B. einige Massagen oder Naturheilverfahren zu bezahlen und damit die Arbeisfähigkeit zu erhalten, als bei Helferzellzahlen über 350/µl die Kosten für das teure AZT zu übernehmen.

2. Opportunistische Infektionen

Definition und Bedeutung

Viele Viren, Bakterien und Pilze leben im menschlichen Organismus, ohne dort Schaden anzurichten. Manche von ihnen sind sogar sehr nützlich und habe Aufgaben übernommen, die dem Organismus zum Vorteil gereichen. Ein Eingriff in die natürliche Ordnung dieser Bewohner schafft manchmal eine Situation, in der bestimmte Keime plötzlich überwiègen und Krankheiten verursachen.

An zwei Beispielen wird der Begriff der "Opportunistischen Infektion" erklärt.

1. Die Behandlung einer Bronchitis mit Antibiotika führt unerwünschter Weise zu einer Abtötung nützlicher Darmbakterien, wodurch es zu einer Überwucherung des Darmes mit einer falschen Bakterienart kommt und Durchfälle auftreten.

2. Nach dem Genuß von Tatar in der Kindheit sind einige Toxoplasmen in den Körper eingewandert und werden seitdem durch das Immunsystem an einer weiteren Ausbreitung gehindert. Bei einer Schwächung des Immunsystems können sie sich schnell vermehren und verursachen eine Infektion.

Beiden Beispielen gemeinsam ist, daß ein Erreger, der normalerweise keine Probleme macht, die Gunst der Stunde nutzt, um sich auszubreiten (= Opportunistische Infektion).

Im ersten Beispiel wird sich die Ausgangssituation nach Weglassen des Antibiotikums meistens von alleine wieder herstellen. Das zweite Beispiel beschreibt entweder eine vorübergehende Immunschwäche (z. B. nach einer Chemotherapie; dann ist die Infektion mit dem Wiedererstarken des Immunsystems gut zu behandeln), oder es handelt sich um eine bleibende Immunschwäche. Solche dauernden Schwächungen des Immunsystems gibt es z. B. nach einer Organtransplantation (bewußt herbeigeführt durch die Ärzte, um eine Organabstoßung zu verhindern) oder im Verlauf einer HIV-Infektion. Wenn eine Wiederherstellung des Immunsystems nicht zu erwarten ist, werden opportunistische Infektionen zu Erkrankungen, die schnell behandelt werden müssen, um lebensbedrohliche Zustände zu verhindern.

3. Verlauf der HIV-Infektion

Stadieneinteilung

Alle existierenden Krankheitseinteilungen der HIV-Infektion haben grundsätzlich zwei Aufgaben:

1. Sie sollen dem Arzt helfen, anhand gewisser Merkmale stadiengerechte Therapie- oder Prophylaxekonzepte zum bestmöglichen Zeitpunkt dem Patienten anzubieten und einzusetzen.

2. Sie stellen ein medizin-politisches Werkzeug dar, um z. B. den Bedarf an Krankenhausbehandlungsplätzen oder ambulanten Versorgungseinrichtungen zu planen.

Völlig ungeeignet sind solche Stadieneinteilungen aber, um individuelle Prognosen zu wagen. Auf keinen Fall sollte ein Betroffener Lebensentscheidungen einzig anhand von Stadieneinteilungen seiner Krankheit abhängig machen, so z. B. seinen bis dahin gerne ausgeübten Beruf aufgeben, nur weil seine Erkrankung ein höheres Stadium erreicht hat.

Besonders erschreckend ist für die meisten Patienten die Feststellung des behandelnden Arztes, daß sie sich nunmehr, z. B. durch eine opportunistische Infektion, im Vollbild AIDS befänden. Dieser Schrecken, häufig verbunden mit einem Gefühl der Lähmung, läßt oft auch nach der erfolgreichen Behandlung dieser opportunistischen Infektion -trotz der unveränderten Lebensmöglichkeiten- nicht wieder nach. Selbstverständlich soll hier nicht gesagt werden, daß Stadieneinteilungen völlig ohne Bedeutung sind, jedoch sind die individuellen Unterschiede so groß, daß ein Rückschluß auf die Lebenserwartung eines bestimmten Menschen nicht erlaubt ist.

Es folgt eine Darstellung der Stadieneinteilung nach der CDC-Klassifikation von 1993. Dies ist das zur Zeit gebräuchlichste und auch brauchbarste Klassifikationssystem. Aufbauend auf dieses System wurde in den USA auch eine neue AIDS-Falldefinition entwickelt. Dieser Schritt war notwendig, da die US-Regierung entschieden hatte, nur den AIDS-, nicht aber ARC-Patienten (= AIDS-related complex; Patienten mit bereits bestehender Schwächung des Immunsystems, aber ohne AIDS-definierende Erkrankung) die wichtigsten Therapien kostenfrei zu ermöglichen. Mit dieser neuen Falldefinition wurde der AIDS-Begriff soweit gefaßt, daß auch die meisten ehemaligen ARC-Patienten darin enthalten waren. Dies war eine für viele Patienten lebenswichtige Entscheidung, da in den USA die meisten AIDS-Patienten nicht krankenversichert sind.

CDC-Klassifikation

Basis für eine Einteilung sind drei klinische Kriterien und die Anzahl der Helferzellen.

Klinische Kriterien:

A asymptomatisch (keine Anzeichen der HIV-Infektion sind bisher aufgetreten). Patienten mit akuter HIV-Infektion oder generalisierter Lymphknotenschwellung fallen ebenfalls in diese Gruppe.

B symptomatisch, aber keines der AIDS-Kriterien erfüllt, Patienten mit
- Mundsoor, schlecht therapierbarem Vaginalsoor,
- Fieber, Durchfällen,
- Abfall der Gerinnungszellen,
- Gürtelrose (zwei oder mehr Hautsegmente),
- Befall der Zungenränder mit Ebstein-Barr-Virus
- und einige andere seltenere Symptome

C symptomatisch, AIDS-Kriterien sind erfüllt.
In dieser Gruppe müssen bestimmte, in einer Liste vorgegebene Symptome oder Erkrankungen vorliegen:

- Lungenentzündung mit dem Erreger Pneumocystis carinii (PCP) oder mehrere Lungenentzündungen im Jahr
- Infektion der Hirnhäute oder des Gehirns mit Toxoplasmose
- Soorbefall der Speiseröhre oder Luftröhre
- Ungewöhnliche Infektionen mit Herpes simplex
- Generalisierte Infektion mit Zytomegalie-Virus oder Augenbefall
- Fieberschübe mit Nachweis von Salmonellen im Blut
- Kryptokokkeninfektion außerhalb der Lunge
- Histoplasmose außerhalb der Lunge
- Befall des Darmes mit Mikrosporidien oder Kryptosporidien
- Tuberkulose oder Infektion mit atypischen Mykobakterien
- Kaposi-Sarkom, malignes Lymphom, Zervix-Karzinom
- Ausgeprägter Gewichtsverlust (Wasting Syndrom)
- Symptomatische HIV-Infektion des Gehirns mit z. B. Gedächtnisstörung oder Verlust der Orientierung
- Progressive Multifokale Leukenzephalopathie

Unterteilung nach Anzahl der Helferzellen:

Gruppe 1, 500 und mehr Helferzellen
Gruppe 2, 200 - 499 Helferzellen
Gruppe 3, weniger als 200 Helferzellen

Aus der neuen CDC-Klassifikation ergeben sich also neun mögliche Stadien (von A1 bis C3). Das ist für den klinischen Alltag viel zu unübersichtlich und ungebräuchlich. Am sinnvollsten ist eine von Bernd Sebastian Kamps aus der Frankfurter Studiengruppe vorgeschlagene Einteilung in 3 Gruppen:

Infiziert mit HIV: gesund leben

In dieser Gruppe sehen wir alle HIV-infizierten Menschen, die keine Krankheitssymptome und mehr als 200 Helferzellen haben.

Die Zeit bis zum Auftreten erster Krankheitssymptome in dieser Gruppe beträgt etwa 8 bis 11 Jahre.

Die Entwicklung der Abwehrschwäche: Krankheiten vorbeugen

Patienten mit Krankheitssymptomen der Klassifikation B oder weniger als 200 Helferzellen sollten eine Therapie beginnen, die gegen das HI-Virus gerichtet ist. Sinnvoll ist auch die Durchführung verschiedener Krankheitsprophylaxen, also die Einnahme von Medikamenten, die sich gegen drohende Erkrankungen richten und diese verhindern sollen. Da solche Medikamente nicht gerade nebenwirkungsarm sind, sollte eine sinnvolle Staffelung der Einnahme mit einem Spezialisten besprochen werden. Eine vorbeugende Behandlung ist gegen folgende Erkrankungen möglich: PCP, Toxoplasmose, atypische Mykobakterien.

Leben mit AIDS: Arrangement mit der Erkrankung

Eine der Erkrankungen aus der Klassifikation C ist eingetreten. Es muß jetzt ein gewisser Organisationsaufwand bewältigt werden, um erstens die bestehende Erkrankung zu bekämpfen und zweitens weitere Erkrankungen möglichst zu verhindern. Um auch in dieser Periode der HIV-Infektion weitgehend selbstbestimmt und selbstständig zu bleiben, sollte, wie bei jeder chronischen Erkrankung, ein Arrangement mit dieser getroffen werden. Dazu gehört z. B. ein gutes Wissen über die möglichen Symptome und Erkrankungen und ein wenig Selbstbeobachtung, um rechtzeitig den Weg zum Arzt zu finden. Keinesfalls würde ich die Erkrankung aber zum Inhalt meiner Tage machen.

Spezieller Teil

1. Erkrankungen nach Ursachen und Behandlungsmöglichkeiten

Antiretrovirale Therapie

Wirkungsweise der Nukleosid-Analoga

Nukleinsäuren sind für alle Lebewesen die Trägermoleküle der Erbinformation. Dieses gilt völlig unabhängig, ob es sich um Säugetiere, Pflanzen, Viren oder Bakterien handelt. Da auch das HI-Virus diese Nukleinsäuren zum Aufbau seiner Erbsubstanz benötigt, kann man durch Veränderungen dieser Grundbausteine die Virusvermehrung stören. Das Enzym, welches die Erbinformation des Virus an die der Wirtszelle anpaßt und damit die Mitvermehrung des Virus durch die befallene Zelle ermöglicht, nennt man Reverse Transkriptase (Enzyme sind sogenannte Biokatalysatoren, die die chemischen Vorgänge in der Natur beschleunigen bzw. erst ermöglichen). Durch den Einbau veränderter (falscher) Grundbausteine(= Nukleosid-Analoga) in das Erbsubstanzmolekül durch die Reverse Transkriptase reißt dieser Vorgang ab. Durch Mutationen (Veränderung) des Enzyms 'Reverse Transkriptase' können jedoch Anpassungsprozesse des Virus an den schädigenden Einfluß der Medikamente erfolgen und diesen umgehen.

Bisher sind drei Medikamente, sogenannte Nukleosidanaloga, in Deutschland zugelassen (AZT = Retrovir, ddI = Videx, ddC = Hivid). Daneben sind weitere Nukleosidanaloga schon in Erprobung, wie 3TC oder D4T.

Die Nukleosidanaloga werden zur Zeit einzeln oder in Kombinationen in der Behandlung der HIV-Infektion eingesetzt. Es gibt bisher keine abschließende Studie, die über den richtigen Zeitpunkt des Beginns einer antiretroviralen Therapie oder über die zu verwendenden Substanzen bzw. deren Kombinationen Auskunft gibt.

Nebenwirkungen der Nukleosid-Analoga

AZT (Retrovir)

AZT kann nach längerem Gebrauch eine Abnahme der im Körper für den Sauerstofftransport benötigten Zellen (Erythrozyten) verursachen. Diese Blutarmut (Anämie) wird in der Regel mit Transfusionen oder durch eine hormonelle Anregung der Blutbildung mit Erythropoietin behandelt. Nach längerer Einnahme, vor allen Dingen in Kombination mit anderen, das Knochenmark schädigenden Substanzen können auch die weißen Freßzellen (Granulozyten) in der Zahl vermindert werden. Auch hier kann durch eine hormonelle Therapie (G-CSF = Neupogen) die Behandlung mit Retrovir beibehalten werden. Seltenere Nebenwirkungen sind Muskel- und Nervenentzündungen sowie Allergien. Innerhalb der ersten 2 bis 4 Wochen klagen etwa zwei Drittel der Patienten über allgemeine Übelkeit, Kopfschmerzen und Appetitlosigkeit in unterschiedlichem Ausmaß. Diese Symptome können teilweise vermindert werden, oft ist aber erst nach 4 Wochen die individuelle Verträglichkeit von Retrovir zu beurteilen.

ddI (Videx)

Die Einnahme von Videx ist aufgrund der Größe der Tabletten und des Geschmacks dieser Substanz für manche Patienten unangenehm. Die häufigsten Nebenwirkungen bestehen in Entzündungen der Bauchspeicheldrüse und der peripheren Nerven. Aus diesem Grunde muß von Beginn der Einnahme an eine konsequente neurologische und laborchemische Überwachung erfolgen. Zur Einschätzung des Risikos einer Bauchspeicheldrüsenentzündung wird von manchen Ärzten ein Zuckerbelastungstest empfohlen. Die Bedeutung dieser vorsorgenden Untersuchung ist jedoch nicht durch Studien belegt.

ddC (Hivid)

Neben allgemeinen Veränderungen von laborchemischen Werten ist als hauptsächliche Nebenwirkung eine periphere Nervenentzündung beschrieben. Auch hier muß deshalb eine gründliche neurologische Überwachung während der Einnahme dieser Substanz gewährleistet sein.

Wie bei allen Nukleosidanaloga ist die laborchemische Überwachung von Blutbild, Leber-, Bauchspeicheldrüsen- und Nierenwerten in etwa 4-wöchentlichem Abstand üblich.

Wir sind also in einer Situation, in der viele Möglichkeiten erprobt werden. In dieser sowohl für Arzt als auch Patienten schwer überschaubaren Lage sollte die Entscheidung für oder gegen eine antiretrovirale Therapie mit Nukleosidanaloga individuell festgelegt werden.

Proteinaseinhibitoren

Neben der antiretroviralen Therapie mit Nukleosidanaloga gibt es bisher in Phase I/II-Studien Ergebnisse über sogenannte Proteinaseinhibitoren. Zur Zeit werden in vielen Zentren Phase III-Studien (Zulassungsstudien) durchgeführt. Proteinaseinhibitoren hemmen die Aufteilung der einmal erzeugten Erbinformationsstränge des Virus in die einzelnen Segmente, die sich schließlich zu einem funktionsfähigen Ganzen zusammensetzen würden. Ergebnisse aus Phase I- bzw. Phase I/II-Studien bestätigen eine gute Verträglichkeit sowie eine überschaubare Aufnahme und Ausscheidung des Medikamentes.

Als weitere Medikamente sind zur Zeit die Nicht-Nukleosid-reverse Transkriptase-Inhibitoren zum Teil bereits in Phase II-Studien im Einsatz. Zu den bekanntesten Vertretern gehören die Tibo-Präparate (tetra-Hydro-Imidazol-Benzodiazepin). Hier wurden bereits Kombinationsstudien mit bekannten anderen Nukleosidanaloga begonnen. Über erste gute, jedoch noch nicht vollständig überprüfte Ergebnisse wurde auf dem X. Internationalen AIDS-Kongreß berichtet.

Es ist also zur Zeit eine "Menge los" auf dem Sektor der antiretroviralen Medikamente. Um die Wertigkeit der einzelnen Medikamente bzw. deren Kombinationen zu beurteilen, vor allen Dingen aber um die Frage zu klären, ab welchem Zeitpunkt diese Medikamente einzeln oder in Kombination angewendet werden sollen, werden zur Zeit viele Studien durchgeführt und geplant.

Wenn Arzt und Patient sich für eine antiretrovirale Therapie entscheiden, sollte diese innerhalb von Studien erfolgen, um die notwendigen Informationen und Erfahrungen rasch anderen Patienten zur Verfügung stellen zu können.

Bei der Vielzahl der Studien, die zur Zeit angeboten werden oder in Planung sind, gelingt es fast immer, die Wünsche der Patienten zu berücksichtigen.

Therapeutische Impfungen

Im Gegensatz zu den sogenannten vorbeugenden Impfungen, die eine Infektion mit dem HIV-Erreger verhindern sollen, können – zumindest spekulativ – Impfungen mit Virusbestandteilen nach bereits erfolgter Infektion durch Beeinflussung des Immunsystems einen Schutz vor Ausbreitung der Infektion innerhalb des Organismus bieten. Ein so funktionierender Impfstoff wird zum Beispiel mit gutem Erfolg nach Infektion mit dem Tollwuterreger eingesetzt. Die Helferzellzahl als Hinweis für die Reaktionsfähigkeit des Immunsystems sollte in der Regel deutlich über 200 pro Mikroliter liegen. Mit diesen Impfungen soll versucht werden, spezielle Antikörper (Abwehreiweiße) während der vieljährigen Ruhephase der HIV-Infektion, der sogenannten Latenzphase, aufrecht zu erhalten und damit diese Ruhephase zu verlängern.

Bisher ist jedoch ungeklärt, ob dieses Prinzip tatsächlich wirksam ist. Daher werden weltweit, auch in Deutschland, Phase-II-Studien durchgeführt, die die Möglichkeiten dieser neuen Therapieform untersuchen sollen. Zur Zeit ist also eine abschließende Beurteilung dieser Verfahren nicht möglich. Daher ist es auch verständlich, daß zunächst nur Patienten mit hohen Helferzellzahlen für diese Studien in Frage kommen. Denn sollte sich dieses Therapiekonzept als unwirksam erweisen, ist ein Zeitversäumnis für die betroffenen Patienten aufgrund der hohen Helferzellzahl nicht zu befürchten.

Entscheidungshilfen für oder gegen eine Antiretrovirale Therapie

Einerseits hat jede Therapieform mit retroviral wirkenden Medikamenten Nebenwirkungen, die bei verschiedenen Patienten unterschiedlich ausgeprägt auftreten.

Auf der anderen Seite ist eine Lebensverlängerung und Abmilderung der Krankheitssymptome durch eine solche Therapie möglich. Arzt und Patient müssen also die Vorteile der Therapie gegen die möglichen Nebenwirkungen abwägen. Die getroffene Entscheidung muß bei jeder sich ändernden Situation neu überdacht werden. Eventuell muß eine Therapie dann begonnen oder beendet werden; vielleicht wird auch eine Kombination von Medikamenten sinnvoll. In einem Konsensusworkshop für antiretrovirale Therapien wurden im Frühjahr 1994 folgende Empfehlungen ausgesprochen:

Der Einsatz einer antiretroviralen Therapie sollte sich einerseits an den gemessenen CD4-Zellzahlen, andererseits an einer durch das HI-Virus ausgelösten Symptomatik (Mundpilz, Leistungsabfall, Lymphdrüsenschwellung, unerklärlicher Durchfall, unerklärliches Fieber) orientieren. Bei Patienten mit fehlender Symptomatik waren sich alle anwesenden Behandelnden einig, daß unterhalb von 350 Helferzellen die Einleitung einer Therapie mit Retrovir als Monosubstanz sinnvoll ist. Viele Behandler fordern eine zusätzliche Entscheidungshilfe, z. B. schneller Abfall der T4-Zellen oder klinische Symptome wie Leistungsabfall. Bei erneutem Auftreten der o.g. Symptomatik bzw. einem erneuten raschen Abfall der CD4-Zellzahl (30 % innerhalb von 3 Monaten) sollte eine Kombination mit einem weiteren zugelassenen Medikament erörtert werden. Die Auswahl des Kombinationspartners (Videx oder Hivid) richtet sich nach den individuellen Wünschen des Patienten bzw. nach objektiv gegebenen Einschränkungen hinsichtlich der Nebenwirkungen der zur Verfügung stehenden Substanzen.

Der Einsatz von Retrovir oberhalb von 350 Helferzellen bei asymptomatischen Patienten ist sehr umstritten, so daß hier keine Empfehlung ausgesprochen werden konnte.

Die Therapie von asymptomatischen Patienten mit mehr als 500 Helferzellen wurde von den meisten Behandlern abgelehnt.

Bei symptomatischen Patienten (z. B. Erniedrigung der Gerinnungszellen) ist zumindest der Behandlungsversuch mit Retrovir als Monosubstanz gerechtfertigt. Bei nachlassender klinischer Wirksamkeit soll hier ebenfalls ein Kombinationspartner (Videx oder Hivid) gewählt werden, der den individuellen Wünschen des Patienten und/-oder objektiven Behandlungsbedingungen entspricht.

Es konnte auch Einigkeit darüber erzielt werden, daß bei weit fortgeschrittener Reduktion der Helferzellen (unter 50 pro Mikroliter) ein Behandlungsversuch mit Retrovir als Einzelmedikament oder in Kombination mit einem anderen Medikament gerechtfertigt erscheint.

Opportunistische Infektionen

Die Soorpilzinfektion

Die Soorpilzinfektion ist die bekannteste der möglichen HIV-Infektionen. Jedoch kommt der Soorpilzbelag auch bei anderen Erkrankungen vor, so kann z. B. bei einer nicht durch einen Immundefekt bedingten Störung des Erregergleichgewichts oder nach einer Antibiotika-Therapie eine Soorpilzerkrankung auftreten.

Am häufigsten tritt ein Soorbefall an der Schleimhaut von Mund und Vagina auf. Der Darmausgang kann aber auch betroffen sein. Es bilden sich dann weiße Beläge, unter denen eine Entzündung abläuft. Diese kann sehr schmerzhaft sein. Unbehandelt kann die Soorpilzerkrankung des Mundraumes fortschreiten und schließlich die gesamte Speiseröhre erfassen, was zu einem erheblich gestörten und schmerzhaften Schlucken führt.

Eine in manchen Büchern beschriebene Ausbreitung des Pilzes über das Blut, die sogenannte Sepsis, findet bei HIV-Patienten dank der fast ungestörten Schleimhautbarriere und der relativ gut funktionierenden allgemeinen Abwehr durch Makrophagen (Freßzellen) sehr selten statt.

Ebenso selten können durch Operationen oder andere Eingriffe die allgemeinen Schutzmechanismen so stark gestört werden, daß es von diesem Streuherd aus zu einer Allgemeinerkrankung mit dem Soorpilz kommt.

In den Anfangsstadien kann versucht werden, den Pilz mit einem Lokaltherapeutikum zu behandeln. Hierzu sind nicht resorbierbare (d.h. der Wirkstoff gelangt nicht aus dem Darm in die Blutbahn) Formen von Amphotericin B im Einsatz. Bei Wirkungslosigkeit dieser lokalen Therapieform wird zumeist Nizoral, Daktar oder Diflucan und in selteneren Fällen auch Itraconazol angewendet. Bei schwersten Verläufen kann es notwendig sein, einen Teil dieser Medikamente intravenös anzuwenden. Bei nicht ausreichender Empfindlichkeit (Sensibilität) der Keime auf die oben genannten Medikamente muß z. B. Amphotericin B intravenös eingesetzt werden. Bei der intravenösen Anwendung können bei diesem Medikament mehr Nebenwirkungen auftreten als bei der lokalen Therapieform oder der Tabletteneinnahme.

Haarleukoplakie

Die Haarleukoplakie wird durch das Epstein-Barr-Virus ausgelöst.

An den Zungenrändern treten weiße, nicht abstreifbare Beläge auf. In der Regel ist die Haarleukoplakie nicht behandlungsbedürftig. Sie ist jedoch ein frühes Signal einer HIV-Infektion. Im Gegensatz zur Soorpilzinfektion betrifft die Haarleukoplakie ausschließlich den Zungenrand, niemals die Zungenoberfläche oder gar die Wangen- und Rachenschleimhaut. Behandelt wird die Haarleukoplakie nur dann, wenn Schmerzempfindungen auftreten oder wenn die Haarleukoplakie als stigmatisierend empfunden wird.

Verschiedene Virustatika sind wirksam. Am einfachsten läßt sich diese Erkrankung mit dem Medikament Helpin behandeln. Helpin ist jedoch nur in den Gebieten der ehemaligen DDR zugelassen. Auch mit Zovirax lassen sich gute Behandlungsergebnisse erzielen.

Die Pneumocystis carinii-Pneumonie

Eine der häufigsten lebensbedrohenden Erkrankungen im Rahmen der HIV-Infektion ist der Befall der Lunge mit dem Erreger Pneumocystis carinii. Die ersten Symptome äußern sich meistens mit trockenem, unproduktivem Husten und Atemnot bei körperlicher Belastung. In weiterer Folge entsteht Fieber, und es können Schwindelgefühle auftreten. Der schleichende Verlauf (oft über Wochen) und die zunächst harmlos erscheinenden Symptome führen häufig zu der Fehldiagnose Bronchitis, die dann nicht richtig behandelt wird. In einer plötzlichen Wandlung entwickelt die PCP einen akuten Verlauf. Rasch kommt es zu hohem Fieber (> 39C), Schüttelfrost, ausgeprägter Atemnot, Schmerzen beim Atmen und in der Brust sowie starkem Husten. Eine auffallende Blässe und eine bläuliche Verfärbung (Zyanose) der Lippen und Fingernägel zeigt an, daß nicht mehr genügend Sauerstoff durch die Lunge ausgetauscht wird.

Viele Patienten kommen erst sehr spät und in einem kritischen Zustand ins Krankenhaus. Trotzdem läßt sich die PCP gut behandeln und ist in der Regel nach 3 Wochen auskuriert.

Die unspezifischen Symptome erschweren unter Umständen die rechtzeitige bzw. frühzeitige Erkennung dieser lebensbedrohlichen Erkrankung. Während der Arzt normale Lungenentzündungen durch Bakterien sehr gut und einfach mit dem Stethoskop (Hörrohr) erkennen kann, macht der Erreger Pneumocystis carinii eine Ausnahme. Zwar befindet sich der Erreger in den Lungenbläschen (Alveolen), die Entzündungsreaktion findet aber vor allen Dingen in den feinen Häutchen zwischen den einzelnen Lungenbläschen statt. Man spricht hier von einer interstitiellen Pneumonie: In den Zwischenhäutchen (= Interstitium) verlaufen die kleinsten arteriellen und venösen Gefäße (Kapillaren). Zwischen diesen und dem

Luftraum der Lungenbläschen findet der Gasaustausch statt. Sauerstoff wandert ins Blut, Kohlendioxid wird abgeatmet. Durch die Entzündung dieser feinen Häutchen kommt es zur Verdickung und Flüssigkeitsansammlung in den Häutchen, die die Gasaustauschstrecke zwischen Blutgefäßen und Lungenbläschen deutlich vergrößert. Die Aufnahme von Sauerstoff und Abgabe von Kohlendioxid ist also behindert.

Diagnose

Bei der genauen Befragung des Patienten durch den Arzt im Hinblick auf Symptome und Vorgeschichte dieser Erkrankung (Anamnese) ist typisch: Patient hat Luftnot, Arzt hört nichts.

Die Verdachtsdiagnose, die sich aus den vorher bestehenden Symptomen ergibt, wird durch das innerhalb kürzester Zeit anzufertigende Röntgenbild der Lunge weiter erhärtet oder entkräftet. Falls der Arzt kein Röntgenbild durchführen will (nachts, in der Provinz...) sollte man als Patient darauf bestehen. Um die richtige Diagnose zu stellen, muß der Arzt um eine bestehende oder mögliche HIV-Infektion wissen.

Die Diagnosesicherung durch den Erregernachweis ist dringend notwendig, denn verschiedene andere Erreger können häufig zusammen mit Pneumocystis carinii nachgewiesen werden. In der Regel ist eine bakterielle Begleitpneumonie gleichzeitig zu behandeln. In selteneren Fällen kommt es zur parallelen Besiedelung mit einer typischen oder atypischen Mykobakteriose, Viren, dem Pilz Kryptococcus neoformans oder anderen Pilzen.

Um die Diagnose Pneumocystis carinii-Pneumonie zu sichern, muß Material aus tiefen Lungenabschnitten zur Untersuchung gewonnen werden. Dafür ist die einfache Sputumuntersuchung (Sputum = Auswurf tief aus den Bronchien) nicht geeignet. Durch Provokation einer Hustenreaktion mittels Inhalation einer höherprozentigen (3 %) Kochsalzlösung, dem sogenannten "provozierten Sputum", kann bei mehrfacher Anwendung dieser Methode eine verhältnismäßig sichere Aussage gemacht werden. Eine hohe Aussagefähigkeit erreicht man durch die einmalige Anwendung einer jedoch deutlich aufwendigeren Methode, der Bronchoskopie (Luftröhren- und Bronchialspiegelung) mit gleichzeitiger bronchoalveolärer Lavage (Spülung bestimmter Lungenabschnitte mit Kochsalzlösung zur Ablösung festhaftender Erreger). Die durch eine dieser beiden Methoden gewonnene Flüssigkeit wird dann zu spezialisierten Labors versandt, die zum einen die Pneumocystis carinii-Diagnostik durchführen, zum anderen auch die oben beschriebenen anderen Begleiterreger nachweisen können. In der Regel ist der Nachweis von Pneumocysten innerhalb von 24 Stunden möglich. Erfahrungsgemäß erfolgen jedoch viele Einweisungen am Freitagnachmittag, so daß hier keine definitive Diagnostik durchgeführt werden kann und über das Wochenende zunächst eine zumindest gegen Pneumocystis carinii gerichtete Therapie begonnen wird. Der Nachweis von Pneumocystis-Erregern ist auch noch 5 Tage nach Behandlungsbeginn möglich.

Therapie

Für die Therapie stehen verschiedene Medikamente oder Kombinationen zur Verfügung. Welches der Medikamente zum Einsatz kommt, hängt vom Schweregrad der Erkrankung, aber auch von existierenden allergischen Reaktionen des Patienten ab. Um den Schweregrad dieser Lungenentzündung einzuteilen, werden die Sauerstoff-Beladung der roten Blutkörperchen (= Sauerstoff-Partialdruck), das Lungenröntgenbild sowie einfache Untersuchungen der Lungenfunktion herangezogen. Für die leichte Lungenentzündung eignen sich Therapien mit Primaquine und Sobelin (Tabletten), Inhalationen mit

Pentamidin-Aerosol sowie die Gabe von Cotrimoxazol. In Zukunft in Deutschland verfügbar bzw. bereits in den USA zugelassen, ist das Medikament Atovaquone für die Behandlung einer PCP. Für die schwere Pneumocystis carinii-Pneumonie kommen Pentamidin-Infusionen in Kombination mit normalen Antibiotika (gegen die häufig vorhandenen Begleiterreger) in Betracht, ebenso wie eine Infusionstherapie mit Cotrimoxazol (= Standard), die viermal am Tag verabreicht werden muß. Aufgrund der großen Menge der zu verabreichenden Tabletten und den damit verbundenen auftretenden Magen-Darm-Problemen wird von den meisten Behandlungszentren die intravenöse Gabe generell bevorzugt.

Primärprophylaxe

Um die Erkrankung an einer Pneumocystis carinii-Pneumonie zu verhindern, gibt es inzwischen mehrere Verfahren. Das in Deutschland gebräuchlichste und mit den wenigsten Nebenwirkungen behaftete Verfahren ist die vierwöchentliche Inhalation mit Pentamidin-Aerosol.

Der Nachteil dieser sonst optimalen Primärprophylaxe ist die fehlende Wirksamkeit gegenüber der zerebralen Toxoplasmose, die im späteren Stadium bei vielen Patienten von Bedeutung sein kann. Alternativ hierzu setzt sich die Prophylaxe mit der täglichen Gabe von Cotrimoxazoltabletten durch, welche gleichzeitig einen – wenn auch nicht 100 % – Schutz gegen Toxoplasmose bietet, aber häufiger Nebenwirkungen verursacht. In besonderen Fällen können auch alternative Konzepte angewandt werden, z. B. die monatliche Infusion von Pentamidin, ebenso die Verabreichung von Primaquine-Sobelin, bzw. möglicherweise als zukünftiges Medikament Atovaquone. Auch Kombinationen dieser Medikamente sind möglich.

Sekundärprophylaxe

Für die Wahl des Medikamentes zur Sekundärprophylaxe (d. h. dem Wiederauftreten einer bereits durchgemachten PCP entgegenwirken), gelten die oben gemachten Ausführungen. Jedoch sollte die Frequenz der Pentamidin-Inhalation möglicherweise von vierwöchentlich auf vierzehntägig erhöht werden. Bei schweren Lungenveränderungen nach der Pneumocystis carinii-Pneumonie oder einem gleichzeitigen Vorliegen einer lungengewebezerstörenden Tuberkulose bzw. eines Kaposi-Sarkoms ist die alleinige Inhalationsprophylaxe nicht mehr ausreichend, weil das Medikament dann nicht alle Lungenabschnitte erreicht. Hier sind Kombinationen mit anderen systemisch wirkenden (den ganzen Körper erfassenden) Therapeutika empfehlenswert.

Zerebrale Toxoplasmose

(Gehirntoxoplasmose)

Der Erreger Toxoplasma gondii ist ein Protozoon, das durch den Genuß von rohem Fleisch bzw. durch engen Kontakt mit Haustieren auf den Menschen übertragen werden kann und sich in einer Ruhephase ohne erkennbare Krankheitszeichen im Körper des Menschen befindet. In Deutschland kann man diesen Erreger bei etwa der Hälfte der Bevölkerung nachweisen. Erst wenn sich aufgrund eines gestörten Immunsystems die Situation zugunsten des Erregers verschiebt, kommt es zur erneuten Aktivierung der Infektion. Bei nicht immunsupprimierten Patienten geht die Erkrankung normalerweise mit der Entzündung von Lymphknoten und Leber einher. Lebensbedrohliche Krankheitsbilder, auch durch eine Akutinfektion, sind äußerst selten. Bei HIV-infizierten Patienten betrifft diese Infektion vornehmlich das Gehirn, und es kommt zum Krankheitsbild der sogenannten zerebralen (gehirnbetreffenden) Toxoplasmose. Je nach Lokalisation des Entzündungsherdes sind auch hier die Symptome sehr verschiedenartig. Im Vorgrund stehen Kopfschmerzen, Fieber, Lähmungen, Befindlichkeits- und Bewußtseinsstörungen sowie (seltener) Krampfanfälle. In einzelnen Fällen breitet sich die Entzündung über das Blut im gesamten Körper des Patienten aus. Dies ist immer ein lebensbedrohliches Krankheitsbild. Das Gehirn ist stets mitbetroffen.

Diagnose

Durch die computerunterstützte Röntgenschichtuntersuchung (Computertomogramm) gelingt in den meisten Fällen der Nachweis kontrastmittelspeichernder Ringstrukturen, die typisch für eine zerebrale Toxoplasmose sind. Alternativ (differentialdiagnostisch) ist ein primäres (im Gehirn entstandenes) malignes Lymphom oder sehr viel seltener ein Streuherd einer anderen bösartigen Erkrankung aus den übrigen Organen des Körpers in Betracht zu ziehen. Zunächst wird in den meisten Fällen die Therapie so durchgeführt, als läge eine zerebrale Toxoplasmose vor. Erst bei fehlendem Ansprechen auf zwei unterschiedliche Therapiekonzepte bzw. bei Vorliegen einer ungewöhnlichen Struktur oder ungewöhnlichen Verteilung dieser Tumoren im Gehirn wird eine Punktion (stereotaktische Hirnbiopsie) zur Sicherung der Diagnose notwendig. Diese Punktion erfolgt durch ein kleines Bohrloch im Schädelknochen. Eine gefürchtete, wenn auch seltene Komplikation ist die Blutung im Anschluß an die Punktion. Eine Zustimmung zur Hirnbiopsie sollte man sich gut überlegen. Nur wenn ein zu erwartendes Ergebnis die Therapie entscheidend beeinflußt und diese Therapie außerdem eine bedeutsame Lebensverlängerung verspricht, sollte man zustimmen. Die Therapie der Tumoren wird im Kapitel Tumorerkrankungen besprochen.

Therapie

Für die Behandlung der Toxoplasmose stehen inzwischen verschiedene Therapiekonzepte zur Verfügung. Der wichtigste Wirkstoff ist Daraprim (Pyrimethamin). Dieses Medikament wirkt sich jedoch schädigend auf die Blutplättchen (Thrombozyten) aus. Um diese Schädigung der Thrombozyten zu vermeiden, wird das Vitamin Folinsäure parallel verordnet (z. B. Leucovorin). Als zweite Wirksubstanz wird häufig ein Sulfonamid, aber in zunehmendem Maße auch das Antibiotikum Sobelin verwendet. Mit dieser Kombinationstherapie können über 80 % der Erkrankungen behandelt werden. In den übrigen problematischen Verläufen kommen zusätzliche Medikamente wie Dapsone oder nur als Studienmedikation verfügbare Medikamente wie Atovaquone zum Einsatz. Nach abgeschlossener akuter Therapie wird eine lebenslange Prophylaxe notwendig. Zumeist werden hierzu Pyrimethamin (Daraprim), Cotrimoxazol, Dapsone oder Kombinationen verwendet.

Primärprophylaxe

Die Toxoplasmose tritt bei serologisch positiven Patienten (im Blut sind Antikörper gegen Toxoplasmen nachweisbar) erst bei CD4-Zellzahlen unterhalb von 150/µl auf. Immer mehr Patienten und Behandler fordern deshalb bei dieser Patientengruppe eine rechtzeitige vorbeugende Therapie (Primärprophylaxe). Hier werden zur Zeit verschiedene Konzepte, zum Teil innerhalb von Studien, erprobt. Eine abschließende Beurteilung ist deshalb nicht möglich. Nach neueren Studien ist zumindest eine prophylaktische Gabe von Bactrim forte dreimal in der Woche nicht hinreichend wirksam. Möglicherweise kann hier eine neue Substanz, Atovaquone, die Prophylaxe vereinheitlichen, wenn die zur Zeit angelaufenen Studien eine entsprechend gute Wirkung zeigen.

Cytomegalievirus-Infektion (CMV)

Der Name Cytomegalie-Virus bedeutet übersetzt "große Zellen produzierendes Virus". In der Regel kommt es bei der Cytomegalie-Virus-Infektion zur Verschmelzung mehrerer Zellen, so daß große, jedoch inaktive Zellen entstehen, die man als Riesenzellen bezeichnet. Zusätzlich verdichten sich die verschiedenen Kerne zu einem pupillenartigen Aussehen (Eulenaugenzellen).

Cytomegalieviren lassen sich bei 70 bis 80 % der gesunden Bevölkerung nachweisen, doch der alleinige Nachweis dieser Viren in Körperflüssigkeiten (z. B. im Rachenspülwasser oder im Urin) oder der Nachweis von gegen ihn gerichteten Eiweißkörpern (Antikörper) im Blut ist kein Erkrankungsbeweis. Die Zuordnung von Krankheitssymptomen zu einer CMV-Infektion ist also mit einfachen Techniken wie z. B. einer Blutentnahme nicht durchzuführen.

Erst der gleichzeitige Nachweis von Geschwüren oder ähnlichen entzündlichen Veränderungen macht eine Infektion wahrscheinlich und führt zu einer Therapie. Der Nachweis einer CMV-Infektion als Krankheitsverursacher ist deshalb unter Umständen kompliziert und bedarf z. B. im Magen-Darm-Kanal einer endoskopischen Untersuchung (Spiegelung) verbunden mit der Entnahme von Gewebeproben. Diese können unter Anwendung spezifischer mikroskopischer Untersuchungstechniken schließlich den Nachweis einer aktiven Infektion mit CMV erbringen.

Theoretisch kann jedes Organ an einer CMV-Infektion erkranken. Im Zusammenhang mit der HIV-Infektion stehen an erster Stelle der Magen-Darm-Trakt sowie die Netzhaut des Auges, aber ebenso sind Leber- und Bauchspeicheldrüsenveränderungen sowie Entzündungen der Hirnhäute, des Gehirns und der Lunge beschrieben. Eine eindeutige Zuordnung der Beschwerden zur Cytomegalievirus-Infektion an diesen Organen ist jedoch schwierig, da möglicherweise doch nur eine Besiedelung des Organs durch das Virus vorliegt, die Entzündung aber durch einen anderen Erreger verursacht wird.

CMV-Retinitis

Erste Symptome können sich durch verschwommenes Sehen und herabgesetzte Sehschärfe äußern. Der Erkrankte hat u.U. Probleme, räumliche Tiefe wahrzunehmen oder wird kurzsichtig, was sich z. B. im Alltag dahingehend äußert, daß der Patient Gegenstände, die sich im vorderen Bereich eines Schrankes befinden, erkennt, jedoch dahinterliegende Dinge nicht mehr oder nur sehr undeutlich wahrnimmt. Von "Gesichtsfeldausfällen", d.h. Auftreten blinder Flecken z. B. seitlich, ist in der Regel zu Beginn nur ein Auge betroffen. Ferner sind andere ungewöhnliche optische Sinneswahrnehmungen wie "Schneetreiben", leuchtende Punkte oder "fließende Bilder" ein möglicher Hinweis auf eine Erkrankung und somit CMV-verdächtig. Rötungen oder Schmerzen im Auge sind bei einer CMV-Retinitis selten.

Empfehlenswert für alle Menschen mit HIV-Infektion und bereits eingetretener Immunschwäche ist eine regelmäßige Kontrolluntersuchung durch einen auf HIV spezialisierten Augenarzt (alle 3 Monate). Selbst bei kleinsten Veränderungen des Sehvermögens sollte er unverzüglich aufgesucht werden.

CMV-Infektion des oberen und unteren Magen-Darm-Traktes

Sehr häufig läßt sich eine CMV-Infektion in Form von Geschwüren (Ulcera) in der Speiseröhre bzw. im Magen und Zwölffingerdarm nachweisen. Die Symptome, die den Patienten auf diese Entzündung aufmerksam machen, sind starke Schluckbeschwerden hinter dem Brustbein, Magenschmerzen unabhängig von der Nahrungsaufnahme sowie Völlegefühl.

Da derartige Beschwerden ebenso von einer Pilzbesiedlung der Speiseröhre verursacht werden können (Soorösophagitis), sollte diese bei einem noch nicht dramatischen Beschwerdebild zunächst durch eine ein- bis zweitägige Behandlung mit einem schnell wirksamen Pilzmedikament (z. B. Fluconazol oder Itraconazol) ausgeschlossen werden. Erst bei Fortbestehen dieser Beschwerden wird heutzutage eine Endoskopie, dann jedoch dringend, empfohlen.

Nur durch die Endoskopie und die gleichzeitige (völlig schmerzlose) Gewinnung von winzigen Gewebeproben für die feingewebliche Untersuchung des Materials kann eine Klärung der angegebenen Beschwerden erreicht werden.

Auch der untere Darmtrakt (Dick- und Dünndarm) kann von dem Cytomegalievirus befallen werden. So es vom Beschwerdebild zulässig erscheint, werden auch hier zunächst andere Ursachen (z. B. Erreger aus dem Salmonellen-Spektrum) ausgeschlossen. Erst dann schließt sich die komplette endoskopische Untersuchung des Dickdarms und auch eines kleinen Teils des Dünndarms zur Klärung der Beschwerden an. Diese Untersuchung ist in der Regel nicht völlig schmerzfrei, obwohl in erfahrenen Behandlungszentren üblicherweise Schmerzmittel und/oder Beruhigungsmittel zum Einsatz kommen.

Therapie

Für die Therapie der CMV-Infektionen stehen die Medikamente Cymeven und Foscavir zur Verfügung. Beide Medikamente sind gut wirksam, beide haben jedoch den Nachteil, lediglich als Infusion zur Verfügung zu stehen.

Foscavir kann nur über zentralvenöse (d.h. bis in die obere Hohlvene reichende) Katheter infundiert werden.

Die Auswahl der Medikamente wird zumeist nach ihrem (nicht unerheblichen) Nebenwirkungsspektrum getroffen. Während Cymeven vorwiegend das blutbildende Knochenmark schädigt, kann unter Foscavir die Nierenfunktion in Mitleidenschaft gezogen werden.

Primär- und Sekundärprophylaxe

Auch wenn mit zunehmender Überlebenszeit 30 bis 50 % der HIV-Patienten an einer CMV-Manifestation erkranken, können aufgrund der hohen Nebenwirkungsrate beide Medikamente nicht als Primärprophylaxe empfohlen werden. Hinzu kommt, daß eine Verabreichung eben nur durch Infusionen möglich ist. In Erprobung sind allerdings Medikamente, die als Tabletten eingenommen werden können. Ihre Wirkung ist noch nicht bewiesen, und sie haben ebenfalls Nebenwirkungen.

Zur Sekundärprophylaxe, d. h. zur Verhinderung einer erneuten Erkrankung durch CMV, können jeweils beide Medikamente einzeln, aber auch in Kombination, z. B. in monatlich wechselnden Zyklen, gegeben werden. In der Regel wird diese Prophylaxe durch drei- bis fünfmalige Infusionen pro Woche durchgeführt. In schweren Fällen können auch tägliche Infusionen notwendig werden.

Es ist unschwer vorstellbar, daß die Infusionstherapie, auch wenn sie nur dreimal in der Woche durchgeführt wird, einen erheblichen Einschnitt in die Lebensqualität darstellen kann. Dies wird um so mehr der Fall sein, je häufiger der Patient auf seinen behandelnden Arzt oder andere Personen angewiesen ist.

Zur Vereinfachung der Infusion wird die Implantation eines speziellen, unter der Haut verlegten Infusionssystems empfohlen: der sogenannte Venenport. Dabei handelt es sich um ein ca. 2 bis 3 cm im Durchmesser betragendes, halbkugeliges, aus Metall oder Kunststoff bestehendes, mit einer dicken Silikonkunststoffmembran abgeschlossenes Aufnahmegefäß. An diesem ist ein Katheter befestigt, der von einer kleinen Vene aus, zumeist unter dem Schlüsselbein, in die große obere Hohlvene eingeführt und befestigt wird. Bei der Einpflanzung (Implantation) dieses Portsystems sollte darauf geachtet werden, daß der Patient auch ohne Spiegel am Aufnahmegefäß hantieren kann. Mit speziell geschliffenen Nadeln, den sogenannten Huber-Nadeln, wird - von außen getastet - die Silikonmembran zerstörungsfrei durchstochen, so daß man auf diese recht unkomplizierte Weise jeweils Infusionen sowohl zur medikamentösen Therapie, aber auch zur Ernährung durchführen kann. Fast alle Patienten sind in der Lage, sich mit diesem System ihre Infusionen selbständig ohne fremde Hilfe anzulegen. Bei konsequenter Anleitung der Patienten ist das Infektionsrisiko nicht größer als bei Anlage der Nadel bzw. des Infusionssystems in der Praxis oder Klinik. Die Möglichkeit, eine Infusion unabhängig von festgelegten Tagesabläufen, z. B. Terminen in der Praxis, selbst durchführen zu können, reduziert die Belastungen, die mit einer Infusionstherapie verbunden sind, erheblich. Jeder betroffene Patient sollte es zumindest - unter genauer Anleitung - versuchen. Verschiedene Anbieter von Ernährungslösungen führen auch wiederholt intensive individuelle Schulungen durch. Näheres kann beim behandelnden Arzt erfragt werden.

Viele Apotheken sind inzwischen dazu übergegangen, die schweren Infusionsflaschen direkt ins Haus des Patienten zu liefern. Hier sollten die Betroffenen die Macht des Verbrauchers bei der Auswahl verschiedener Apotheken voll ausspielen.

Tuberkulose

Normalerweise wird bei Symptomen wie Fieber, Nachtschweiß oder bei Gewichtsverlust mit und ohne Beteiligung der Lunge an eine mögliche Infektion mit Mykobakterien (Erreger der Tuberkulose als auch der Untergruppe der tierspezifischen, nichttuberkulösen, sogenannten atypischen Mykobakterien) gedacht. Der Nachweis des Erregers erfolgt aus Blut, Sputum, Urin und dem Stuhl sowie durch Punktion verschiedener Organe aus dem Magen-Darm-Trakt, der Lunge, dem Liquor (Gehirnwasser) oder durch eine Gewebeentnahme aus Knochenmark und inneren Organen. Beim Nachweis des Erregers M. tuberculosis (Erreger der normalen Tuberkulose) unterscheidet sich die Therapie und die Therapiedauer nicht von der immungesunder Patienten. Zumeist umfaßt die Behandlung eine Kombination aus vier Medikamenten, gegeben über drei Monate; dann erfolgt die Reduktion auf drei Medikamente über weitere drei Monate. Schließlich wird die Therapie mit einer Zweierkombination über drei Monate fortgesetzt. Das Auftreten sogenannter multiresistenter Stämme (= unempfindlich gegen die gebräuchlichen Medikamente) ist noch selten, anders als in den Ballungsgebieten der USA, vor allen Dingen in New York.

Atypische Mykobakteriose

Bei der Diagnose der atypischen Mykobakteriose werden vorwiegend Erreger aus der Gruppe "Mycobacterium avium-intracellulare-complex" (MAI) nachgewiesen. An diesen Erregern erkranken normalerweise Vögel (Avis = Vogel). Nur bei abwehrgeschwächten Menschen kann diese Erregergruppe, die häufig ohne Krankheitsbedeutung z. B. im Stuhl nachgewiesen werden kann, zu einer ernsthaften Erkrankung führen. Lymphknotenschwellungen, Fieber, Gewichtsverlust, Durchfälle u.a. Symptome können auftreten.

Neben dieser Gruppe von Mykobakterien können aber auch andere, nicht menschentypische Erreger als Krankheitsursache nachgewiesen werden. Man faßt die gesamte Gruppe im englischen Sprachgebrauch als "MOT (Mycobacteria other than tuberculosis)", in der die MAI-Infektion eine Untergruppe darstellt, zusammen.

Die Wahl des richtigen Zeitpunktes für die Therapie stellt Patienten, aber auch Therapeuten vor ein ernstzunehmendes Problem. Der zweimalige Nachweis dieses Erregers in der Blutkultur gilt im allgemeinen als Behandlungsgrund. Bei Nachweis des Erregers aus einem Organ (z. B. Lunge, Darm) oder Körperflüssigkeiten (z. B. Urin) werden jedoch weitere Anzeichen, die auf eine Erkrankung an einer atypischen Mykobakteriose hinweisen, gefordert. Dies sind in der Regel Gewichtsabnahme oder der Nachweis von vergrößerten Lymphknoten im Brustkorb bzw. im Bauchraum, aber auch an anderen, besser zugänglichen Lokalisationen wie z. B. Achselhöhle, Leistenband oder im Kopf- und Halsbereich.

Der Nachweis dieses Erregers und einer entzündlichen Reaktion innerhalb eines Gewebestücks (feingeweblich, histologisch) aus dem Darm wird von den meisten Behandlern ebenfalls als sicheres Krankheitszeichen gewertet.

Bis vor kurzem war die Therapie der atypischen Mykobakteriose nur mit einem Einsatz von fraglich wirksamen Tuberkulose-Medikamenten möglich. Nur in Einzelfällen konnte tatsächlich eine eindeutige Verbesserung durch diese Therapie nachgewiesen werden.

Die Entwicklung neuer Medikamente wie Mykobutin (Rifabutin) und Klacid (Clarithromycin) und deren Kombination mit Peteha (Prothionamid) oder Myambutol (Ethambutol) brachte hinsichtlich der therapeutischen Möglichkeiten eine deutliche Verbesserung.

Heutzutage ist mit diesen Medikamenten bzw. deren Kombination eine Infektion in den allermeisten Fällen gut zu behandeln, wenn auch immer noch die Anzahl der einzunehmenden Tabletten relativ hoch ist.

Progressive multifokale Leukenzephalopathie (PML)

Hinter diesem etwas schwer zu merkenden Namen verbirgt sich eine Virusinfektion mit dem Papova-Virus. Kleine Entzündungsherde im Gehirn verursachen Gedächtnisstörungen oder Lähmungen.

Die Diagnose dieser Erkrankung kann mit dem Computertomogramm oder dem Kernspintomogramm gestellt werden. Bei unklaren Fällen kann auch hier zur Diagnosestellung eine stereotaktische Hirnbiopsie vorgenommen werden. Diese dient dann dem Ausschluß einer behandelbaren Erkrankung. Eine bisher wirksame Therapie der PML ist nicht bekannt. Es wurden in der Vergangenheit mit sehr zweifelhaftem Erfolg Behandlungsversuche mit Immunmodulatoren bzw. bestimmten antiviralen Medikamenten (z. B. Retrovir) durchgeführt. Davon ist eher abzuraten.

Durchfallerkrankungen durch Salmonellen, Kryptosporidien sowie Mikrosporidien

Salmonellen

Auch bakterielle Erreger können Durchfallerkrankungen (wie auch bei anderen Patienten ohne HIV-Infektion) auslösen. Oft sind dann die Krankheitsverläufe jedoch länger und schwerer. Sehr häufig kommen bei Patienten mit HIV-Infektion Salmonellen-Infektionen (Salmonella enteritidis, typhimurium) mit erheblichem Krankheitswert vor. Die Erreger werden häufig mit kontaminierten Lebensmitteln, z. B. rohen Eiern (Mayonnaise, Zabaione) aufgenommen. Die Erkrankung verläuft beim Patienten mit HIV-Infektion zum Teil sogar lebensbedrohend, so daß auch bei hinreichendem Verdacht eine sofortige Therapie eingeleitet werden muß. Sehr häufig kommt es bei Menschen mit HIV-Infektion zu Rezidiven (Rückfälle), so daß der Patient vor Entlassung auf das Problem zunächst aufmerksam gemacht werden muß, zum anderen aber eine mögliche Rezidivprophylaxe (Verhinderung des Wiederauftretens der Erkrankung) durchgeführt werden sollte. Diagnostiziert werden die Erreger entweder durch Blutkulturen oder bei Durchfällen aus dem Stuhl. Die Therapie erfolgt mit einem Antibiotikum (Ciprobay) zunächst intravenös. Für eine Prophylaxe kommt dasselbe Medikament in Tablettenform zur Anwendung.

Kryptosporidien

Die Kryptosporidiose befällt den Dünn- und Dickdarm, bei ausgeprägten Verläufen können die Gallenwege mitbeteiligt sein. Die Symptome sind schwere, wäßrige Durchfälle mit bis zu 20 Stuhlentleerungen pro Tag sowie - bei Befall des Gallengangsystems - zusätzlich Beschwerden im Oberbauch. Neben Blähungen und Krämpfen können sich Druckschmerz oder Übelkeit einstellen Die Diagnose kann einfach durch den Nachweis im Stuhl gestellt werden. Auch Verlaufskontrollen unter der eingeleiteten Therapie bedürfen keiner invasiven (endoskopischen) Technik. Die Therapiemöglichkeiten sind zur Zeit immer noch unbefriedigend. Versuchsweise werden Humatin und Pentacarinat oral oder intravenös eingesetzt. Ein schlüssiges medikamentöses Therapiekonzept, welches für alle Patienten wirksam erscheint, gibt es leider noch nicht. In vielen Fällen gilt es zunächst, den massiven Flüssigkeits- und Kalorienverlust durch intravenöse Ernährung und Flüssigkeitszufuhr auszugleichen. Meistens läßt sich die Symptomatik durch die Einnahme von Imodium-Tropfen oder -Kapseln bzw. die zusätzliche Gabe von Opium-Tinktur verbessern. In schweren Fällen kommt das Hormon Sandostatin (subcutane Injektion) als zusätzliche Möglichkeit in Frage. In den meisten Fällen läßt sich diese potentiell lebensbedrohliche Erkrankung inzwischen mit Kombinationen der oben genannten Therapeutika jedoch beherrschen und eine für den Patienten erträgliche Situation wiederherstellen. Oft müssen die Medikamente dann dauernd verabreicht werden.

Mikrosporidien

Dieser Keim wurde in den letzten zwei Jahren als Verursacher von zum Teil schweren Durchfallerkrankungen isoliert. Die Situation wird leider durch den relativ komplizierten Nachweis des Erregers erschwert. Nur Speziallabors sind in der Lage, den Erreger im Stuhl zweifelsfrei nachzuweisen. Zur Therapie kann ein Behandlungsversuch mit Clont, bzw. bei nicht ausreichendem Ansprechen mit Albendazol durchgeführt werden. Zum Unterdrücken der Durchfälle können die gleichen Substanzen wie bei Befall durch Kryptosporidien verabreicht werden. Auch diese Erkrankung heilt nicht vollständig aus.

HIV-Enteropathie (= krankhafte Veränderung des Darmes)

Gerade die Durchfallerkrankungen sind häufig nur sehr schwierig einem einzelnen Keim zuzuordnen. Bei Patienten mit HIV-Infektion sind Veränderungen der Ultrastruktur des Darmes, durch das HI-Virus verursacht, möglich, so daß primär keine anderen Krankheitserreger für die Durchfälle verantwortlich gemacht werden müssen. Zudem erschweren die bei Patienten mit einer HIV-Infektion relativ häufig auftretenden Störungen der Nährstoffaufnahme (Absorptions- und Resorptionsprobleme) im Darm die eindeutige Zuordnung einer aufgetretenen Darmsymptomatik.

In relativ kleinen Studien werden zudem noch eine Reihe anderer Erreger bzw. deren Untergruppen für Durchfallerkrankungen verantwortlich gemacht, deren Bedeutung bzw. abschließende Beurteilung noch aussteht.

Bei fehlendem Keimnachweis erscheint deshalb ein Behandlungsversuch mit einer antiretroviralen Substanz, z. B. Retrovir, gerechtfertigt.

Herpes

Wir unterscheiden zwei wichtige Typen von Herpeserregern, das Herpes simplex Virus und das Herpes genitalis Virus. Die erste Herpesform kennt fast jeder Mensch als Bläschenbildung um Lippen und Mund. Diese Manifestation des Herpes simplex kann äußerst schmerzhaft sein und gerade bei immungeschwächten Menschen in Form von tiefen Geschwüren eine ernsthafte Bedrohung darstellen. Aus diesem Grunde sollte auch die lokale Behandlung einer "einfachen" Bläschenbildung zumindest vom Arzt mit überwacht werden. Im Bedarfsfalle müssen hier Tabletten oder Infusionen mit Zovirax (Aciclovir) eingesetzt werden. Bei ungenügendem Ansprechen wirkt sehr gut Foscavir.

Herpes genitalis befällt meistens den Darmausgang oder die Labien. Selten findet man einen Befall der Haut, dann oft der Hände. Für die Therapie des Herpes genitalis gilt das gleiche Therapiekonzept wie für die anderen Herpeserkrankungen, wobei hier möglichst schnell ein Arzt aufgesucht werden soll.

Gürtelrose

Der Erreger der Gürtelrose wird Herpes Zoster genannt. Die Bläschenbildung, die dem oben genannten Herpes nicht unähnlich ist, tritt bei dieser Erkrankung nicht punktuell auf, sondern streifen- bzw. flächenförmig und betrifft in der Regel entweder die rechte oder linke Körperhälfte. Besonders die Ausbildung dieser Erkrankung im Gesichtsbereich zieht möglicherweise schwere Folgeerkrankungen nach sich (Sehbehinderungen, Hörschäden, Befall von Hirnhäuten). In selteneren Fällen kann sich die Erkrankung an der gesamten Haut (disseminierter Befall) bemerkbar machen. Anders als beim Lippen- oder Genitalherpes ist eine sofortige stationäre Therapie des betroffenen Patienten notwendig. Auch hier wird in der Regel Zovirax oder Foscavir als Therapeutikum eingesetzt.

Tumor-Erkrankungen

Maligne Lymphome

(Bösartige Tumoren der Lymphozyten)

Neben den Blutgefäßen (Arterien und Venen), in denen auch viele Lymphozyten vorkommen, gibt es im Körper noch ein eigenes System von Lymphgefäßen und an diese angeschlossen, die Lymphknoten. In diesem Gefäßsystem und in den Lymphknoten findet ein großer Teil der Abwehrreaktion des Körpers statt oder wird hier vorbereitet. Fast jeder von uns hat während eines grippalen Infektes als Zeichen der anlaufenden Abwehrreaktion schon einmal verdickte Halslymphknoten getastet.

Schwellungen der Lymphknoten sind meistens gutartig. Sie werden wegen ihres Ursprungs aus bestimmten Abwehrzellen (Lymphozyten) Lymphome genannt. Lymphome können an jeder Stelle des Körpers entstehen, da fast überall Lymphknoten vorkommen. Besonders häufig findet man kleine Lymphome am Hals und in der Leistenbeuge, da hier viele Infekte abgewehrt werden müssen.

Im Verlauf der HIV-Infektion tritt bei vielen Patienten eine "Lymphadenitis" (Lymphknotenentzündung) auf. Es sind dann in vielen Körperregionen die Lymphknoten geschwollen. Diese Schwellung kann im Verlauf von Tagen und Wochen mehrfach wechseln.

Vorkommen

Von diesen harmlosen Lymphomen zu unterscheiden sind die bösartigen Lymphome (maligne Lymphome). Diese gehen von Abwehrzellen aus, die der Kontrolle durch das Immunsystem nicht mehr unterliegen und sich hemmungslos und schnell immer weiter vermehren. Durch diese ungebremste Vermehrung kommt es im

Körper zu vielen Problemen. Wichtige Organe (z. B. Leber, Niere, Luftröhre, Gehirn) werden verdrängt und in ihrer Funktion behindert. Manchmal wachsen die bösartigen Zellen auch in die umgebenden Organe und Strukturen ein und zerstören diese. Ein Ausbreiten des malignen Lymphoms im Knochenmark kann wichtige Funktionen des Immunsystems beeinträchtigen, indem es die Zellen des unspezifischen Immunsystems verdrängt.

Zu Beginn findet diese Vermehrung fast immer in einem Lymphknoten statt. Wenn dieser Lymphknoten an einer von außen sichtbaren Stelle liegt oder wenn er aufgrund einer regelmäßigen Untersuchung (auch Selbstuntersuchung) früh entdeckt wird, kann man dieses maligne Lymphom fast immer heilen. Diese Heilung ist auch bei fortgeschrittener Immunschwäche möglich (Bestrahlung). Wenn bereits mehrere Lymphknotenstationen befallen sind, die aber direkt nebeneinander liegen, bestehen ebenfalls gute Heilungschancen, die Behandlung ist aber langwierig und nicht ungefährlich (Chemotherapie, eventuell nachfolgend Bestrahlung). Wenn sich das maligne Lymphom im Bauchraum entwickelt oder in anderen tiefliegenden Lymphknotenstationen, wird es oft sehr spät entdeckt. Oft sind dann schon sehr viele Lymphknoten befallen. Auch dann gibt es noch eine große Gruppe von Patienten, bei denen diese Erkrankung zumindest lange zurückgedrängt werden kann.

Ein bösartiges Lymphom kann sich aber auch im Nervensystem oder in inneren Organen (z. B. Leber, Magen, Darm) entwickeln. Hier sind die Behandlungsmöglichkeiten nicht so gut.

Diagnose

Die Behandlung eines malignen Lymphoms ist mehr oder weniger eingreifend und hängt zudem von der genauen Ausbreitung (Lymphom-Stadium) ab. Eine sichere

Diagnose kann nur durch die Untersuchung von einem kleinen Stückchen Gewebe unter dem Mikroskop gestellt werden.

Folgende Untersuchungen sind sinnvoll, weil sie einen direkten Einfluß auf die Behandlung haben können:

- Gewebeentnahme an einer gut zugänglichen Stelle des Körpers, z. B. Lymphknoten
- Magenspiegelung
- Knochenmarkpunktion
- Liquorpunktion
- Röntgenuntersuchungen:
  Computertomogramm
  Lungenaufnahme

Nach zwei Behandlungen (Zyklen) müssen einige dieser Untersuchungen wiederholt werden, um den Therapieerfolg zu kontrollieren.

Behandlung

Die Behandlung der malignen Lymphome besteht aus zwei gut wirksamen Methoden, Bestrahlung und Chemotherapie.

Die Bestrahlung wird vor allem dann angewandt, wenn die Erkrankung noch sehr begrenzt ist. Sie ist dann hoch wirksam und nur wenig belastend. Häufiger kommt es unter dieser Behandlung zu Hautrötungen im betreffenden Gebiet, ähnlich einem Sonnenbrand. Grundsätzlich muß durch einen speziellen Puder die Haut dort möglichst trocken gehalten werden. Das Immunsystem als ganzes wird nicht beeinträchtigt.

Eine Chemotherapie soll dann durchgeführt werden, wenn das maligne Lymphom auf mehr als zwei Lymphknotenstationen ausgebreitet ist oder der Verdacht besteht, daß das so ist. Die Entscheidung zur Chemotherapie soll ein mit diesen Erkrankungen sehr erfahrener Arzt treffen, da eine solche Therapie auch gefährlich werden kann. Üblicherweise werden 4 bis 6 Zyklen verabreicht, die jeweils etwa 3 Wochen dauern. Risiko bei der Chemotherapie ist, daß fast immer das Immunsystem vorübergehend beeinträchtigt wird und eine vielleicht schon bestehende Immunschwäche sich verstärkt. In diesem Fall besteht während der Chemotherapie ein höheres Risiko für opportunistische und auch andere Infektionen. Da ein malignes Lymphom unbehandelt fast immer in kurzer Zeit zum Tode führt, andererseits durch die Therapie viele Patienten geheilt werden können, sollte man ein Therapierisiko eingehen. Arzt und Patient müssen hier sehr eng zusammenarbeiten, und es muß ein sehr gutes Vertrauensverhältnis gegeben sein.

Ergebnisse aus letzter Zeit scheinen einen Behandlungsvorteil für Patienten zu bestätigen, bei denen nach vollständiger Rückbildung der Lymphome eine Behandlung mit Interferon Alpha und AZT angeschlossen wurde. Auch eine günstige Beeinflussung der Immunschwäche mit einem Anstieg der Helferzellen wurde hier beobachtet. Ein endgültiger Beweis steht aber noch aus.

Übelkeit und Erbrechen treten mit den heute zur Verfügung stehenden Medikamenten (Zofran / Navoban) äußerst selten auf und sind dann nur von kurzer Dauer.

Vorübergehender Haarausfall während der Chemotherapie ist leider häufig. Mit Beginn der Therapie sollte eine Perücke erworben werden (übernimmt die Kasse, kleinere Zuzahlungen verbessern das Ergebnis bedeutend).

Manche Patienten sind zu krank, um eine volle Chemotherapie zu überstehen. Dann kann eine sehr milde Chemotherapie durchgeführt werden, die zwar nicht heilt, aber oft das Befinden erheblich verbessert.

Kaposi Sarkom

Etwa 1/3 der HIV-Infizierten erkrankt an einem Kaposi-Sarkom. Diese Erkrankung ist seit vielen Jahren bekannt. Von Teilen des Bindegewebes ausgehend bilden sich bösartige Tumoren. Bei immungeschwächten Patienten (z. B. absichtlich erzeugte Immunschwäche nach Herztransplantation, um eine Abstoßung des Herzens zu vermeiden) tritt das Kaposi-Sarkom häufiger auf. Neben der Immunschwäche scheint aber ein noch nicht bekannter (möglicherweise sexuell übertragbarer) Co-Faktor notwendig zu sein. Hierfür spricht, daß die Erkrankung bei HIV-infizierten Blutern, Drogenabhängigen und den durch sie infizierten Frauen viel seltener vorkommt als bei homosexuellen Männern.

Erscheinungsbild

Am häufigsten bilden sich in der Haut kleine rötliche Flecken, die langsam größer werden und allmählich einen violetten Farbton annehmen. Diese Flecken können zunächst am Rumpf, aber auch an der Nasenspitze, am Ohr, Augenlid oder der Penisspitze erscheinen. Eine Regel gibt es nicht. Nicht selten tritt ein Kaposi-Sarkom zuerst im Mund, an der Wangen- und Gaumenschleimhaut auf.

Verlauf

Grundsätzlich besteht eine Neigung zur Zunahme der Flecken an Größe und Zahl. Beim einen Patienten kann das schnell, innerhalb weniger Monate oder im Verlauf zweier Jahre geschehen; andere Patienten entwickeln einen kleinen Hauttumor, der über Jahre konstant bleibt. Bei Patienten mit schlechtem Immunsystem breitet sich die Erkrankung meist schneller aus. Bei etwas weniger als der Hälfte der Patienten findet sich ein Befall des Magen-Darm-Traktes. Ein Kaposi-Sarkom führt selten und dann erst sehr spät zu Komplikationen. Ein Befall der Lunge oder sehr große zusammenfließende Hauttumoren, welche zu einem Lymphstau mit Schwellung des betroffenen Abschnitts führen, sind hierfür Beispiele.

Behandlung

Auch wenn ein Kaposi-Sarkom sehr klein ist, aber an einer gut sichtbaren Stelle im Gesicht oder an der Hand auftritt, ist das für viele Patienten eine große Belastung. Hier kann für viele Menschen des täglichen Umgangs die HIV-Infektion sichtbar werden. In einer solchen Situation wird an den Arzt häufig ein Therapiewunsch gestellt. Da - im Gegensatz zu dem Kaposi-Sarkom - die Behandlung oft das körperliche Befinden beeinträchtigt, manchmal sogar gefährlich ist, sollte man hier jedoch sehr zurückhaltend sein.

Im folgenden beschreibe ich einige typische Situationen mit Behandlungsvorschlägen:

Hilfen zur Behandlungsentscheidung

Eine oder viele Läsionen an von Kleidung bedeckter Stelle am Rumpf:

Keine Behandlung sollte man anstreben, falls die Entwicklung der Hautläsionen langsam geht.

Falls das Wachstum schnell ist (oder wird) und der Helferzellstatus gut (mehr als 250) ist, kann eine Behandlung mit Interferon Alpha begonnen werden, um das Wachstum abzubremsen. Manchmal bilden sich alle Herde komplett zurück.

Bei niedrigen Helferzellen (weniger als 100) wirkt Interferon sehr schlecht und man hat nur die Nebenwirkungen: Grippegefühl, Fieber, Kopfschmerzen, evtl. Beeinträchtigungen des Blutbildes und Allergien.

Sichtbare Läsionen im Gesicht oder z. B. an den Händen: möglichst nur kosmetische Behandlung mit Make-Up (erfordert Übung, falls ungenügender Erfolg: an Bezugsläden für Maskenbildner denken),

bei schnellem Wachstum oder schlechtem kosmetischem Ergebnis kann ein Versuch mit Interferon Alpha erfolgen, evtl. Bestrahlung oder eine milde Chemotherapie. Die hier benutzte Chemotherapie (Velbe, Vincristin, Bleomycin) macht selten Haarausfall und keine Übelkeit.

Lasertherapie oder Kryo-(Kälte) Therapie sollte zunächst an einer nicht sichtbaren Körperregion durchgeführt werden, um den kosmetischen Effekt abschätzen zu können.

Manchmal erreicht man durch die Unterspritzung eines Herdes mit einem Zytostatikum oder Interferon gute Ergebnisse.

Zusammenfließende Kaposi-Sarkome können zu einer Schwellung eines Beines oder Armes führen, weil dort verlaufende Lymphgefäße sich verschließen. Oft hilft eine Bestrahlung. Eine Lymphdrainage (Rückführung der Lymphe durch z. B. Ausstreichen oder Auswickeln eines Armes oder Beines) kann man selbst erlernen und durchführen. Bei ungenügender Wirkung hilft eine milde Chemotherapie.

Ein Befall der Lunge oder anderer innerer Organe mit Beeinträchtigung der Funktion erfordert eine Chemotherapie. Zu Beginn einer solchen Komplikation versucht man, möglichst lange mit einer milden Chemotherapie zu behandeln. Bei Mißerfolg muß dann eine stärkere Chemotherapie erfolgen, die auch ein höheres Risiko hat (siehe hierzu "Maligne Lymphome").

In bestimmten Fällen ist die Entscheidung für Arzt und Patient sehr schwierig; oft ist ein großer Bekanntenkreis mit all seinen Erfahrungen hilfreich.

Auch die örtlichen AIDS-Hilfen beraten gerade in solchen schwierigen Situationen, aber sie leisten auch Schminkunterricht und helfen bei all den wichtigen praktischen Dingen.

Chemotherapie

Eine mögliche Behandlungsmethode bei bösartigen Tumoren ist die Chemotherapie. Bei den beiden wichtigsten bösartigen Erkrankungen, die im Verlauf einer HIV-Infektion häufiger auftreten, wirkt eine Chemotherapie gut. Die Erkrankung bildet sich oft für lange Zeit zurück. Ein malignes Lymphom kann mit Chemotherapie nicht selten geheilt werden.

Die Nebenwirkungen einer Chemotherapie können beträchtlich sein. Manche Patienten (1-5 %) versterben an eben diesen Nebenwirkungen (auch Patienten ohne HIV-Infektion). Aus diesem Grund muß der Einsatz einer Chemotherapie in einem sinnvollen Verhältnis zu dem erwartbaren Therapieerfolg stehen.

Es gibt sehr milde Chemotherapien, bei denen solche Nebenwirkungen nicht oder sehr selten zu erwarten sind. Beim Kaposi-Sarkom sollte man zuerst eine solche milde Chemotherapie versuchen. Beim malignen Lymphom ist von einer milden Chemotherapie kein guter Erfolg zu erwarten. Trotzdem versucht man hier bei Patienten, die für eine starke Chemotherapie schon zu krank sind, einen Mittelweg zu gehen.

Funktionsprinzip

Chemotherapeutika sind Gifte, die vor allem sich schnell teilende Zellen behindern oder abtöten. Die Zellen, die sich im Körper mit am schnellsten teilen, sind die bösartigen Zellen. Es gibt aber auch andere Körperzellen, die sich schnell teilen oder die eine besondere Empfindlichkeit gegenüber einzelnen Giften aufweisen. Diese Körperzellen können bei einer Chemotherapie ebenfalls behindert werden.

Man versucht also, die Medikamente so zu dosieren, daß möglichst viele bösartige Zellen abgetötet werden, ohne den Körperzellen zu sehr zu schaden. Meistens gibt man diese Medikamente mehrere Male im Abstand von 1 bis 4 Wochen.

Einige wichtige Nebenwirkungen sind im folgenden beschrieben:

Übelkeit, Erbrechen

Ist bei den Chemotherapien gegen maligne Lymphome und Kaposi-Sarkom wenig ausgeprägt und kann bei fast allen Patienten völlig unterdrückt werden. Neue und bessere Medikamente gegen die Übelkeit sind Zofran und Navoban.

Haarausfall

Die Haarwurzeln gehören zu den schnell wachsenden Zellen. Bei manchen Medikamenten ist ein kompletter Haarausfall zu erwarten. Dieser bildet sich bei etwa 90 % der Patienten nach Ende der Chemotherapie wieder vollständig zurück. Fragen Sie den behandelnden Arzt, ob bei der beabsichtigten Chemotherapie ein Haarausfall zu erwarten ist, und beantragen Sie rechtzeitig eine Perücke bei ihrer Krankenkasse.

Infektionen

Im Kapitel "Immunsystem" ist beschrieben, wie eine Abwehrreaktion des Körpers auf Keime funktioniert. Man kann sich gut vorstellen, daß eine Behinderung der sich schnell teilenden Abwehrzellen auch mit einer abgeschwächten Immunantwort einhergeht. Zudem nimmt die zur Verfügung stehende Zahl von Abwehrzellen zwischen den Chemotherapiezyklen vorübergehend ab. Hieraus resultiert eine deutliche und manchmal eben gefährliche Infektionsanfälligkeit. Regelmäßige Kontrollen dieser Abwehrzellen (Leukozyten) im Blutbild sind deshalb sehr wichtig. Seit etwa 3 Jahren gibt es Medikamente, die diese Phase der Abwehrschwäche abmildern und verkürzen (G-CSF, z. B. Neupogen).

Gerade bei Patienten mit HIV-Infektion soll eine weitere Immunschwächung möglichst vermieden werden. Deshalb sollen die starken Chemotherapien auch nur unter Anleitung eines in diesen Dingen sehr erfahrenen Arztes erfolgen.

Chemotherapie, praktische Hilfe

Als Patient muß man auf folgendes achten:

1) täglich zweimal Fieber messen (unter der Zunge ist genauer als unterm Arm).

   falls höher ab 37,5: drei mal messen pro Tag
   38,0: Arzt anrufen, Koffer packen
   nach einer Stunde nachmessen
   38,5: Krankenhausaufnahme.

   Nach meiner Erfahrung ist es dann Freitag nacht oder Mittwoch nachmittag. Auf keinen Fall bis zum Morgen warten, das kann zu lange sein.

2) gute Körperhygiene, nur wirklich frische Nahrungsmittel oder Vollkonserven essen.

3) ruhig etwas "Hypochonder" spielen und sich gut beobachten. Bei Entzündungen im Mund oder Analbereich soll möglichst bald ein Arzt aufgesucht werden.
4) zwischen dem zehnten und vierzehnten Tag des Therapiezyklus muß ein Blutbild angefertigt werden, um die Beeinträchtigung des Immunsystems durch die Therapie abschätzen zu können.
   Hiernach entscheidet der Arzt, ob er zusätzlich Medikamente geben muß oder sogar eine Krankenhausaufnahme erfolgen soll. In dieser kurzen Zeitperiode keine Massenversammlungen aufsuchen und öffentliche Verkehrsmittel meiden (Infektionsgefahr).
5) Während der gesamten Chemotherapie keine Medikamente einnehmen oder spritzen (z. B. Tibetanisches Heilkraut, Frischzellen, Mistel), die nicht mit dem Chemotherapeuten abgesprochen sind.
6) Während der Chemotherapie muß eine PCP-Prophylaxe durchgeführt werden.

Unter Beachtung all dieser Dinge ist das Risiko nur gering höher als bei Patienten ohne HIV-Infektion.

Strahlentherapie

Gegenüber der Chemotherapie hat die Strahlentherapie den Vorteil, daß sie lokal anwendbar ist. Die bei der HIV-Infektion häufigen Tumoren sind sowohl gut behandelbar mit Chemotherapie als auch mit Strahlentherapie. Überall dort, wo nur ein lokaler Tumor wächst, wird man vorzugsweise die Strahlentherapie anwenden. Eventuelle Nebenwirkungen bleiben so örtlich begrenzt.

Funktionsprinzip

Die Erbinformation ist in den einzelnen Zellen gespeichert. Das gilt für Tumorzellen wie auch für gesunde Körperzellen. Durch die Strahlentherapie wird diese Erbinformation beschädigt. Tumorzellen sind aber meistens empfindlicher als gesunde Körperzellen, weil letztere ihre Erbinformation besser reparieren können und weil bei ersteren die Beschädigung wegen der schnellen Teilungsrate mehr ins Gewicht fällt.

Nebenwirkungen der Strahlentherapie

Betroffen sind vor allem die sich schnell teilenden Körperzellen. Allerdings nur innerhalb des Bestrahlungsfeldes.

Haarausfall

Kann bei einer Bestrahlung des Schädels auftreten. Er ist nicht rückbildbar.

Schleimhautentzündungen

Wenn z. B. die Mundschleimhaut im Strahlenfeld liegt.

Hautreizungen

Dort, wo die Strahlung in den Körper eintritt oder den Körper verläßt. Diese Stellen sollten nicht feucht werden, weil es dann leichter zu Entzündungen kommt. Mit einem speziellen Puder läßt sich die Haut leichter trocken halten und die Reizung abmildern.

Verfärbungen

Nach Bestrahlung eines Kaposi-Sarkoms bleibt häufig ein auffälliger brauner Fleck auf der Haut. Dieser läßt sich aber leichter wegschminken. Auch bei Bestrahlungen wegen eines malignen Lymphoms bleibt manchmal eine Verfärbung der Haut, die aber nicht typisch aussieht.

2. Symptome der HIV-Infektion

Viele bakterielle Erreger sind in der Lage, verschiedene Organsysteme unseres Körpers zu befallen, so daß sich je nach befallenem Organ die vorherrschenden Symptome auch bei gleichem Erreger unterscheiden können. Hinzu kommt die unterschiedliche Zahl, mit der dieser Erreger unseren Organismus besiedelt. Für das diagnostische Vorgehen des Arztes ist die möglichst genaue Beschreibung der Symptome, der Zeitpunkt des Auftretens sowie Art und Dauer der Beschwerden von Bedeutung. Treten sie im Zusammenhang mit bestimmten Tätigkeiten oder Ereignissen auf, kann dies ebenfalls wichtig sein.

Nachfolgend sollen verschiedene, häufig auftretende Symptome beschrieben werden, deren mögliche Ursachen sowie die in der Regel folgenden Untersuchungsverfahren. Ein lückenloses Bild kann jedoch nicht gegeben werden, ich werde mich hier auf die wichtigsten Erkrankungen beschränken.

Fieber

Eines der häufigsten Symptome der HIV- und AIDS-Erkrankung ist das Fieber. Eine Körpertemperatur unter 37,5 C wird als subfebril bezeichnet, d.h. eine noch nicht fieberhafte Temperaturerhöhung. Temperaturen zwischen 37,5 C und 38 C gelten als leichtes Fieber. Die Körpertemperaturen können im Tagesverlauf schwanken und zum Teil mit sehr vielfältigen Symptomen einhergehen. Fieber bis über 40 C kann sowohl wellenförmig als auch auf verschiedenen Temperatur-Ebenen kontinuierlich bestehen.

Bei Temperaturen über 38 C werden normalerweise zunächst Blutkulturen abgenommen: Der Arzt entnimmt dem Patienten hierbei eine geringe Menge Blut, die in eine spezielle Kulturflasche eingebracht wird. Diese wird dann, je nach Fragestellung, unter verschiedenen Bedingungen und Temperaturen weiter behandelt, bis ein Erreger isoliert werden kann. Viele bakterielle Erreger, auch die Tuberkulose, lassen sich auf diese Weise als Ursache für das Fieber diagnostizieren.

Ungeeignet ist diese Methode jedoch für Virusinfektionen. In diesen Fällen wird normalerweise über einen gewissen Zeitraum die immunologische Antwort des Körpers auf das eingedrungene Virus untersucht. Üblicherweise reagiert das Immunsystem auf eingedrungene Viren mit der Bildung von Antikörpern, die sich durch eine einfache Blutuntersuchung nachweisen lassen.

Mit dem Fortschreiten der Erkrankung ist das Immunsystem jedoch nicht mehr in der Lage ist, auf diese Weise zu reagieren. Aus diesem Grunde müssen dann zum Teil kompliziertere Untersuchungsverfahren herangezogen werden, um die Viren sozusagen direkt vor Ort nachzuweisen. In diesen Fällen handelt es sich um sogenannte invasive (= eindringende) Untersuchungen, die den Patienten bedeutend mehr belasten als eine einfache Blutentnahme.

An erster Stelle steht hier die Endoskopie, die Spiegelung. Die Endoskopie des unteren und oberen Verdauungstraktes sowie der Lunge hat zum Ziel, Schleimhautveränderungen zu erkennen und aus diesen Veränderungen gezielt Proben zu entnehmen. Durch mikroskopische Aufbereitung bzw. Färbemethoden lassen sich Viren, aber auch andere Erreger direkt nachweisen. In der Regel sind im Verlauf der Erkrankung relativ häufig solche invasiven Untersuchungen wie die Endoskopie notwendig. Um die Untersuchung für den Patienten so schonend wie möglich zu gestalten, verwenden erfahrene Zentren lokale Betäubungsmittel sowie starke Beruhigungsmittel, die einen narkoseähnlichen Zustand bewirken.

Zur Fieberklärung gehören weiterhin entweder ein Computertomogramm (Röntgenschichtuntersuchung) oder eine Kernspintomographie sowohl des Schädels als auch der inneren Organe, um entzündliche Veränderungen oder Tumoren auszuschließen. Sollten diese Untersuchungsverfahren allesamt zu keinem eindeutigen Ergebnis führen, können sich unter Umständen Punktionen von Knochenmark und Leber anschließen.

Möglicherweise lassen sich in Zukunft solch belastende Untersuchungen weiter reduzieren, sobald die Wertigkeit eines neuen Diagnoseverfahrens, der sogenannten Polymerasekettenreaktion (PCR), für die verschiedenen Erkrankungen festgestellt ist. Dieses Verfahren ist in der Lage, die Erbsubstanz verschiedener Erreger zu erkennen. Dies beschleunigt vor allen Dingen die Diagnosesicherung solcher Erkrankungen, bei denen der Nachweis eines vorhandenen Keims zur Diagnosestellung der akuten Erkrankung ausreicht.

Leider ist dies bei vielen Erkrankungen, wie z. B. bei der Cytomegalievirus-Infektion, nicht der Fall. Hier werden in Zukunft möglicherweise Kombinationen mit anderen Verfahren zumindest für die Beurteilung des Verlaufs eine deutliche Reduktion der invasiven Untersuchungsverfahren erbringen.

Zum Abschluß sei gesagt, daß nicht jede Temperaturerhöhung, auch wenn sie über mehrere Stunden oder Tage anhält, tatsächlich eine nachweisbare Erkrankung zur Folge hat. Im fortgeschrittenen Erkrankungsstadium sind Temperaturerhöhungen über mehrere Tage, ohne den Patienten zu belasten, durchaus nicht ungewöhnlich. Nicht jedes Mal wird das komplette diagnostische Programm eingesetzt. Auch ist es nicht immer zwingend,

Temperaturen - auch wenn sie um 39 C liegen - bis auf Normaltemperatur abzusenken.

Ist jedoch eine Temperatursenkung gewünscht, kann dies entweder durch Kühlung des Körpers von außen (z. B. Wadenwickel) oder aber durch die Gabe von Medikamenten erfolgen, wobei zu bedenken ist, daß die Fiebersenkung unter Umständen zu einer erheblichen Kreislaufbelastung führen kann.

Gewichtsabnahme

Ein häufiges Symptom der HIV-Infektion ist die Gewichtsabnahme. Sie kann einerseits durch das HI-Virus selbst ausgelöst werden, wobei die Aufnahmefähigkeit der Darmschleimhaut für Flüssigkeit und Nahrung gestört ist. Zum anderen stellt die Gewichtsabnahme auch ein wichtiges Leitsymptom für bei der HIV-Infektion nicht selten vorkommende Erkrankungen dar. Hier sind vor allem die typische und atypische Tuberkulose zu nennen. In der Regel wird eine Gewichtsabnahme von über 10 % bei einem normalgewichtigen Menschen als ernsthafte Störung bezeichnet. Jedoch sind viele HIV-Infizierte aufgrund der zur Zeit herrschenden Schönheitsideale nicht als normalgewichtig (Normalgewicht in kg = Körpergröße in cm minus 100), sondern als untergewichtig zu bezeichnen. Bei diesen Menschen ist auch eine geringere Gewichtsabnahme als bedrohlich anzusehen. Es ist HIV-infizierten Menschen nur schwer klar zu machen, daß eine gewisse "Reserve" an Körperfett den Verlauf der HIV-Infektion positiv beeinflussen kann. Auch wenn dies dem zur Zeit herrschenden Schönheitsideal nicht vollständig entspricht.

Diarrhoe (Durchfall)

Auch im Normalfall zeigt das Stuhlverhalten starke Schwankungen hinsichtlich Frequenz (Häufigkeit) und Konsistenz (Beschaffenheit). Im medizinischen Sinne spricht man erst dann von Durchfall, wenn sich mehr als 3 Stühle pro Tag einstellen, wobei eine Beschaffenheit von fest bis weich als normal gilt. Als ebenso normal gilt es, wenn eine Stuhlentleerung nur alle 3 bis 5 Tage auftritt. Innerhalb dieser relativ großen Schwankungsbreite gilt jedes Stuhlverhalten als normal. Besonders Menschen mit Stuhlgang, nach dem sie "die Uhr stellen können", zeigen schon bei geringsten Veränderungen eine übermäßige Besorgnis. Erst bei Veränderungen außerhalb der oben genannten Grenzen werden Untersuchungen notwendig, vor allen Dingen, wenn diese Veränderungen mit Schmerzen und Blutbeimengungen sowie einer sehr ungewöhnlichen Beschaffenheit (z. B. Reiswasserstühle) einhergehen.

In leichten Fällen wird zunächst eine Diagnostik mit Stuhlproben durchgeführt. Hier wird das Labor versuchen, verschiedene Erreger anzuzüchten. Es werden in der Regel mehrere Stuhlproben von verschiedenen Tagen benötigt. Diese sollten, um auch empfindliche Erreger nachweisen zu können, möglichst körperwarm dem Untersuchungslabor zur Verfügung gestellt werden. Im HIV-Bereich sind spezielle Erreger von Interesse, die nicht bei jeder Routineuntersuchung durchgeführt werden. So ist der Hinweis auf das Vorliegen einer HIV-Infektion für die Auswahl der diagnostischen Verfahren, die im Labor verwendet werden, von entscheidender Bedeutung. Erst wenn diese Stuhlproben kein befriedigendes Resultat erbracht haben oder massive Beschwerden einen raschen Ausschluß von tiefgreifenden Darmveränderungen erforderlich machen, wird eine Endoskopie zur Diagnosestellung eingeleitet. Hierbei kann eine Magen- oder Darmspiegelung ebenso vonnöten sein.

Häufiger wird eine Dickdarmspiegelung notwendig sein, die – wenn keine ausreichenden schmerzstillenden Maßnahmen betrieben werden – aufgrund der Schmerzhaftigkeit zu den unangenehmsten Untersuchungen zählt. Wie bereits oben erwähnt, werden erfahrene Zentren die Untersuchung unter starken Schmerz- und Beruhigungsmitteln durchführen, um sie so erträglich wie möglich zu gestalten.

Neben der bekannten Salmonellen-Erkrankung sind gerade bei immunabwehrgeschwächten Patienten seltenere Erreger als Verursacher der Durchfälle möglich. Zu den häufigsten gehören hier die Kryptosporidien. In zwei Dritteln aller Durchfallerkrankungen lassen sich jedoch keine Krankheitserreger im Stuhl isolieren, so daß eine Dickdarmspiegelung notwendig wird. Etwa bei einem Drittel der Patienten wird hierdurch die häufigste Viruserkrankung des Dickdarms, eine Cytomegalievirusinfektion, nachgewiesen.

Kopfschmerzen, Krampfanfall, plötzliche Vergeßlichkeit, Bewußtseinsstörungen

Die Leistungsfähigkeit des Menschen hängt in großem Maße von seinem Wohlbefinden ab. So ist es nicht verwunderlich, daß sich Betroffene nach der eben übermittelten Nachricht eines positiven HIV-Tests kraftlos, verwirrt und depressiv fühlen. So sind Beschwerden, die eine neurologische (nervliche) Ursache haben, immer in Relation zur augenblicklichen Lebenssituation des Patienten zu sehen.

Wenn jedoch die oben beschriebenen Symptome, insbesondere eine **plötzliche** Veränderung der Bewußtseins- und Befindlichkeitslage unabhängig von solch einer Situation auftreten, sollte schnellstmöglich ein Arzt aufgesucht werden. Hier sind auch Angehörige aufgefordert, auf solche Veränderungen zu achten, da in manchen Fällen diese Bewußtseinsveränderungen dem Patienten selbst zunächst nicht auffällig erscheinen oder er sie verdrängt. Die häufigste Ursache für diese Veränderungen ist die zerebrale Toxoplasmose. Hierbei handelt es sich um eine Protozoen-Erkrankung, die bei HIV-Patienten ganz überwiegend das Gehirn betrifft. Die diagnostischen Möglichkeiten sind mit der Einführung des Computertomogramms (computerunterstützte Röntgenschichtuntersuchung) und der Kernspintomographie deutlich verbessert worden. Ohne diese modernen Untersuchungsverfahren ist eine gezielte und schonende Diagnostik dieser Erkrankung nicht mehr vorstellbar.

Deutlich geringer in ihrer Häufigkeit sind Tumorerkrankungen und Veränderungen durch Viren, wobei das HI-Virus und das Papova-Virus erhebliche therapeutische Probleme aufwerfen. In seltenen Fällen muß zur Diagnosesicherung (vor allen Dingen bei fehlendem Ansprechen auf die zunächst begonnene Therapie) eine Hirnpunktion durchgeführt werden. Diese Möglichkeit wird von allen Behandlungszentren sehr zurückhaltend genutzt, zeigt jedoch eine erstaunlich gute Verträglichkeit.

Plötzliche Verschlechterung des Sehvermögens

Der Mensch ist ein Wesen, das sich relativ unkompliziert an Veränderungen seiner Sinnesorgane gewöhnen kann. Dies kann unter Umständen von Nachteil sein, da der Patient - vor allem bei schleichenden Veränderungen -

die bedrohliche Situation relativ spät erkennt. Wenn auch z. B. dreimonatliche augenärztliche Kontrollen eine relative Sicherheit schaffen, pathologische Veränderungen frühzeitig zu erkennen, sollte vor allen Dingen der Patient als Betroffener achtsam bleiben. Wie bei allen biologischen Prozessen schwankt auch das Sehvermögen und die Fähigkeiten anderer Sinnesorgane je nach Tagesform oder Tageszeit. Eine beobachtete konstante Veränderung sollte jedoch als ernstes Alarmsignal gedeutet werden und das sofortige Aufsuchen eines Augenarztes zur Folge haben. Dieser sollte - wenn möglich - mit dem Krankheitsbild AIDS vertraut sein, jedoch kann jede Augenarztpraxis zumindest eine Veränderung des Augenhintergrundes ausschließen.

In der Regel sind augenärztliche Untersuchungen weder schmerzhaft noch langwierig oder unangenehm. Lediglich die Blendwirkung durch das eingebrachte Licht sowie das künstliche Erweitern der Pupille mit dem damit verbundenen Effekt, über einige Stunden nicht scharf sehen zu können, schränkt den Patienten ein. Bei der augenärztlichen Untersuchung wird vor allen Dingen die Cytomegalievirus-Infektion (CMV-Infektion) der Sinneszellen-tragenden, hinteren Augenwand (der sogenannten Netzhaut = Retina) ausgeschlossen, in selteneren Fällen kommen auch Toxoplasmose- oder Pneumocystis carinii-Infektionen vor. Infektionen der vorderen Augenabschnitte, z. B. der Hornhaut (Cornea) sowie der Bindehaut (Konjunktiva) sind selten. Ist diese Infektion jedoch durch ein Herpesvirus bedingt, ist hier - wie auch bei der Infektion mit CMV - das Augenlicht bedroht.

Luftnot

Eines der häufigsten Symptome neben Fieber bzw. häufig in Kombination mit Fieber auftretend sind Atembeschwerden wie Luftnot bei Belastung, Husten und das

Unvermögen, tief durchatmen zu können. Um hier eine diagnostische Strategie mit wenig Belastungen für den Patienten in kurzer Zeit zu erarbeiten, ist die Kenntnis der Helferzellzahl für den Arzt von größter Bedeutung. Bei Vorliegen von mehr als 250 Helferzellen sind opportunistische Erreger, hier die Pneumocystis carinii-Pneumonie, unwahrscheinlich. In dieser Situation gilt es, bakterielle und virale Infekte zu erkennen und zu behandeln. Hierzu ist das Abhören der Lunge (= Auskultation) aussagefähig, eine Röntgenuntersuchung des Brustkorbs ist angezeigt. Auch bei wiederholten Röntgenaufnahmen der Lunge ist die Strahlenbelastung, im Verhältnis zur Diagnostik mit Röntgenstrahlen in anderen Körperregionen, relativ gering. Das erklärt sich zum einen durch eine ausgefeilte, sehr empfindliche Röntgenapparatur, zum anderen jedoch können Röntgenstrahlen in der Lunge, die fast ausschließlich aus dünnen Membranen besteht, wenig absorbiert werden, so daß hier die direkte Gewebsschädigung minimal bleibt. Die Röntgenbelastung ist z. B. im Bauchraum bei gleicher Strahlendosis deutlich höher, da hier durch die sehr dichten Organe die Röntgenstrahlung verstärkt absorbiert wird.

Liegt die Helferzellzahl unterhalb der oben angegebenen Werte, muß auch an eine opportunistische Infektion gedacht werden, insbesondere kommt hier die Pneumocystis carinii-Pneumonie in Frage. Um diesen Erreger nachweisen zu können, ist eine normale Sputumuntersuchung mit nur 25 %iger Wahrscheinlichkeit, den Erreger zu isolieren, nicht ausreichend. Wenn sich der Patient in gutem Allgemeinzustand befindet, kann einmalig oder auch mehrmalig ein sogenanntes provoziertes Sputum durchgeführt werden. Hierbei inhaliert der Patient über 10 bis 15 Minuten eine Kochsalzlösung, die einen starken Hustenreiz verursachen soll, um Material auch aus tieferen Gewebeabschnitten der Lunge zu gewinnen. Wenn die aktive Mitarbeit des Patienten nicht möglich ist oder ein möglichst rasches und sicheres Verfahren zum Einsatz kommen muß, wird die Bronchoskopie (Spiegelung der Luftröhre und Bronchien) durchgeführt. Hierbei sollte der Patient starke Beruhigungsmittel erhalten, um die Untersuchung so wenig belastend wie möglich durchführen zu können. Das gewonnene Material sollte auf jeden Fall nicht nur auf Pneumocystis carinii-Erreger, sondern auch auf bakterielle, inklusive Tuberkulose-Erreger sowie Pilze untersucht werden. In ausgesuchten Fällen ist eine zusätzliche Untersuchung auf Viren notwendig.

Lymphknotenschwellungen

Im Verlauf der HIV-Infektion kann es auch ohne Krankheitswert immer wieder zu Lymphknotenschwellungen kommen. Diese bilden sich meistens wieder zurück, können aber auch Monate bestehen bleiben. Davon abzugrenzen sind Lymphknotenschwellungen, die auf Erkrankungen hinweisen und die zu einem umgehenden Arztbesuch führen sollen.

Die Unterscheidung ist für Arzt und Patient oft schwierig und bei einer einmaligen Untersuchung nicht zu leisten. Sehr wichtig ist daher der Verlauf der Lymphknotenschwellung. Am häufigsten führen eine Tuberkulose und die Toxoplasmose zu einer Lymphknotenschwellung. Ein malignes Lymphom, welches durch eine günstige (weil tastbare) Lokalisation früh diagnostiziert wird, ist gut behandelbar.

Zu einem schnellen Arztbesuch ist zu raten, wenn neben der Lymphknotenschwellung:

- gleichzeitig Fieber, Gewichtsabnahme oder Nachtschweiß auftreten
- über den vergrößerten Lymphknoten eine Hautrötung auftritt
- Schmerz und Überwärmung auffallen
- der Lymphknoten schnell wächst oder größer als 2 cm ist.

Hautveränderungen

Die Haut stellt eines unserer größten Organe dar, deshalb ist es nicht verwunderlich, daß sich HIV-spezifische Veränderungen wie an allen anderen Organen auch auf der Haut abspielen können. Zu den bekanntesten HIV-bedingten Veränderungen gehört das Kaposi-Sarkom. Zu Diagnostik und Therapie wird hier auf das entsprechende Kapitel verwiesen.

Allgemein ist zu sagen, daß Kaposi-verdächtige Hautveränderungen durch eine Probeentnahme und deren feingewebliche Untersuchung abgeklärt werden sollten.

Nicht selten können Kaposi-ähnliche Hautveränderungen durch sogenannte "Leberflecke" vorgetäuscht werden.

Sehr häufig werden auch schuppende Hautveränderungen im Rahmen der HIV-Infektion beobachtet, von denen das sogenannte "seborrhoische Ekzem" eine milde schuppige Hautveränderung meist um Mund und Nase darstellt, während die sogenannte Schuppenflechte (Psoriasis) teilweise eine ernsthafte Gesundheitsstörung ist und von einem Hautarzt mitbehandelt werden sollte.

Weitere infektiöse Hautveränderungen sind vor allen Dingen Herpesekzeme oder eitrige Entzündungen der Haarwurzeln, die bei Menschen mit HIV-Infektion aufgrund komplizierterer Verläufe ebenfalls von einem erfahrenen Arzt behandelt werden sollten.

Vorbestehende Hauterkrankungen verschlechtern sich oft während einer HIV-Infektion.

Schleimhautveränderungen

Sämtliche Veränderungen, die an der Haut beboachtet werden können (Kaposi-Sarkom, Herpes, eitrige und nicht eitrige Geschwürbildungen etc.), können sich auch auf den Schleimhäuten, vor allen Dingen im Mund und Rachenraum, ausbilden. Auch hier ist eine sofortige ärztliche Beratung angezeigt, um so mehr, da Veränderungen im Mund- und Rachenraum zumeist mit einer gestörten Nahrungsaufnahme einhergehen, ein Gewichtsverlust aber nicht eintreten sollte.

In diesen Fällen ist eine Zusammenarbeit zwischen Internisten, Dermatologen und Zahnärzten bzw. Kieferchirurgen hilfreich.

Häufiger als in anderen Schleimhautarealen kommt es im Mund- und Rachenraum zu Geschwürbildungen durch das Cytomegalievirus. Auch hier gilt, daß die Diagnosestellung mit bloßem Auge nicht ausreichend ist, da die therapeutischen Konsequenzen sehr weitreichend sein können. Daher sind Probeentnahmen mit feingeweblicher Untersuchung notwendig.

Sehr häufig treten Geschwürbildungen und Entzündungen des Zahnfleisches auf, ohne daß die Ursachen eindeutig geklärt werden können. Hier werden intensive symptomatische Therapieformen notwendig, die neben Desinfektionslösung und Antibiotikagabe entzündungshemmende Cortisonverabreichungen einschließen können.

Nervenschmerzen, Lähmungen

Neurologische (= die Nerven betreffende) Störungen treten bei vielen Patienten auf. Sie können sehr verschiedene Symptome hervorrufen und haben viele unterschiedliche Ursachen.

Ein häufiges Symptom ist die Abschwächung der Schmerz- und Berührungsempfindung an den Beinen und/oder Armen; der Sinn für die Stellung des Körpers im Raum (Lagesinn) wird schlechter. Für den Alltag hat diese Störung Bedeutung, weil es z. B. beim Tragen von unbequemen Schuhen unbemerkt zu Blasenbildungen und offenen Wunden kommt. Manchmal wird in den betroffenen Gliedmaßen zusätzlich ein falsches Gefühl vorgetäuscht: Oft ein Kribbeln oder "Ameisenlaufen", gelegentlich auch Brennen oder Schmerzen.

Diese Gefühlsstörungen sind nur schwer beeinflußbar. Die meisten Medikamente, die zumindest eine Linderung bewirken, machen gleichzeitig müde.

Neben den Störungen des Gefühls können auch Nerven betroffen sein, die die Muskulatur steuern. Es treten dann Lähmungen auf. Diese entwickeln sich zumeist langsam. Sie können einen einzelnen Nerv z. B. im Gesicht betreffen (hängendes Augenlid, hängender Mundwinkel, Doppelbilder), aber auch mehrere oder fast alle Nerven.

Bei Nervenstörungen, die mit Lähmungen einhergehen, sollte sofort ein Arzt aufgesucht werden. Neben den chronischen Entzündungen kommen hier auch akute Entzündungen und z. B. ein malignes Lymphom, das den Nerv bedrängt, in Frage. Solche Ursachen müssen sofort behandelt werden, um eine bleibende Lähmung abzuwenden.

Gelegentlich führen Nervenstörungen im autonomen Nervensystem (steuert z. B. die Bewegungen der Darmmuskulatur) zu Problemen. Es kann zu Verdauungsstörungen kommen, oder die Kontrolle über die Stuhl- und/oder Urinentleerung geht verloren.

Wenn keine Ursache der Nervenstörungen gefunden wird, ist häufig die HIV-Infektion selbst der Auslöser. Deswegen empfiehlt sich ein Therapieversuch mit Retrovir in **hoher** Dosis. Wenn auch die Symptome dann nur selten völlig verschwinden, kommt es bei vielen Patienten zu einer deutlichen Besserung.

Schmerzen

Ein wichtiges Symptom von vielen Erkrankungen sind Schmerzen. Im Verlauf einer HIV-Infektion treten Schmerzen eher selten auf. Dann sollten sie jedoch auch beachtet und konsequent behandelt werden.

Schmerzen sind wie ein erhobener Zeigefinger, der einem bedeutet: Hier ist etwas nicht in Ordnung; hier droht möglicherweise Gefahr. Neben der Schmerzbehandlung müssen daher die Ursachen des Schmerzes gefunden werden und geeignete Gegenmaßnahmen eingeleitet werden. Die beste Schmerztherapie ist die Behandlung der Ursache. Als Beispiele seien hier die Eröffnung eines Eiterherdes oder die Behandlung eines Pilzbefalls der Speiseröhre genannt.

Bei chronischen Erkrankungen, die dem Patienten ja meistens bekannt sind, ist der Sinn dieser Warnfunktion oft nicht mehr gegeben. Der Schmerz sollte effektiv behandelt werden, ohne jedoch den kritischen Blick auf eine Veränderung der Erkrankung zu verstellen.

Bei Schädigung eines Körpergewebes werden Stoffe aus den Körperzellen frei, welche die Schmerzrezeptoren reizen. Wie auch bei Rezeptoren für andere Gefühle (z. B. Wärme/Kälte) wird ein Signal über die Nervenstränge und das Rückenmark zum entsprechenden Zentrum (Schmerzzentrum) im Gehirn gesendet. Dort wird das

Signal als Schmerz erkannt, und es werden entsprechende Reaktionen veranlaßt. Diese Reaktionen unterliegen teilweise nicht unserem Willen. Der verbrannte Finger ist oft schon längst zurückgezogen, bevor ein Schmerz empfunden wird.

Wie stark ein Schmerz empfunden wird und ob diese Empfindung negativ oder positiv bewertet wird, hängt wieder stark vom einzelnen Patienten und seiner sonstigen Gemütslage ab. Depressive Menschen empfinden Schmerzen sehr viel stärker. Ablenkung läßt einen den Schmerz oft längere Zeit vergessen.

Die Schmerztherapie muß alle diese Dinge berücksichtigen und sehr individuell, quasi "maßgeschneidert" eingesetzt werden.

Eine Schmerztherapie muß unter Umständen für Wochen, Monate oder sogar lebenslang durchgeführt werden. Deshalb soll der Wirkungsgrad einer solchen Therapie besonders kritisch betrachtet werden. Der Wirkungsgrad einer Schmerztherapie ist das Verhältnis von Schmerzreduktion zu den Nebenwirkungen der Schmerzmedikamente. Es ist zum Beispiel wenig sinnvoll, bei chronischen Schmerzen die Medikamente so zu wählen, daß sich ihre schlafanstoßende Wirkung addiert und der Patient den Tag schmerzfrei, aber tief schlafend verbringt.

Im folgenden soll das Prinzip einer Schmerztherapie soweit verständlich gemacht werden, daß der Patient über die Art der Medikamente orientiert ist und die Therapie mitsteuern kann. Die Beispiele der Medikamente richten sich vor allem nach persönlichen Erfahrungen, andere Medikamente der gleichen Substanzgruppe sollen hierdurch keineswegs abgewertet werden.

Im Buchteil "Pflege" finden sich viele ergänzende Hilfen, auf die ich hier nicht eingehen werde.

Medikamente

Kleine Schmerzmittel (z. B. Aspirin) wirken direkt an den Schmerzrezeptoren und behindern deren Auslösung. Weiter können sie durch abschwellende oder krampflösende Wirkung die Schmerzentstehung beeinflussen.

Schwache Opiate (z. B. Valoron) wirken an den Schmerzleitungen und im Schmerzzentrum des Gehirns.

Starke Opiate (z. B. Morphin) wirken ebenfalls an Schmerzleitungen und Schmerzzentrum. Sie sind in ihrer Wirkung, aber auch in allen Nebenwirkungen viel stärker.

Bei den Opiaten unterscheiden wir noch Medikamente, die schnell, aber kurz wirken, und solche, bei denen die Wirkung langsam eintritt, aber lange anhält (Retardwirkung).

Hilfsmedikamente (z. B. Beruhigungsmittel oder Medikamente gegen Depressionen) wirken vor allem auf das Schmerzerleben. Der Schmerz wird weniger stark empfunden.

Schmerzmedikamente haben im wesentlichen drei Nebenwirkungen:

Kleine Schmerzmittel sind oft schlecht magenverträglich. Als Zäpfchen ist die Verträglichkeit meistens besser, die Wirkung auf den Magen bleibt aber auch über den Blutstrom weiter bestehen.

Opiate verursachen als häufigste Nebenwirkung Müdigkeit und hartnäckige Verstopfung. Die gefürchtete Atemlähmung tritt sehr selten (bei sehr hoher Überdosis) auf.

Andere Nebenwirkungen sind eher selten. Im Beipackzettel der Medikamente stehen aber aus Gründen der Haftbarkeit auch solche seltenen Nebenwirkungen. Viele

Schmerzmedikamente wirken schon deshalb nicht, weil jemand mit einem medizinischen Wörterbuch bewaffnet aufmerksam den Beipackzettel gelesen hat und die Schachtel für spätere Zeiten zurücklegt. Es ist trotzdem richtig, diese Beipackzettel von allen Medikamenten in Ruhe durchzulesen (im Wörterbuch nachzuschauen) und dann mit dem behandelnden Arzt zu reden.

Prinzip der Schmerztherapie

Bei kleinen Schmerzen nimmt man kleine Schmerzmittel.

Bei mittleren Schmerzen kombiniert man kleine Schmerzmittel mit schwach wirksamen Opiaten. Die kleinen Schmerzmittel helfen Opiate sparen (weniger Nebenwirkungen !) und ergänzen die Wirkung, weil sie z. B. abschwellend wirken können.

Bei starken Schmerzen tauscht man die schwach wirksamen Opiate gegen stark wirkende Opiate aus.

Schmerzen, die mehrfach am Tage auftreten, sollten mit kurz wirksamen Schmerzmitteln behandelt werden. Dauerschmerzen sollten mit lang wirkenden Schmerzmitteln als Dauerbehandlung über den Tag hinweg behandelt werden.

Grundregeln

Opiate verschiedener Substanzklassen dürfen nicht kombiniert werden (also nicht Morphin mit Valoron), weil sonst das schwächer wirksame Medikament die Wirkung des stärkeren beeinträchtigt.

Opiate gleicher Substanzklasse, aber unterschiedlichen Wirkprofils (retard und nicht-retard, also z. B. MST + Morphinlösung) können kombiniert werden.

Beispiele

Mehrfach pro Tag heftige Bauchkrämpfe ohne Durchfälle:

Kleines Schmerzmittel mit guten krampflösenden Eigenschaften und schnellem Wirkungseintritt mehrfach am Tag. Möglichst keine Opiate wegen Stuhlverhalt.

Bei heftigen anhaltenden Durchfällen kann die Gabe eines Opiates allerdings nützlich sein.

Sooroesophagitis mit Dauerschmerz bei jedem Schlucken und verstärktem Schmerz bei den Mahlzeiten:

Unbedingt spezifische Pilztherapie.

Kleines Schmerzmittel mit möglichst guter Magenverträglichkeit mehrfach am Tag. Zusätzlich schwach wirksames Opiat 15 Minuten vor den Mahlzeiten und eine Gabe am späten Abend. Bei zusätzlicher Schlafstörung wegen Schmerzen sollte ein kurz wirksames Schlafmittel eingenommen werden.

Kaposi-Sarkom mit stärkster schmerzhafter Schwellung eines Beines (so etwas ist sehr selten; trotzdem muß die Behandlung starker Schmerzen hier Raum finden):

Wahrscheinlich ist zu diesem Zeitpunkt bereits eine Schmerztherapie mit kleinen Schmerzmitteln und schwachen Opiaten verschrieben worden. Bei unzureichender Wirkung müssen die schwach wirksamen Opiate gegen stark wirksame ausgetauscht werden.

Es ist ein Dauerschmerz, entsprechend gibt man ein Retardmedikament. Dieses muß mehrfach am Tag genommen werden, um einen Dauerspiegel im Blut zu erhalten.

Bis ein gleichbleibender Blutspiegel erreicht ist, vergehen manchmal 2 Tage. In dieser Zeit sollte zusätzlich das gleiche Medikament als kurzwirksame Form eingenommen werden. Dadurch wird auch der Spiegel schneller erreicht.

Bei bestimmten Tätigkeiten (z. B. Toilettengang) treten zusätzliche Schmerzen auf. Deshalb sollte vorher eine kleine, aber schnell wirksame Dosis eingenommen werden. Es ist viel sinnvoller, Opiate auf diese Art zu kombinieren, als die Dosis so zu wählen, daß möglichst wenig Schmerzen auftreten, der Tag aber verschlafen wird.

Unbedingt auf den Stuhlgang achten und rechtzeitig nachhelfen. Es ist enorm schwierig, einen völlig verstopften Darm wieder zur Arbeit zu bringen.

Schmerztherapie verlangt von Seiten des Patienten und des Arztes viel Geduld und Vertrauen. In sehr schwierigen Situationen kann der Rat eines speziellen Schmerztherapeuten eingeholt werden. Da dieser erfahrungsgemäß wieder zu wenig Erfahrung mit der HIV-Infektion hat, sollte es beim Rat bleiben und die Steuerung der Schmerztherapie durch den behandelnden Hausarzt oder eine HIV-Schwerpunktpraxis erfolgen.

3. Anleitung zur Selbstuntersuchung

Bis auf den Unterpunkt "Untersuchung der Lymphknoten" ist dieses Kapitel für Leser mit funktionierendem Immunsystem und guten Helferzellzahlen völlig entbehrlich. Wenn dagegen die Vermutung naheliegt, daß das Abwehrsystem in seiner Funktion geschwächt ist, sollte dem Erhalt der Gesundheit eine erhöhte Aufmerksamkeit geschenkt werden. Neben einer sinnvollen Ernährung und der Reduktion gesundheitsschädlicher Maßnahmen gehört dazu auch eine gewisse Selbstbeobachtung. Diese Selbstbeobachtung sollte keinesfalls zu einer überängstlichen und lauernden Nabelschau führen. Vielmehr soll mit möglichst geringem Aufwand eine gewisse Sicherheit über die eigene Gesundheit entstehen.

Augen

Richten Sie den Kopf geradeaus. Sehen Sie nur mit den Augen nach links und rechts. Es dürfen keine Doppelbilder entstehen. Bei großer Müdigkeit oder nach Alkoholgenuß wie auch bei manchen Medikamenten dürfen Doppelbilder erscheinen; dazu sollte man aber möglichst bald seinen Arzt befragen.

Das Augenweiß sollte weiß sein; eine rötliche Verfärbung durch die Äderchen ist normal. Eine bereits geringe gelbe Verfärbung sollte zu einem Arztbesuch führen. Es besteht dann der Verdacht auf eine Leberentzündung.

Die Pupillen (schwarze Öffnungen in Augenmitte) sollten gleich groß sein. Wenn Sie vor dem Badezimmerspiegel das Licht einschalten sollten sich beide gleichermaßen verengen.

Halten Sie vor einem Spiegel erst das eine, dann das andere Auge zu.

Sie sollen sich in beiden Fällen klar und deutlich sehen.

Nehmen Sie beide Arme ausgestreckt und gerade zur Seite. Sehen Sie auf einen festen Punkt geradeaus. Bewegen Sie jetzt die Finger der einen Hand und führen Sie den gleichen Arm langsam bis in die Mitte des Blickfeldes. Ziemlich bald müssen die sich bewegenden Finger sichtbar werden (nach ca. 15°) und dürfen zwischendurch nicht verschwinden. Wiederholen Sie den Vorgang mit dem anderen Arm.

Die Sehschärfe prüfen Sie, indem Sie eine Zeitschrift oder dieses Buch mit ausgestrecktem Arm vor sich halten und mit jedem Auge einzeln versuchen eine möglichst kleine Schrift zu lesen. Diesen Versuch wiederholen Sie regelmäßig. Wenn sich die Sehschärfe verändert, die Brille plötzlich nicht mehr stimmt, sollten Sie umgehend einen Augenarzt aufsuchen.

Test des Gesichtsfelds (übernommen von "HIV-Infektion und Auge" von Peter Kaulen und Armin Ketterer):

1. Stellen Sie in Ihrem Fernsehapparat ein "Rauschbild" ein (keinen richtigen Sender, kein Testbild, sondern einen Bereich, der von keinem Sender belegt ist).
2. Schließen Sie ein Auge, und gehen Sie so nahe an den Bildschirm, daß die Nase das Glas berührt.
3. Jetzt füllen die kleinen zitternden Lichtpünktchen (Rauschen) das ganze Gesichtsfeld des offenen Auges aus. Ist dies beim Blick geradeaus der Fall, so ist alles in Ordnung.
4. Nehmen Sie einen dunklen Bereich wahr, in dem Sie keine flackernden Punkte erkennen, so könnte dort ein Gesichtsfeldausfall vorliegen. Dieser Befund ist kontrollbedürftig.
5. Wiederholen Sie den Test mit dem anderen Auge.

Mund

Sehen Sie sich vor einem Spiegel (am besten eignet sich hier ein randbeleuchteter Schminkspiegel oder ein Badezimmerschrank mit mehreren schwenkbaren Spiegeln) in den Mund. Achten Sie auf eventuelle weiße Beläge, die schwer abstreifbar sind (Soor ?); bläuliche Verfärbungen der Wangen- oder Gaumenschleimhaut (Kaposi-Sarkom ?). Kleine in Gruppen stehende Bläschen weisen auf Herpes hin. Einzelne kleine trichterförmige Verletzungen der Schleimhaut sind typisch für eine CMV-Infektion. Ein nach Fellatio oder Cunnilingus auftretendes etwa 0,5 - 1 cm großes, meist rundes oder ovales Geschwür deutet auf eine neu erworbene Syphillis hin.

Ein kleiner Zahnarztspiegel kann auf vielen Flohmärkten erworben werden. Der eigene Zahnarzt hat sicher auch einen ausrangierten Spiegel in der Schublade.

Wegen des erhöhten Risikos durch eine Entzündung des Zahnfleisches in kurzer Zeit Zähne zu verlieren, muß eine exzellente Zahnpflege durchgeführt werden, einschließlich Zahnseide und Munddusche. Eine Entzündung des Zahnfleisches sollte möglichst bald behandelt werden.

Anus, Genitalbereich

Mit Hilfe eines Rasierspiegels überschauen Sie diesen Bereich am besten. Achten Sie auf weiße Beläge am Anus (Soor). Gruppen von kleinen Bläschen sind ein Hinweis auf Herpes oder Gürtelrose (Herpes Zoster). Ein kleines Geschwür oder ein kleiner Riß am Anus kann große Schmerzen machen und den Stuhlgang behindern. Neben Herpes kommt hier eine CMV-Infektion in Frage. Ein schmerzloses kleines Geschwür nach einem ungeschützten Verkehr deutet auf eine neu erworbene Syphilis hin.

Lymphknoten

Tasten Sie zuerst in Ihrer Leistenbeuge. Sie finden dort dicht unter der Haut mehrere kleine Knötchen, die bis zu einem halben Zentimeter groß sein dürfen. Dies sind normale Lymphknoten. Tasten Sie jetzt nach vergrößerten Lymphknoten an folgenden Körperstellen:

Unter dem gesamten Unterkiefer einschließlich Kieferwinkel
am Hals seitlich
über den Schlüsselbeinen
unter den Armen
in der Leistenbeuge

In der Achselhöhle liegen die Lymphknoten meistens tiefer. Deshalb untersucht man bei hängendem Arm auch dort.

Ein etwas vergrößerter Lymphknoten ist kein Grund zur Unruhe. Während einer HIV-Infektion kann es immer wieder zu vergrößerten Lymphknoten kommen. Diese bilden sich auch wieder zurück. Grund zur Sorge bietet ein Lymphknoten, der sich nicht zurückbildet oder schnell wächst. Hier ist dringend ein Arzt aufzusuchen. Neben einer Tuberkulose oder einem Befall mit atypischen Mykobakterien kann auch ein malignes Lymphom die Ursache sein.

Haut

Viele Reaktionen des Körpers sind auch an der Haut sichtbar. Die Haut ist am besten bei Tageslicht beurteilbar. Der Rücken kann mit Hilfe eines Rasierspiegels vor einem anderen großen Spiegel betrachtet werden. Insbesondere Ausschläge, Rötungen, Brennen und Jucken können Hinweise auf z. B. eine Medikamentenallergie sein und sollten einem Arzt gezeigt werden. Achten Sie auf rötliche oder bläuliche Verfärbungen an einzelnen

Stellen (Kaposi-Sarkom) oder eine Gelbfärbung der gesamten Haut (Leberentzündung, Verlegung der Gallenwege durch eine Entzündung). Bei gleichzeitiger Entfärbung des Stuhls und kaffeefarbenem Urin oder gelber Verfärbung des Augenweiß sollte ein Arzt aufgesucht werden.

Finger- und Zehennägel sollten keine neuen Verfärbungen oder Beläge aufweisen. Zwischen den Zehen sollten keine nässenden oder sich schuppenden Stellen entstehen (Nagelpilz, Fußpilz).

Nerven

Berührungsempfindung

Knöpfen sie mit geschlossenen Augen ein Hemd zu. Es sollte kein Unterschied zu einem Versuch mit offenen Augen bestehen. Fahren Sie mit beiden Füßen getrennt über ein Frotteehandtuch. Sie sollten das Kribbeln der Schlingen gut fühlen.

Legen Sie beide Handflächen auf Ihren Brustkorb. Singen Sie einen langgezogenen möglichst tiefen Ton (Nebelhorn eines Schiffes). Sie sollten die Vibration des Brustkorbs deutlich mit den Händen fühlen. Die gleiche Übung kann man auch zu zweit mit den Füßen durchführen. Fehlt der Partner, kommt auch ein Rasierapparat als Vibrator in Frage. Die Untersuchung ist dann etwas unempfindlicher.

Lähmungen

Siehe auch Augen (Doppelbilder). Abschwächung der Kraft in den Gliedmaßen fällt im täglichen Leben sehr schnell auf und sollte umgehend zu einem Arztbesuch führen.

Setzen Sie sich aufrecht und entspannt hin. Heben Sie beide Arme gerade nach vorne, die Handflächen nach oben, die Hände sollen sich nicht berühren. Schließen Sie für etwa 1 Minute die Augen. Beide Arme sollten sich beim Öffnen der Augen in der gleichen Lage befinden wie vorher. Ist ein Arm abgesunken, sollten Sie den Versuch mehrfach wiederholen. Falls immer der gleiche Arm absinkt, ist das ein Hinweis für eine Nervenstörung. Eine entsprechende Übung kann auch mit den Beinen erfolgen, verlangt aber zur Bewertung einen guten Trainingszustand.

Lungenfunktion

Suchen Sie sich eine für Ihren Trainingszustand adäquate Belastungsprobe aus. Am ehesten empfiehlt es sich, eine bestimmte Anzahl von Treppen auszuwählen (z. B. 4 Stockwerke) und in einer bestimmten Zeit zu ersteigen. Die Belastung sollte Sie etwas außer Atem bringen und den Puls leicht beschleunigen. Das ist Ihre Vergleichsbelastung.

Bei wirklichen oder vermeintlichen Atemproblemen (z. B. beginnende PCP) sehen Sie an Ihrer Vergleichsbelastung, ob sich etwas geändert hat. Sie ersteigen also wieder die gleichen Treppen und geraten nur leicht außer Atem: alles in Ordnung. Bei stärkerer Atemnot sollten Sie umgehend einen Arzt aufsuchen. Voraussetzung für diese Selbstbeurteilung ist ein gleichbleibender Trainingszustand.

4. Pflege im Krankenhaus und Hauspflege

GESTERN

Gestern trafen wir Andreas. Er ist der Lebensgefährte von Martin, einem ehemaligen Patienten. Die Beziehung der beiden machte auf uns immer einen sehr harmonischen Eindruck. Wir fanden es bewundernswert, wie sich Andreas auch schon im Krankenhaus um die Pflege seines Freundes kümmerte. Als sich Martins Zustand trotz Therapie immer weiter verschlechterte, führten wir mit Andreas ein langes Gespräch. Er fragte uns, was wir davon hielten, wenn er Martin zu Hause weiter versorgen würde. Zu diesem Zeitpunkt waren sowohl die Ärzte wie auch das Pflegepersonal der Ansicht, daß Martin höchstens noch ein paar Wochen zu leben hätte. Da Andreas auch darüber informiert war, unterstützten wir seinen Vorschlag. Nach zwei Tagen hatte Andreas ein Krankenbett und eine häusliche Pflege selbst organisiert und seine Mutter erklärte sich bereit, für beide zu kochen. Somit waren die Rahmenbedingungen erfüllt und Martin wurde am nächsten Tag nach Hause entlassen.

GESTERN

Gestern lag es über fünf Monate zurück, daß wir Andreas und Martin das letzte Mal gesehen hatte. Andreas kam auch gleich auf uns zu und lud uns auf einen Kaffee ein. Unsere Überraschung war sehr groß, als wir erfuhren, daß Martin auch bald in das Café kommen würde. Obwohl er nur noch die notwendigsten Medikamente einnahm, hatte er sich zu Hause fast unglaublich erholt. Anfangs sah es überhaupt nicht danach aus, aber die liebevolle Zuwendung seines Freundes und das persönliche Umfeld sowie der eigene starke Wille haben mehr als eine umfassende medikamentöse Therapie bewirkt.

MORGEN

Morgen wird Thomas beerdigt.

Wir lernten ihn vor längerer Zeit kennen und freundeten uns an. Vor zwei Jahren erfuhr Thomas, daß er HIV-positiv ist. Von Natur aus ein optimistischer Mensch versuchte er auch, sein Testergebnis mit dieser Einstellung anzunehmen. Natürlich war Thomas auch bekümmert und voll Angst, aber er bemühte sich, das Beste aus dieser Situation zu machen. Thomas führte schon immer einen sehr gesunden Lebenswandel, aß Vollwertkost, rauchte nicht, nahm keine Drogen und trank auch nur selten Alkohol. Dies und seine ganze Grundeinstellung gaben ihm, seinen Freunden, Bekannten und uns die Hoffnung, noch viele Jahre miteinander zu leben.

Wir hatten uns alle sehr getäuscht!

Keine zwölf Monate nach Mitteilung seines Testergebnisses lag Thomas schon mit einer PCP (Pneumocystis carinii-Pneumonie, spezielle Form der Lungenentzündung) im Krankenhaus. Die PCP wurde erfolgreich behandelt und nach drei Wochen konnte Thomas wieder nach Hause. Mit der Erkenntnis, am Vollbild AIDS erkrankt zu sein, wurde Thomas allerdings nicht fertig. In den nächsten Monaten wurde er immer depressiver und ließ keinen Menschen mehr an sich heran. Von seinem Optimismus war nichts mehr übrig geblieben. Viele Bekannte, die sich um ihn bemühten, gaben ihre Versuche nach und nach auf, so daß bald nur noch die Eltern sowie seine Freundin Martina ihn besuchten. Sehr bald lag Thomas wieder im Krankenhaus, wo Toxoplasmose (Entzündung im Gehirn) diagnostiziert wurde. Als wir ihn sahen, waren wir über sein Aussehen erschrokken. Die ganze linke Seite war gelähmt, der linke Mundwinkel hing herunter, und Speichel lief aus seinem Mund. Thomas reagierte überhaupt nicht auf Berührungen. Er hatte sich körperlich und psychisch vollkommen verändert.

Vierzehn Tage später starb Thomas, ohne noch einmal das Bewußtsein erlangt zu haben.

MORGEN

Morgen gehen wir zu Thomas' Beerdigung. Er wurde nur 25 Jahre alt. Was am Ende bleibt, ist immer die Frage nach dem Warum?

ÜBERMORGEN

Übermorgen brauche ich einen Tag frei.

Die Beispiele zeigen, daß es keine Patentrezepte für eine richtige Lebensführung gibt. AIDS ist eine Erkrankung, die für jeden Betroffenen einen individuellen Verlauf mit sich bringt. Da sich einige Verläufe und Verhaltensweisen sehr ähneln, möchten wir unsere persönlichen Erfahrungen und Beobachtungen an Betroffene, Angehörige, Freunde und Bekannte weitergeben.

Infektiosität und Übertragungswege

Im täglichen Zusammensein mit HIV infizierten oder an AIDS erkrankten Menschen kommt bei Freunden, Angehörigen und Kollegen immer wieder die Frage nach möglichen Übertragungsrisiken auf.

Die Übertragungswege von HIV sind mittlerweile weitgehend geklärt.

HIV ist außerhalb des menschlichen Körpers sehr empfindlich (z. B. wird das Virus in getrocknetem Blut sehr schnell inaktiv).

Das Virus wird durch fettlösende Reinigungs- (z. B. Seife) und Desinfektionsmittel sowie durch Hitze (z. B. Erwärmen über 60C, Kochen) sicher zerstört.

HIV ist praktisch in allen Körperflüssigkeiten (Sekreten) nachweisbar.

- hohe Konzentration: Blut - Sperma - Vaginalsekret (hoch infektiös)
- mäßige Konzentration: Urin - Stuhl (gering infektiös)
- geringe Konzentration: Speichel - Tränen - Schweiß (nicht infektiös)

Blutbeimengungen erhöhen die Infektiosität des jeweiligen Sekretes.

Für das Zustandekommen einer Infektion sind die **Menge der übertragenen HIV-infizierten Flüssigkeit** und deren Gehalt an Viren (**Viruskonzentration**) sowie Größe und Art der **Eintrittspforten** von Bedeutung. Je größer die Eintrittspforte und je direkter der Zugang zum Blutsystem (z. B. Bluttransfusionen), desto wahrscheinlicher ist eine Infektion. Ein weiterer maßgeblicher Faktor für das Zustandekommen einer Infektion ist die **Kontaktzeit**. Darunter wird die Zeitspanne verstanden, in der ein Erreger z. B. auf Schleimhäuten oder Wunden haften bleibt. Es ist leicht verständlich, daß eine Infektion um so wahrscheinlicher wird, je länger unser Körper mit dem Erreger in Berührung kommt.

Im täglichen Leben ist eine Infektion mit HIV praktisch nur möglich:

- bei ungeschütztem Geschlechtsverkehr
- bei der gemeinsamen Benutzung von infektiösen Spritzen und Kanülen durch Drogenabhängige
- bei der Übertragung von der infizierten Mutter auf das Kind (Schwangerschaft, Geburt, Muttermilch)

Eine Übertragung durch HIV findet nicht statt:

- durch soziale Kontakte im Alltagsleben (Haushalt, Beruf, Freizeit)
- durch Händeschütteln, Atemluft, Husten oder Niesen
- durch gemeinsame Benutzung von Gläsern, Geschirr, Bestecken
- in öffentlichen Bädern, Saunen, Toiletten
- durch Haustiere oder tierische Lebensmittel

Im Krankenhaus

Da es sich bei den meisten an AIDS Erkrankten um relativ junge Menschen handelt, ist der Aufenthalt in einem Krankenhaus in der Regel eine neue Erfahrung. Neue Erfahrungen bringen oft auch eine gewisse Unsicherheit mit sich. Es ist daher ratsam, sich zuerst mit den allgemeinen Abläufen vertraut zu machen.

Im Krankenhaus herrscht ein geregelter Tagesablauf. Die Vormittage sind für die Patienten meistens ausgefüllt. Früh (zwischen sechs und sieben Uhr) werden sie zum Bettenmachen und Fiebermessen geweckt. Kaum richtig erwacht, wird ihnen auch schon Blut abgenommen. Jetzt erst kommt das Frühstück. Ist der Patient nicht zu einer Untersuchung mit so erschreckenden Namen wie Sonographie, Gastroskopie, Rektoskopie, Bronchoskopie oder etwas weniger aufregenden wie EKG oder Röntgen unterwegs, erwartet er den Besuch (Visite) der Ärzte. Der Besuch fällt meistens sehr kurz aus, und der Gastgeber (Patient) wundert sich, daß er gar nicht richtig zu Wort gekommen ist. Zwischendurch widerfahren ihm eventuell auch noch einige Anwendungen wie Inhalationen, Einreibungen, Verbandswechsel von Seiten der Pflegekräfte. Jetzt ist es Zeit zum Mittagessen. Wird der Patient nicht schon wieder von eifrigen Schwestern oder Pflegern aufgesucht, hat er jetzt Gelegenheit zu einem Erholungsschlaf. Die ersten Besucher treffen pünktlich zur Kaffeezeit ein und verabschieden sich meistens wieder, wenn das Abendessen kommt. Nun ist endlich Gelegenheit, die Zeitung vom Morgen zu lesen, Radio zu hören oder fernzusehen. Da der Nachbar schnarcht, könnten die Pfleger oder Schwestern jetzt ruhig mal wieder reinschauen, um die Nachttabletten zu verteilen. Die lassen sich aber Zeit und erscheinen erst zwischen 20 und 21 Uhr. Wird der Patient nicht vom Nachtdienst geweckt, bleiben ihm noch volle acht Stunden zum Ausschlafen, obwohl er gerne ein paar Stunden mehr hätte.

Was wir hier so salopp geschildert haben, entspricht den ungefähren Tagesabläufen der meisten Krankenhäuser.

Falls ein Krankenhausaufenthalt absehbar ist, kann eine kleine Checkliste hilfreich sein. Auch wenn das Mitbringen der aufgeführten Artikel den meisten sinnvoll erscheinen, ist es verwunderlich, wie häufig diese Sachen vergessen werden.

Die wichtigsten Hygieneartikel

Zahnbürste, Zahnpasta, Seife, Duschmittel, Haarwaschmittel, Deo, Waschlappen, Handtücher, Kamm oder Bürste, evtl. Spiegel sowie ggf. Rasierzeug. After Shave für die Herren, Schminkutensilien für die Damen sowie Parfüm oder Eau de Toilette werden zwar nicht zwingend benötigt, doch tragen sie u.U. zur Steigerung des Wohlbefindens bei.

Bekleidung

Schlafanzug, Jogginganzug, T - Shirts, Bademantel, ganz wichtig: Hausschuhe und ein Paar feste Schuhe.

Sonstiges

Zeitschriften, Bücher, Radio und eventuell ein Fernseher können ebenfalls gebraucht werden. Nicht alle aufgeführten Artikel sind vom ersten Tag an erforderlich, doch dauert der Aufenthalt häufig mehrere Wochen, und diese Zeit ist lang.

Telefonrechnung, Gas, Strom, Miete und die anderen laufenden Kosten bezahlen. Nichts ist ärgerlicher, als nach einem unerwartet längeren Krankenhausaufenthalt eine Wohnungskündigung oder ein gesperrtes Telefon vorzufinden.

Während des Aufenthaltes sind das frühe Wecken und die Essenszeiten für viele Patienten ein Problem. Fühlt der Patient sich in der Lage, sein Bett selbst zu machen, kann er das morgendliche Wecken etwas hinauszögern. Bei Wünschen, z. B. das Mittagessen zurückzustellen, gibt es allerdings oft Schwierigkeiten. Solche Wünsche jedem Patienten zu erfüllen, würde den Stationsablauf insgesamt zu sehr behindern.

Manche Patienten fühlen sich bei der Visite nicht genug beachtet oder können Fachbegriffe nicht richtig verstehen. Dann ist es wichtig, sich zu äußern und nachzufragen. Allerdings ist der Nachmittag besser geeignet, um ausführliche Gespräche mit dem Arzt zu führen. Jeder Patient hat das Recht, sich über den Verlauf seiner Erkrankung, Ergebnisse von Untersuchungen oder die verabreichten Medikamente genau zu informieren.

Ein weiteres Problem stellt die umfangreiche Infusionstherapie zur Behandlung der opportunistischen Infektionen dar. Das Warten auf die nächste Infusion läßt viele Patienten ungeduldig und reizbar werden. Um dem vorzubeugen, ist es auch ratsam, die ungefähren Zeiten für die Infusionen zu erfragen. Überhaupt ist die Kommunikation mit den Ärzten und dem Pflegepersonal die beste Methode, Unstimmigkeiten zu vermeiden. Als goldene

Regel gilt: "Wie man in den Wald hineinruft, so schallt es heraus." Auch Ärzte, Schwestern und Pfleger sind Menschen und keine Maschinen, die gleichbleibend freundlich sein können. Diese hohe Erwartung wird aber von vielen Patienten gestellt. Sie reagieren oft mit Unverständnis oder Ärger, wenn diesen Erwartungen nicht entsprochen wird. So können Situationen entstehen, die den Krankenhausaufenthalt zum extrem negativen Erlebnis werden lassen.

Die meisten Fragen werden von den Patienten eher an das Pflegepersonal als an die Ärzte gerichtet, da der Kontakt zu ihnen in der Regel intensiver ist und damit mehr Austausch stattfindet. Die Weitergabe wichtiger Informationen von Pflegekräften an Ärzte ist eine wesentliche Basis, um die Bedürfnisse und Ängste der Patienten in die Behandlung und Begleitung zu integrieren.

Ein Beispiel dafür: Zu Stefan bestand ein sehr gutes Verhältnis. Bei seinem vorletzten Aufenthalt auf unserer Station sprachen wir darüber, wie Stefan sich sein Sterben vorstellt. Ihm war es sehr wichtig, daß seine Schwester und sein Freund die Möglichkeit hätten, auch über Nacht bei ihm zu bleiben, falls sich sein Zustand verschlechtere. In diesem Fall wollte er auch nicht weiter therapiert werden. Stefan sagte uns, er habe keine Angst vor dem Tod, aber er fürchte sich davor, mit starken Schmerzen zu sterben. Als Stefan zum letzten Mal eingeliefert wurde, ging es ihm schon so schlecht, daß er kaum noch sprechen konnte.

Aufgrund unseres letzten Gespräches war es möglich, den Arzt über seine Wünsche zu informieren. Der Arzt führte daraufhin noch ein Gespräch mit Stefans Freund und seiner Schwester und setzte eine regelmäßige Schmerztherapie an. Auf eine andere Therapie wurde verzichtet. Nach zwei Tagen starb Stefan im Beisein seiner Schwester und seines Freundes, so wie er es sich gewünscht hatte.

Rooming-in

Eine besondere Leistung einiger Krankenhäuser ist das Rooming-in. Es bietet Freunden und Angehörigen die Möglichkeit, auch außerhalb der regulären Besuchszeiten und in der Nacht beim Patienten zu bleiben. Diese Form des engen Kontaktes bietet dem Erkrankten insbesondere in Krisenzeiten die Möglichkeit, Begleitung und Betreuung von Personen zu erfahren, die ihm wichtig sind.

Grenzen des Rooming-in sind durch den alltäglichen Ablauf der Stationen gegeben, der im wesentlichen aus Diagnostik und Therapie besteht. Neben den Patienten sollten sich daher auch ihre Freunde und Angehörigen mit diesen Abläufen vertraut machen und ihre Ansprüche auf die Möglichkeiten abstimmen. Serviceleistungen wie die eines Hotels kann ein Krankenhaus nicht leisten.

Wird die Möglichkeit des Rooming-in von Freunden oder Angehörigen genutzt, können sie, unterstützt von Pflegepersonal, Ärzten und Psychologen, einen wesentlichen Beitrag zur Therapie und Betreuung des Erkrankten leisten. Vor allem wenn der Patient selbst nicht in der Lage ist, sich zu äußern, sind sie aufgrund ihrer Vertrautheit zueinander besser in der Lage, seine individuellen Bedürfnisse zu erkennen und diese zu vermitteln.

Angehörige und Freunde können im Rahmen ihrer Möglichkeiten nach Absprache und Anleitung durchaus einige pflegerische Tätigkeiten übernehmen. Sie können vieles erlernen, was auch später für die Versorgung zu Hause von Nutzen ist. Voraussetzung hierfür ist natürlich auch eine realistische Selbsteinschätzung. Viele Freunde und Angehörige neigen dazu, sich zu überfordern und schaden damit eventuell sich selbst oder dem Erkrankten.

Die Entlassung steht an

Ist eine Entlassung aus dem Krankenhaus in Sicht, so sollte einige Tage vorab bereits geklärt werden, welcher niedergelassene Arzt die weitere Betreuung und medizinische Versorgung übernehmen kann. In vielen Großstädten haben sich mittlerweile AIDS-Schwerpunktpraxen angesiedelt. Informationen über diese Praxen geben in der Regel die örtlichen AIDS-Hilfen oder auch die Ärzte der behandelnden Klinik. Sollte eine häusliche Pflege erforderlich sein, ist es wichtig, die Übernahme der Pflege durch eine Sozialstation rechtzeitig zu klären. Die in den meisten Krankenhäusern vertretenen Sozialarbeiter können Hilfestellungen bei der Vermittlung geeigneter Sozialstationen, aber auch bei Fragen zur Kostenabwicklung geben.

Krankenpflege zu Hause

Menschen mit HIV-Infektion und AIDS in ihrer häuslichen Umgebung zu versorgen, hat in den letzten Jahren immer mehr an Bedeutung gewonnen. Auf die Versorgung von AIDS-Patienten spezialisierte ambulante Pflegedienste und Selbsthilfeorganisationen bilden hierfür einen wesentlichen Rahmen. Freunde und Angehörige müssen verstärkt mit einbezogen werden, um eine optimale Versorgung des Patienten zu gewährleisten. Gerade bei der Pflege im häuslichen Bereich stoßen alle Beteiligten des Pflegeprozesses schnell an Grenzen. Diese Grenzen werden bestimmt durch die Finanzierung, Organisation von Pflegemitteln, Überwachung der umfangreichen medikamentösen Therapie und die individuellen Bedürfnisse und Erwartungen von Patienten, Angehörigen, Freunden und Sozialstationen. Demgegenüber bietet die Versorgung des Patienten in seiner vertrauten Umgebung Vorteile, die ein Krankenhaus einfach nicht erbringen kann. Der Patient fühlt sich in der Regel in seiner privaten Umgebung geborgener. Das ermöglicht ihm - bei umfassender Betreuung - den Krankheitsprozeß als Bestandteil seines Lebens in den Alltag zu integrieren.

Grundvoraussetzungen

Wird die Versorgung bzw. Pflege eines Patienten in seiner Wohnung erwogen, so sollten bestimmte Grundvoraussetzungen geprüft werden, um eine umfassende Versorgung sicherzustellen und dem Patienten auch außerhalb des Krankenhauses ein Gefühl der Sicherheit zu vermitteln.

Medizinische Voraussetzungen

In einem intensiven Gespräch mit dem behandelnden Klinikarzt muß unter Berücksichtigung der Diagnose und den therapeutischen Bedingungen geklärt werden, ob eine umfassende medizinische Versorgung zu Hause möglich ist.

Insbesondere muß geklärt werden, ob sich ein niedergelassener Arzt findet, der die Betreuung des Patienten übernehmen und falls erforderlich auch Hausbesuche durchführen kann.

Übernahme der Pflegekosten

Grundvoraussetzung für die Betreuung und Pflege durch ambulante Pflegedienste ist eine Kostenbewilligung durch die Krankenkasse oder das Sozialamt. Je nach Kostenträger muß für den Antrag auf Kostenübernahme eine ärztliche Verordnung, ein Attest oder Gutachten eingereicht werden. Die Eigenübernahme der Kosten überschreitet in der Regel die finanziellen Möglichkeiten der Patienten bei weitem.

Sozialstation

Für die Pflege in Frage kommende Sozialstationen sollten über eine Personalkapazität verfügen, die im Bedarfsfalle eine 24-Stunden-Pflege sowie die Überwachung der medikamentösen Therapie (Infusionstherapie und intravenöse Injektionen) gewährleistet.

Freundeskreis und Angehörige

Freunde und Angehörige sollten ihre Belastbarkeit und ihre zeitlichen Möglichkeiten realistisch einschätzen und dabei bedenken, daß es durch Erkrankung der Betreuenden auch zu Versorgungslücken kommen kann.

Räumliche Möglichkeiten

In der Regel ist es erforderlich, in der Wohnung des Patienten einige Änderungen vorzunehmen, um dem Anspruch einer optimalen Versorgung gerecht werden zu können. Große Räume bieten sich hierfür am besten an. In der Regel handelt es sich dabei um das Wohnzimmer, das oft auch das hellste und freundlichste Zimmer ist.

Ausstattung

Das Bett sollte so plaziert werden, daß es von allen Seiten gut erreichbar ist. Spezielle Krankenbetten können über Sozialstationen, Krankenkassen oder gemeinnützige Vereine ausgeliehen werden. Sehr hilfreich ist ein höhenverstellbares Krankenbett mit durch den Patienten regulierbarem Kopfteil. Es sollten genügend Kissen vorhanden sein, damit der Patient im Bett auch gestützt aufrecht sitzen kann. Ein Tablett oder höhenverstellbarer Beistelltisch ist durchaus hilfreich.

Bettwäsche sollte in ausreichender Menge vorhanden sein, da u.U. die Wäsche mehrmals am Tag gewechselt werden muß.

Das Telefon ist eine wichtige Kommunikationshilfe in der Pflege und Versorgung. Organisation und Hilferuf können hierüber im wesentlichen abgewickelt werden. Das Telefon sollte immer in erreichbarer Nähe für den Patienten sein (lange Schnur oder kabelloses Gerät).

Das Badezimmer muß ebenfalls auf die Bedürfnisse des Patienten abgestimmt sein. Selbsthaftende Gummimatten und Haltegriffe in Dusche oder Badewanne sind nützliche Hilfen. Patienten, die nicht mehr lange stehen können, ist ein Hocker oder Gartenstuhl aus Plastik in der Dusche eine große Hilfe.

Pflegehilfsmittel und Medikamente sollten in übersichtlicher Anordnung aufbewahrt werden und schnell zugänglich sein. Hierfür bietet sich ein geräumiges Regal, ein Schrank oder ein großer Tisch an.

Damit der Patient in seiner Umgebung auch Anregung und Ablenkung erfährt, sollte für ein ausreichendes Spektrum an Unterhaltung gesorgt werden. Bücher, Zeitschriften, Fernseher oder Radio müssen sich für den Erkrankten in Reichweite befinden.

Pflegehilfsmittel für bettlägerige Patienten sind:

Urinflasche, Bettpfanne, Nierenschalen, Fieberthermometer, Gummituch als Matratzenschoner, Zellstoffunterlagen, Toilettenartikel im Rahmen des üblichen Bedarfs (Seife, Duschgel, Körperlotionen, Creme, Zahnbürste, Zahnpaste, Deodorant, Schampoo), Glyzerin-Zitrone-Stäbchen zur Mundpflege, abknickbare Trinkhalme, "Schnabeltasse".

Zusätzliche Hilfsmittel

Ist es erforderlich, zusätzliche Hilfsmittel einzusetzen, sollte geklärt werden, ob diese durch die Sozialstation, Krankenkasse oder u.U. aus dem Freundes- und Bekanntenkreis gestellt werden können.

Hilfsmittel können sein: Gehhilfen, Rollstuhl, Toilettenstuhl, Infusionsständer, Infusionsgeräte, Unterlegringe, Antidekubitusmatratze, Antidekubitusfelle, Sauerstoffgeräte und Spezialbetten.

Hygienische Voraussetzungen

Die Reinigung von Geschirr, Hausputz und Wäscheentsorgung kann mit hausüblichen Wasch- und Putzmitteln durchgeführt werden. Das Vorhandensein einer Waschmaschine ist sehr empfehlenswert, ein Wäschetrockner kann eine Unterstützung sein.

Für eine regelmäßige Reinigung der Wohnung, insbesondere der sanitären Einrichtung und Küche, muß gesorgt werden.

Entsorgung von Abfällen:

Hausabfälle werden wie üblich beseitigt. Verbandsmaterial und andere infektiöse Materialien sollten in reißfesten Abfallsäcken entsorgt werden. Spitze und scharfe Gegenstände (z. B. Flaschenbruch, Kanülen, leere Ampullen) müssen in stich- und bruchfesten, flüssigkeitsundurchlässigen Behältnissen abgeworfen werden (Miniboxen, dickwandige Plastikflaschen oder auch Metallkaffeedosen; Glasbehälter sind wegen Bruchgefahr zu meiden).

Werden die erwähnten Bedingungen eingehalten, so können diese Säcke und Dosen anschließend fest verschlossen in den üblichen Hausmüll gegeben werden.

Schutzmaßnahmen bei der Pflege

Die üblichen Hygieneregeln für die Versorgung von Kranken sind ausreichend, um eine Infektion mit HIV oder anderen Erregern zu vermeiden.

Schutzhandschuhe sind bei allen Tätigkeiten zu tragen, bei denen ein Kontakt mit Blut, Blutbestandteilen, Körperflüssigkeiten sowie Ausscheidungen zu erwarten ist. Verletzungen (selbst kleinste) sollten durch einen entsprechenden Verband abgedeckt werden, um einen Kontakt mit erregerhaltigem Material zu verhindern.

Mund-, Nasen- und Augenschutz sind nur erforderlich, wenn mit Verspritzen von Sekreten, Blut oder Körperflüssigkeiten zu rechnen ist, hat aber in der häuslichen Versorgung kaum eine Bedeutung. Erforderlich kann das Tragen solcher Schutzhilfen sein, wenn die betreuende oder pflegende Person einen Infekt hat, z. B. bei Erkältungen, um eine Infektion des Patienten zu verhindern.

Desinfektion

Desinfektion von Haut (z. B. bei Injektionen) und Flächen (z. B. die Sanitäreinrichtungen bei starker Verunreinigung) erfolgt mittels handelsüblicher Präparate. Die Hersteller geben genaue Anleitungen zur Anwendung, die in Bezug auf Menge des Mittels und Einwirkzeit genauestens beachtet werden müssen, ebenso wie die Reihenfolge: erst desinfizieren - dann reinigen.

AIDS ist eine Krankheit, die u.U. zwischendurch immer wieder Krankenhausaufenthalte nötig macht. Es ist daher sehr wichtig, die Grenzen einer häuslichen Versorgung insbesondere auf medizinischem Gebiet deutlich zu erkennen, um den Patienten nicht zusätzlich zu gefährden.

Die Pflege und Versorgung von Freunden bzw. Angehörigen zu Hause in ihrer gewohnten Umgebung ist insgesamt eine große Herausforderung für alle Beteiligten.

Neben der Forderung, für den Patienten eine bestmögliche körperliche und psychosoziale Betreuung zu erzielen, darf nicht die enorme Belastung für die Betreuenden außer Acht gelassen werden. Möglichkeiten für Ausgleich und Austausch sollten in die Überlegungen bei der Planung einer häuslichen Versorgung miteinbezogen werden. Hilfestellungen können hierfür Selbsthilfe- oder Angehörigengruppen geben, die in der Regel von den örtlichen AIDS-Hilfen angeboten werden.

Aspekte der Krankenbeobachtung und Grundpflege

Im Verlaufe der AIDS-Erkrankung kommen die meisten Patienten in ein Stadium, in dem sie auf die Hilfe und Unterstützung von Freunden, Angehörigen oder Pflegekräften angewiesen sind. Oft müssen alltägliche Handlungsabläufe wie Waschen, Körperpflege, Bewegung, Essen und Ausscheidung teilweise oder vollständig von diesen Personen übernommen bzw. unterstützt werden.

Wir wollen in diesem Kapitel Hinweise geben, was bei der Grundversorgung von Schwerstkranken zu beachten ist, um nicht durch unsachgemäße und falsche Maßnahmen die Situation des Erkrankten zu verschlimmern bzw. ihn zu gefährden.

Die intensive Beobachtung von Schwerstkranken ist besonders wichtig. Oft sind Patienten nicht mehr selber in der Lage, Veränderungen wahrzunehmen oder diese zu äußern. Sie müssen sich darauf verlassen können, daß die Pflegenden diese Veränderungen (körperliche und geistige) wahrnehmen und entsprechende Maßnahmen einleiten.

Infektionsgefahr

Die Gefahr, sich bei der Pflege von an AIDS-erkrankten Menschen zu infizieren, ist äußerst gering. Die größte Gefahrenquelle sind benutzte Spritzen. Die Kanüle soll nicht wieder in die Verschlußkappe zurückgesteckt, sondern direkt in einen entsprechenden Abwurfbehälter entsorgt werden. Das Tragen von Handschuhen beim Kontakt mit Körperflüssigkeiten ist obligatorisch.

Gesicht

Im Gesicht des Patienten ist oft seine Stimmung und sein Zustand abzulesen. Anspannungen, verzerrter Ausdruck, entspannte Züge können u.U. Aufschluß darüber geben, ob der Kranke an Schmerzen leidet, ängstlich oder entspannt ist.

Haut

Veränderungen der Haut haben häufig innere Erkrankungen oder Medikamentennebenwirkungen als Ursachen. Hautblässe kommt vor bei Anämie (Blutarmut), Angst, Kreislaufkollaps (durch Blutverlust, innere Blutungen oder Vergiftungen), schwere Infektionskrankheiten. Eine starke Hautrötung tritt auf bei Aufregung, Verbrennungen, Fieber, Allergien (oft punkt- oder fleckenförmig) sowie Bluthochdruck. Bei Erkrankungen der Leber oder durch die Einnahme bestimmter Medikamente kann es zu einer Gelbfärbung der Haut kommen. Trockene, faltige Haut entsteht u.a. durch starken Flüssigkeitsmangel, z. B. durch Erbrechen oder Durchfälle. Wasseransammlungen (Ödeme) unter der Haut treten mitunter bei Herz- oder Nierenerkrankungen auf. Neurodermitis und Schuppenflechte führen z.T. zu schweren Schuppungen und Defekten der Haut.

Bei langer Druckbelastung einzelner Hautpartien (durch langes Sitzen, Bettlägerigkeit) kann es zu sogenannten Druckgeschwüren (Dekubitus) in diesen Regionen kommen. Warnende Zeichen für einen solchen Dekubitus sind gerötete schmerzhafte Hautstellen, die bei Entlastung nicht verschwinden. Im weiteren Verlauf kommt es zu Blasenbildungen, Hautabschürfungen, Druckschmerz bis hin zu bläulich-schwarzen Verfärbungen. Besonders dekubitusgefährdet sind solche Hautstellen, denen unmittelbar Knochen anliegen, wie z. B. Schulterblätter, Wirbelsäule, Steißbein, Fersen, Ellbogen, Hüfte, Knie, Fußknöchel.

Wichtig für die Pflege der Haut sind regelmäßige Waschungen oder Bäder. Um eine zusätzliche Austrocknung hierbei zu vermeiden, empfiehlt es sich, rückfettende oder milde Waschzusätze, z. B. Ölbäder, zu benutzen. Nach jedem Waschen oder Bad muß die Haut gründlich getrocknet werden. Besonders auf die Zehenzwischenräume ist dabei zu achten, da es hier leicht zu Pilzbesiedelung kommen kann. Körperlotionen und -cremes geben der Haut Geschmeidigkeit und Elastizität, so daß ihre Widerstandsfähigkeit erhöht wird. Das Auftragen der Lotionen und Cremes sollte nach jedem Waschen oder Bad erfolgen. Alkoholhaltige Substanzen, wie etwa Franzbranntwein, trocknen die Haut sehr stark aus und sollten daher nicht so oft angewendet werden.

Die Vermeidung eines Dekubitus erfolgt durch regelmäßige Umlagerung (alle zwei Stunden) und konsequente Pflege der gefährdeten Hautpartien.

Erkrankungen der Mundhöhle

Die Mundhöhle ist Eintrittspforte für viele Keime und bedarf daher besonderer Aufmerksamkeit. Entzündungen und Erkrankungen im Mund- und Rachenbereich sind oft sehr schmerzhaft und schränken den Patienten zusätzlich bei der Nahrungsaufnahme ein. Die genaue Beobachtung und regelmäßige Pflege von Mundschleimhaut, Zahnfleisch, Zähnen, Zunge und Lippen ist bei der Versorgung schwerstkranker Menschen unerläßlich.

Die Zunge eines Gesunden ist feucht, samtig, rosafarben und sauber. Veränderungen und Beläge müssen nicht immer krankhaft sein. Sie können durch Nikotin, Kaffee und Tee hervorgerufen werden. Jedoch führen auch Magen-Darm-Erkrankungen, Leber-Galle-Leiden und andere Bauchraumerkrankungen zu einem Belag der Zunge. Eine trockene Zunge entsteht häufig durch Fieber, Austrocknung, Durst und Mundatmung sowie durch unterschiedliche Erkrankungen des Bauchraumes.

Weitere krankhafte Veränderungen und Beschwerden im Mundbereich können insbesondere bei immungeschwächten Menschen auftreten. In erster Linie handelt es sich um Mundsoor (Pilzbefall), der durch hartnäckige weiße Beläge an der Wangen- und Gaumenschleimhaut sowie auf der Zunge zu erkennen ist. An den vorderen Zungenrändern kann eine weitere Veränderung, die durch Viren hervorgerufen wird, beobachtet werden. Diese Veränderung äußert sich durch streifige, haarförmige, nicht abwaschbare Beläge und hat aufgrund ihres Aussehens den Namen Haarleukoplakie erhalten. Sie ist in der Regel nicht schmerzhaft, ruft aber gelegentlich ein unangenehme Gefühl hervor und bietet einen guten Nährboden für andere Infektionen.

Zahnfleischerkrankungen (Parodontose, Gingivitis) kommen bei HIV-Infizierten ebenfalls häufiger vor. Hierbei kann der Verlauf der Entzündungen sehr schnell vorangehen und es kann zu Zahnfleischschwund und Zahnausfall kommen.

Herpesviren können Infektionen im gesamten Mundraum hervorrufen, sind aber häufig in der Lippenregion lokalisiert. Eine Herpesinfektion ist durch schmerzhafte Bläschen und Geschwüre gekennzeichnet. Bei Menschen, die immungeschwächt sind, bedarf die Herpesinfektion in der Regel einer adäquaten Therapie.

Neben der regelmäßigen Beobachtung auf Zustand und Veränderungen in der Mundhöhle kann auch pflegerisch einiges getan werden, um Infektionen vorzubeugen bzw. die Therapie bestehender Mundraumerkrankungen zu unterstützen:

Regelmäßige Zahnarztbesuche

- Mundduschen als geeignete Unterstützung der täglichen Mundhygiene
- Statt harter Zahnbürsten, die zu starken Reizungen oder gar Verletzungen führen können, sollten weiche oder mittelharte Bürsten verwendet werden
- Mundspülungen mit heilenden, pflegenden und lindernden Spülflüssigkeiten (z. B.: Salbei, Kamille, verdünnte Myrrhetinktur unter Zugabe von einigen Tropfen Bepanthenlösung) dienen dem Schutz von Schleimhaut und Zahnfleisch
- Vermeidung aggressiver und/oder antibiotikahaltiger Mittel zur Mundspülung
- Auswischen der Mundhöhle mit geeigneten Lösungen (Bepanthen, Kamille) bietet sich bei bewußtseinseingeschränkten Personen an. Spülungen sind in diesem Fall zu vermeiden, da die Gefahr zu groß ist, daß sich der Patient verschluckt.
- Speisen sollten gründlich gekaut werden, evtl. auch Kaugummi zur zusätzlichen Mundpflege kauen.

Die Funktion der Speicheldrüsen wird damit angeregt, was der Parotitisprophylaxe (Vermeidung von Ohrspeicheldrüsenentzündung) dient.

– Vermeidung von Berührungen der Lippen mit bloßen Fingern beim

Auftragen von Salben gegen Herpeserkrankungen, da aufplatzende Bläschen Herpesviren sofort übertragen können, die dann andere Körperregionen des Patienten befallen können.

Kommt es trotz aller Hygiene zu Erkrankungen in der Mundhöhle, sollte immer ein Arzt zu Rate gezogen werden, um eine Therapie so frühzeitig und intensiv wie möglich zu beginnen.

Atmung

Die normale Atmung eines Menschen ist gekennzeichnet durch den regelmäßigen Wechsel von Ein- und Ausatmung und den Atempausen. Sie ist geräuschlos und ruhig. Ein erwachsener Mensch macht in der Regel 16 bis 20 Atemzüge pro Minute (ein Atemzug besteht aus Ein- und Ausatmung).

Eine beschleunigte Atmung entsteht z. B. durch körperliche Belastung oder Aufregung. Krankhafte Ursachen für eine schnellere Atmung können Lungen- und Herzerkrankungen, Fieber, Anämien und Behinderungen der Atemwege sein.

Verlangsamt ist die Atmung bei Ermüdung, Ruhezustand und im Schlaf. Jedoch kommt es auch bei komatösen Zuständen und bei der Verabreichung bestimmter Medikamente wie z. B. Schlaf- und Beruhigungsmitteln zu einer Verminderung der Atemzüge.

Zustände von Atemnot sind je nach Ausprägung gekennzeichnet von tiefen, beschleunigten und angestrengten Atemzügen, begleitet von Unsicherheit und Angst.

Gerade Schwerstkranke sollten immer wieder auf ihre Atmung hin überwacht werden. Sie neigen aufgrund ihrer Bewegungseinschränkung (Bettlägerigkeit) besonders zu Lungenentzündungen, da die Lunge nicht mehr optimal belüftet wird.

Es gibt einige pflegerische Maßnahmen, die das Entstehen von Lungenentzündungen (Pneumonien) vermeiden können. Ziel dieser Maßnahmen ist es, eine optimale Belüftung der Lunge zu erreichen.

- Förderung der Atmung durch eine erhöhte Lagerung des Oberkörpers (halbsitzend)
- Einreibungen mit durchblutungsfördernden Salben, z. B. Kampfer
- Sekretlösende Maßnahmen durch Inhalationen, sanftes Abklopfen des Rückens mit der Hand, zum Abhusten anhalten
- Atemübungen unter krankengymnastischer Anleitung
- Mobilisation (z. B. Patient in den Stuhl setzen) oder regelmäßiges Umlagern

Thrombose-Prophylaxe

Bettlägerige Patienten und Schwerstkranke sind gefährdet, aufgrund ihrer Bewegungseinschränkung und dem damit verbundenen verlangsamten Blutfluß eine Thrombose zu entwickeln. Verschiedene Bedingungen führen dazu, daß sich Bestandteile des Blutes an den Venenwänden festsetzen und auf Dauer zu einem Verschluß (Thrombus) dieser Gefäße führen können.

Mögliche Frühzeichen einer beginnenden Thrombose:

Fußsohlen- und/oder Wadenschmerz, Druckschmerz im Venenverlauf, Anschwellen und/oder bläulich-rote Verfärbung des Beines, dicke tastbare Venenstränge, u.U. Temperaturanstieg.

Das Auftreten einer Thrombose im Arm ist seltener und weist ähnliche Symptome wie bereits beschrieben auf.

Ziel der vorbeugenden Maßnahmen ist es, die Bildung eines solchen Verschlusses (Thrombus) zu verhindern:

– In der Regel werden Medikamente eingesetzt, die die Gerinnung des

Blutes hemmen. Diese Mittel werden meist per Injektion in die Haut verabreicht. Nach entsprechender Anleitung können dies auch Freunde und Angehörige erlernen und in der häuslichen Versorgung selber durchführen. Wichtig ist es hierbei, auf eine regelmäßige Gabe dieser Medikamente zu achten (nach Verordnung des Arztes).

- Massierende Einreibungen, von den Füßen an aufwärts, fördern den venösen Rückfluß. Durchblutungsfördernde Mittel können unterstützend eingesetzt werden.
- Leicht erhöhte Lagerung der Beine sorgt für Entstauung.
- Krankengymnastische Übungen
- Frühzeitige Mobilisation des Patienten (z. B.: Gehübungen, in den Stuhl setzen).

Sollte es trotz aller vorbeugenden Maßnahmen zu einer Thrombose kommen, so muß diese unbedingt ärztlich behandelt werden, um weitere Komplikationen, wie z. B. eine Embolie (plötzlicher Brustschmerz, begleitet von Atemnot) zu vermeiden. Auf eine Fortsetzung der beschriebenen Maßnahmen ist in diesem Falle zu verzichten, da sie bei akuter Thrombose eher eine Gefahr für den Patienten darstellen.

Schmerzen

Die Angst vor Schmerzen ist bei allen Menschen vorhanden. Im Verlauf der HIV Erkrankung werden Schmerzen gegenüber anderen Beschwerden vergleichsweise selten angegeben.

Die Schmerztherapie liegt immer in der Hand des behandelnden Arztes. In welcher Dosierung, welchen Zeitabständen und welcher Art die Verabreichung der Schmerzmittel erfolgt, ist abhängig vom Befinden des

Patienten. Um die beste Medikamentenwahl treffen zu können, ist eine genaue Beschreibung des Schmerzzustandes erforderlich: Intensität, Lokalität und Schmerzcharakter, also klopfend, ausstrahlend, gürtelförmig, diffus oder eventuell nur bei Berührung. Dazu kommen noch anhaltende Schmerzen, z. B. durch Muskelverspannungen bei ständiger Bettlägerigkeit.

Gewisse Variationen der Schmerztherapie können in Rücksprache mit dem Arzt auch durch Pflegekräfte, Patienten oder Angehörige erfolgen.

Mitentscheidend für die Schmerzempfindung ist die psychische Konstellation des Patienten. Die Schmerzgrenze ist individuell unterschiedlich und wird durch die Persönlichkeit, die Stimmungslage und häufig auch durch die Umgebung beeinflußt. Ist der Patient selbst nicht mehr in der Lage sich mitzuteilen, müssen das Pflegepersonal oder die Angehörigen ihre Eindrücke an den Arzt vermitteln.

Nicht alle Schmerzen müssen direkt mit Medikamenten behandelt werden. Es gibt durchaus andere Maßnahmen, die dem Patienten Linderung verschaffen können.

- Autogenes Training ist eine gezielte Entspannungsmethode.
- Massagen helfen oft bei Kopf und Gliederschmerzen. Allein der Körperkontakt ist für viele Patienten schon eine große Unterstützung.
- Physikalische Maßnahmen:
  Kälteanwendungen können mit Eisbeuteln, kalten Abwaschungen, Wadenwickeln, Einreibungen mit Franzbranntwein oder kühlenden Salben gemacht werden.
  Wärmeanwendungen durch Wärmflaschen, warme Wickel, Bäder, Rotlicht, durchblutungsfördernde Salben oder ätherische Öle.

- Ätherische Öle können lokal eingerieben werden. Das breite Angebot umfaßt Öle mit erfrischender und entspannender Wirkung. Sie sind auch sehr gut als Badezusatz zu verwenden. Beim Erwärmen in Duftlampen entfalten die Öle ihr Aroma noch besser und können das allgemeine Wohlbefinden steigern. Von Patienten mit Atemnot werden ätherische Öle jedoch oft als unangenehm empfunden.
- Krankengymnastik und Bewegungsübungen sowie
- Lagerung mit verschiedenen Hilfsmitteln wie Kissen, Decken oder Antidekubitusmatratzen können bei bettlägerigen Patienten ebenfalls zur Linderung der Schmerzen beitragen.

Bei der Behandlung starker anhaltenden Schmerzen mit Opiaten sollte auf eine regelmäßige Einnahme zu bestimmten Zeiten geachtet werden, auch wenn der Patient zu dieser Zeit (noch) schmerzfrei ist. Um eine Schmerztherapie so effektiv wie möglich zu gestalten, muß ein konstanter "Spiegel" der Wirkstoffe im Blut erhalten werden.

Nebenwirkungen von Opiaten wie Übelkeit mit Erbrechen, Schläfrigkeit, Schwindel, Verwirrtheit, Desorientiertheit und Halluzinationen treten mitunter zu Beginn einer solchen Therapie auf. Dann liegt eine leichte Überdosierung vor. Sie verschwinden in der Regel wieder, wenn die Therapie richtig durchgeführt wird. Bei langfristiger Einnahme ist Verstopfung eines der Hauptprobleme. Sie kann mit ballaststoffreicher Kost oder mit Abführmitteln behoben werden.

Fieber

Fieber ist eine krankhafte Veränderung des Allgemeinzustandes mit dem Hauptsymptom Temperaturerhöhung. Es stellt eine Abwehrreaktion des Körpers dar. Fieberauslösende Faktoren können sein:

- Infektionen
- Zerstörung von Körperzellen (aseptisches Fieber, Resorptionsfieber)
- einverleibtes artfremdes Eiweiß
- nervöse Ursachen
- Medikamente (z. B. Sulfonamide)
- Durst (Flüssigkeitsmangel, Austrocknung)

Mit dem Fieber einher gehen häufig verschiedene Begleitsymptome wie Kopfschmerzen, Glieder- und Muskelschmerzen (insbesondere der Rückenpartie), allgemeines Krankheitsgefühl, Ruhelosigkeit, Frösteln oder Schüttelfrost, Schweißausbrüche, trockene belegte Zunge, Erhöhung des Pulses und der Atemfrequenz, verminderte Urinausscheidung (dunkel gefärbter Urin), Stuhlverstopfung. All diese Symptome können vereinzelt oder in unterschiedlichen Kombinationen fieberbegleitend auftreten. Patienten erfahren dadurch oft eine enorme Einschränkung ihres körperlichen Wohlbefindens und häufig eine starke psychische Belastung.

Nicht jeder Temperaturanstieg bedarf eines Eingriffs von außen. Sollten fiebersenkende Maßnahmen erwogen werden, so bieten sich neben der Möglichkeit einer medikamentösen Temperatursenkung auch physikalische Methoden an. Kühle Wadenwickel oder kühle Abwaschungen sind oft sehr wirkungsvoll. Die Temperatur des Wassers sollte hierbei nicht zu kalt sein, da die Haut beim Fieberpatienten in der Regel sehr empfindlich ist und extreme Kälte als zusätzliche Belastung empfunden wird. Des weiteren sollte für ausreichende Flüssigkeitszufuhr gesorgt werden, um einem Wasserverlust durch starkes

Schwitzen vorzubeugen. Gesüßte Getränke wie Coca Cola oder Limonaden führen zwar häufig zu Verschleimungen, liefern aber dem Körper auch die benötigten zusätzlichen Kalorien.

Entspannende Lagerungen und leichte Bewegungsübungen wirken den Gelenk- und Muskelschmerzen entgegen.

Frösteln oder Schüttelfrost sind Zeichen für einen raschen Anstieg der Körpertemperatur. In diesem Falle sollte für eine Wärmezufuhr durch Decken oder Wärmflaschen gesorgt werden. Wenn die schüttelnden Bewegungen aufgehört haben, hat die Temperatur meist ihren Höhepunkt erreicht. Es empfiehlt sich nun, die Messung der Temperatur (orale oder rektale Messung ist am genauesten) durchzuführen. Fiebersenkende Maßnahmen können bereits während des Fieberanstiegs eingeleitet werden falls eine Behandlung der Ursache nicht möglich ist und nur das Symptom Fieber behandelt werden soll. Bei neu auftretendem Fieber sollte die Temperaturspitze gemessen werden. Bei Temperaturen über 39 sollte ein Arzt oder der Pflegedienst informiert werden.

Das Absinken der Temperatur ist durch starkes Schwitzen gekennzeichnet. Aufgrund der enormen Kreislaufbelastung und den damit verbundenen Komplikationen wie z. B. Unruhe, Zittern, Kreislaufkollaps sollten Schwerstkranke von Angehörigen oder Pflegekräften überwacht werden.

Schwitzen / Schweißausbrüche

Starkes Schwitzen und akute Schweißausbrüche können auch ohne Fieber auftreten (z. B. Nachtschweiß). Durch starkes Schwitzen kommt es zu einem Verlust von Flüssigkeit und Elektrolyten (Kalium, Natrium u.a.). Dadurch kann es zu Muskelbeschwerden und zu Krämpfen kommen. Ein Ausgleich dieses Verlustes kann durch Trinken von Mineralwasser erfolgen.

Als sehr belastend wird häufig das nächtliche Schwitzen empfunden, da es zu Störungen des Schlafes kommt. Um dem Kranken langwieriges Wäschewechseln in der Nacht zu ersparen, ist es sinnvoll, entsprechende Vorsorgemaßnahmen zu treffen. Frische Leibwäsche, Ersatzkissen und Zweitdecke sollten griffbereit sein. Es empfiehlt sich, eine saugfähige Unterlage (großes Frotteelaken) auf das Bettlaken sowie ein Frotteehandtuch auf das Kopfkissen zu legen, mit dem man sich auch trocknen kann.

Magen - Darm Symptomatik

Viele Patienten mit HIV und/oder AIDS erleben im Verlauf ihrer Infektion oder Erkrankung eine Einschränkung der Lebensqualität durch eine Magen-Darm-Erkrankung.

Verschiedene Erreger (Bakterien, Viren oder Protozoen) können hierfür die Ursache sein.

– Salmonellen führen oft zu starken Durchfällen, die von Fieber begleitet

sind. Rezidive (Wiederkehren der Erkrankung) sind nicht selten.

– Cytomegalieviren können sowohl den Magen als auch alle Abschnitte des Darms befallen. Übelkeit, Erbrechen, Appetitlosigkeit, Schmerzen und Durchfälle können Folgen einer Infektion mit diesem Erreger sein.

– Kryptosporidien befallen überwiegend den Dünn- und Dickdarm und führen zu schweren wäßrigen Durchfällen, die oft mit starken krampfartigen Schmerzen im Bereich des gesamten Bauches verbunden sind. Zusätzlich kann es zu Übelkeit, Magenschmerzen und Erbrechen kommen.

Eine Unkontrollierbarkeit der Ausscheidung, besonders bei Durchfällen, wirkt sich neben der körperlichen Belastung auch erheblich auf die psychische Situation des Einzelnen aus. Die Möglichkeit, einen körperlichen Ausgleich über erhöhte Nahrungszufuhr zu erzielen, wird u.U. durch Übelkeit oder Erbrechen stark behindert. Gewichtsverlust und körperlicher Abbau können die Folge sein.

Es steht ein breites Spektrum von Medikamenten zur Verfügung, um Übelkeit und Durchfall auf ein erträglichesMaß zu reduzieren.

Bauchkrämpfe können durch Wärmflaschen und entspannende Lagerungen (Rückenlage, angezogene Beine) zum Teil abgemildert werden.

Bei starken Durchfällen kommt es auf Dauer zu Reizungen und offenen Stellen im Analbereich. Eine gründliche Reinigung (Wasser und schonende Seifen) und Pflege (unparfümierte Cremes) dieses Bereiches ist unerläßlich. Auf rauhes Toilettenpapier sollte verzichtet werden, hier bieten sich Öltücher (Babypflegeartikel) an. Wenn übliche Heilsalben brennen, sollte ein Versuch mit Bepanthen-Augensalbe gemacht werden.

Bestimmte Nahrungsmittel können die Symptomatik verstärken. So haben säurehaltige und stark fetthaltige Lebensmittel oft eine abführende Wirkung. Kohlgerichte und Vollkornprodukte sowie scharfe Gewürze können z.T. zu Blähungen führen.

Bei Durchfällen empfiehlt es sich, zum Ausgleich von Wasser- und Salzverlust folgende Nahrungsmittel zu sich zu nehmen: geriebener Apfel, gesalzene Gemüsebrühe, Salzstangen, Zwieback, gesüßte Getränke, Kamillentee (krampflösend), Fenchel- oder Kümmeltee (entblähend) sowie alle Formen leicht verdaulicher Kost.

Ernährung

Die Wirkungen der Lebensmittel auf den einzelnen sind individuell jedoch sehr unterschiedlich, so daß jeder für sich selber herausfinden muß, welche Nahrung er verträgt. Grundsätzlich sollte man das essen, worauf Appetit besteht.

Als Ergänzung zur Nahrung bieten sich Zusatznahrungen verschiedenster Form an, z. B.:

1. Maltodextrin: wird aus Mais- oder Kartoffelstärke hergestellt und hat einen hohen Energiewert. Es läßt sich problemlos in kalte oder warme Speisen einrühren.

2. Formular-Diäten (NDD): sind nährstoff-definierte Diäten, die eine Mischkost voll ersetzen können. In der Regel werden sie als Zusatznahrung in Form von Trinknahrung verwendet. Sie sollen langsam schluckweise getrunken werden, um Durchfälle zu vermeiden (zu schnelles Angebot von Nährstoffen im Darm). NDD kann vom Arzt verschrieben werden. Es besteht die Möglichkeit, eine Kostenübernahme bei der Krankenkasse zu beantragen. Beispiele: Meritene, Biosorb und Fresubin. Schmackhaft und leicht bekömmlich sind auch Alete oder Hipp-Gläschen für Säuglinge.

Darüber hinaus ist es in jedem Falle bei Menschen mit Ernährungsproblemen ratsam und empfehlenswert, eine Ernährungsberatung in Anspruch zu nehmen. Gesundheitsämter, Krankenkassen, AIDS-Hilfen sowie einige Praxen sind hier die geeigneten Ansprechpartner.

Lebensmittelhygiene

Aufgrund einer erhöhten Anfälligkeit für Infektionen durch Lebensmittel sollten Menschen mit HIV und AIDS einige Hygieneregeln beachten. Nahrungsmittel, bei denen ein Infektionsrisiko nicht erkennbar, aber möglich ist, sollten gemieden werden. Dazu zählen:

- rohes oder halbgares Fleisch (z. B. Steak oder Tartar)
- rohe Eier in Shakes, Eischnee, Desserts, Mayonnaise
- Rohmilch und Rohkäse
- roher Fisch, Muscheln, Krabben, Shrimps, Austern

Durch Kochen, Braten und Backen werden die wesentlichen Infektionserreger, die sehr hitzeempfindlich sind, abgetötet. Daher sollte auch Tiefkühlkost nicht lauwarm, sondern heiß verzehrt werden.

Beim Kauf von Lebensmitteln sollte darauf geachtet werden, daß die Ware frisch ist (Haltbarkeitsdatum, Aussehen, Farbe, Geruch). Welkes Gemüse und angefaultes Obst, graues, riechendes Fleisch und schmierige Wurst, abgepackte oder vorbereitete Salate sowie aufgeweichte oder mit Schnee bedeckte halbgefrorene Lebensmittel sollten gemieden werden.

Bei der Lagerung der Lebensmittel ist zu beachten, daß Gemüse, Obst und Salat getrennt von Fleisch, Geflügel und Eiern aufbewahrt werden. Haushaltsgeräte und Arbeitsflächen, die mit rohem Fleisch, Eiern oder Geflügel in Berührung gekommen sind, müssen vor weiterer Verwendung mit heißem Wasser und einem Spülmittel gründlich gereinigt werden. Holzgeräte und -bretter sollten nicht verwendet werden, da die Ritzen im Holz ideale Schlupfwinkel für Keime und daher für die Reinigung schwer zugänglich sind. Küchentücher und Spüllappen sollten täglich gewechselt und bei 60 Grad gewaschen werden. Die Poren von Schwämmen sind anfällig für Keimbefall. Deshalb sollte auf ihre Verwendung verzichtet werden. Fertig zubereitete Speisen sollten nicht warm gehalten, sondern schnell abgekühlt werden, um sie kurz vor dem Verzehr erneut aufzukochen oder zu braten.

Die hier genannten Beispiele sind selbstverständlich unvollständig und können lediglich einen Hinweis darauf bieten, daß strikte Hygiene und strenge Kontrolle beim Einkauf und der Zubereitung von Lebensmitteln im

Haushalt eines immungeschwächten Menschen unerläßlich sind. Diese Maßnahmen bedeuten einen wesentlichen Beitrag zur Infektions-Prophylaxe.

Das venös-implantierte Kathetersystem (Venenport)

Im Zusammenhang mit der Therapie der CMV-Infektion wurde der Venenport schon ausführlich beschrieben (internistischer Teil). Eine Verschlechterung des Allgemeinzustandes im Verlaufe der HIV-Infektion macht oft auch aus anderen Gründen eine häufige Punktion von Venen erforderlich. Engmaschige Kontrolle der Blutwerte, Bluttransfusion, Therapie mit Antibiotika oder Chemotherapie sowie die zusätzliche Zufuhr von Nährflüssigkeiten sind neben der Therapie der CMV-Infektion oft der Anlaß für eine Venenpunktion. Die Suche nach einem geeigneten Blutgefäß kann für den Patienten mit Schmerzen und Angst verbunden sein und für den Arzt eine schwierige und zeitraubende Aufgabe werden. Diese Belastungen können durch das Einsetzen eines Venenports reduziert werden. Dieser kann mit einer speziellen Nadel weit über tausend Male angestochen werden. Weitere Vorteile sind seine Lage unter der Haut, durch die er besser als herkömmliche venöse Zugänge (z. B.: Braunüle) vor dem Eindringen von Keimen geschützt ist. Darüber hinaus erfüllt der Venenport eine kosmetische Funktion. Durch seine versteckte Lage ist dem Erkrankten die Möglichkeit gegeben, sich an Orten wie beispielsweise öffentlichen Bädern ungehindert zu bewegen und sich nicht als in Behandlung befindlicher Patient stigmatisiert zu fühlen. Duschen ist mit dieser Art des Venenzuganges kein Problem.

Schwerpunktkliniken, Arztpraxen und Hersteller von Nährflüssigkeiten bieten Schulungen zur Handhabung des Venenport-Systems an. Dadurch erreichen viele Erkrankte eine größere Unabhängigkeit. Wir gehen in diesem Kapitel auf die Grundregeln des Umgangs und der Früherkennung von Komplikationen ein:

- Circa eine halbe Stunde vor der Punktion empfiehlt sich das Auftragen von betäubenden Salben oder das Auflegen eines Eisbeutels.
- Die zu punktierende Stelle und ihre Umgebung werden sorgfältig desinfiziert. Die Einwirkzeit des Desinfektionsmittels muß unbedingt beachtet werden (Herstellerhinweis).
- Erst jetzt erfolgt das Anlegen steriler Handschuhe sowie die sterile Entnahme der Injektionskanüle.
- Die Injektionskammer muß lokalisiert und gut festgehalten werden.
- Die Nadel wird im rechten Winkel zur Injektionskammer zügig eingestochen und bis zur Berührung des Metallbodens vorgeschoben (Widerstand beachten).
- Spülung des Port-Systems mit 10 ml NaCl 0,9%.
- Die Infusion oder Nährlösung kann angeschlossen werden.
- Nach Verabreichung der Infusion muß der Port mit 10 ml Heparin-haltiger Kochsalzlösung gespült werden, um einem Verschluß des Systems vorzubeugen.
- Die Nadel wird danach entfernt.
- Nadeln, die über einen längeren Zeitraum (maximal sieben, besser nur drei Tage) liegen bleiben, werden am besten mit einem durchsichtigen Verband (z. B. Tegaderm) befestigt. Der Verband sollte alle zwei Tage gewechselt, die Einstichstelle und ihre Umgebung beobachtet und desinfiziert werden.

- Jede Nadel ist nach Gebrauch zu verwerfen. Sie darf nicht wiederverwendet werden.

Bei Komplikationen wie verminderter Infusionsgeschwindigkeit oder vollständiger Blockierung des Systems muß zuerst die korrekte Lage der Injektionsnadel überprüft werden. Liegt sie nicht mehr richtig, wird sie herausgezogen und der Port mit einer neuen Nadel angestochen. Herausgerutschte Nadeln dürfen aufgrund der Infektionsgefahr nie erneut vorgeschoben werden. Falls das System auch mit einer neuen Nadel nicht durchgängig ist, kann mit einer 20 ml Spritze und unter leicht erhöhtem Druck versucht werden, Kochsalzlösung zu injizieren. Führt auch dies nicht zum Erfolg, muß ein Arzt zur Behebung des Problems zugezogen werden.

Zur selbständigen Handhabung des Port-Systems reichen diese Hinweise alleine nicht aus. In jedem Falle muß eine fachgerechte Anleitung und Übung unter kompetenter Aufsicht erfolgen.

Auch beim Portsystem kann es zu Entzündungen der Einstichstellen oder des gesamten Portsystems kommen. Ursachen hierfür können zum einen in einer fehlerhaften Handhabung liegen, zum anderen kann jedoch auch die allgemeine Schwächung des Körpers und seine erhöhte Anfälligkeit zu einer Infektion des Portes führen.

Rötungen, Schmerzen, Schwellungen und Fieber sind Zeichen, die auf eine mögliche Entzündung im Portbereich hinweisen können. In jedem Falle sollten diese Anzeichen ernst genommen und von ärztlicher Seite her abgeklärt werden.

Alle diese Komplikationen sind bei sachgemäßer Handhabung des Systems selten.

Pflegehilfe bei opportunistischen Infektionen

Pneumocystis carinii-Pneumonie (PCP)

Wenn es sich bei der PCP um die erste opportunistiche Infektion handelt, kommt es zusätzlich zu einer starken psychischen Belastung. Um mit der Tatsache, jetzt an AIDS erkrankt zu sein, umgehen zu können, bedürfen viele Patienten einer kompetenten psychologischen Betreuung. In vielen Krankenhäusern ist diese Möglichkeit gegeben und wird von den Patienten gerne angenommen.

Die umfassende Pflege eines Patienten mit PCP im Krankenhaus heißt auch, an seiner Seite zu bleiben, da er seiner Krankheit oft hilflos und voller Angst gegenüber steht. Ärzte und Pflegepersonal sind in diesem Punkt oft überfordert. Freunde und Angehörige können bereits allein durch ihre Anwesenheit eine große Stütze für den Patienten sein und durch ihre Hilfe zur Verbesserung der Pflege beitragen.

Während der Behandlung, unterstützend zur medikamentösen Therapie, läßt sich einiges zur Steigerung des Wohlbefindens des Patienten tun:

- Bei stark ausgeprägter Symptomatik sollte der Patient (in der Akutphase der Erkrankung) möglichst alle Anstrengung vermeiden. Er muß lernen, Hilfe bei den alltäglichen Verrichtungen, z. B. Körperpflege, Toilettengang, anzunehmen. Das Benutzen einer Urinflasche z. B. spart mühevolle Gänge zur Toilette.
- Das Zimmer sollte immer gut durchgelüftet sein und der Patient bequem und aufrecht sitzen, um eine bessere Belüftung der Lunge beim Atmen zu gewährleisten.

- Atemtherapie wird von den Krankengymnasten durchgeführt.
- Schmerzen beim Atmen verleiten zu einer abgeflachten Schonatmung. Die dadurch eingeschränkte Belüftung der Lunge begünstigt dort die Ansiedlung von Bakterien. Daher sollte der Patient rechtzeitig den Arzt oder die Pflegekräfte über Schmerzen informieren, damit gegebenenfalls eine entsprechende Schmerzbehandlung eingeleitet wird.
- Der Erkrankte sollte viel trinken, damit sich der oft quälende, zähe Schleim in den Bronchien besser löst. Dadurch wird ein besseres Abhusten ermöglicht.
- Da Fieber ebenfalls zu den Begleitsymptomen der PCP gehört, kommen die bereits im entsprechenden Absatz beschriebenen Maßnahmen zur Anwendung.

Die zur Behandlung der PCP eingesetzten Medikamente können Nebenwirkungen hervorrufen, die in der Regel zuerst vom Patienten wahrgenommen werden. Er sollte diese Veränderungen so schnell wie möglich an den Arzt oder die Pflegekräfte weitergeben.

- Es kann zu Brennen, Schmerzen, Schwellungen oder Rötungen der Vene beim Einlaufen der Infusion kommen. In diesem Fall sollte der Patient die Infusionszufuhr abdrehen.
- Übelkeit und Erbrechen werden häufig durch zu schnelles Einlaufen der Infusion hervorgerufen.
- Allergien machen sich meistens durch rote fleckige Hautveränderungen und starken Juckreiz bemerkbar.
- Bei der Behandlung mit Cotrimoxazol treten Allergiezeichen häufig erst nach dem 10. Behandlungstag auf.

Mund, der zu erheblicher Beeinträchtigung beim Essen führt. Die Verabreichung der Infusion empfiehlt sich daher nach dem Abendbrot.

- Während der Behandlung mit Pentacarinat kann es zu Blutzuckerverschiebungen kommen.
  Warnende Zeichen für eine Hypoglykämie (Unterzuckerung) sind:
  Auffallend blasses Gesicht, kalter Schweiß, innere Unruhe, Heißhunger, vermehrtes Gähnen, Sehstörungen (Doppelsehen) und Herzklopfen.
  Warnende Zeichen für Hyperglykämie (Überzuckerung) sind:
  Starker Durst, trockene, belegte Zunge, vermehrtes Wasserlassen, Azetongeruch des Urins sowie eine zunehmende Schläfrigkeit.

CMV - Retinitis

Die CMV-Retinitis ist eine Infektion des Auges mit Zytomegalie-Viren. Die unterschiedlich starke Ausprägung der einzelnen Symptome (bis hin zur Erblindung) kann den Patienten in der Wahrnehmung seiner Umwelt und Durchführung der täglichen Abläufe im Leben so stark einschränken, daß er teilweise oder ganz auf die Hilfe von Freunden, Angehörigen oder Pflegepersonen angewiesen ist.

Der Erkrankte muß wiederum lernen, sich komplett neu zu orientieren und sein Leben einzurichten. Sinneswahrnehmungen (z. B. Hören, Riechen, Tasten und Fühlen), die bisher oft nur sekundär von Bedeutung waren, werden mit einem Mal wichtige Stützen zur Orientierung in der Umgebung und zur Kommunikation. Für Menschen, die eine starke Beeinträchtigung ihres Sehvermögens erfahren, ist es wichtig, die häusliche Umgebung so zu gestalten, daß sichere Handlungs- und Bewegungsabläufe möglich sind. Gefahrenquellen sollten ausgeschaltet werden, damit Unsicherheit und Angst auf ein Minimum reduziert werden. Wichtige Wege (zur Toilette, Haustür usw.) sollten möglichst freigehalten, Stolperfallen wie Teppichbrücken oder Kleinmöbel entfernt werden. Es empfiehlt sich die Abpolsterung scharfer Kanten. Zusätzliche Beleuchtungen ermöglichen eine bessere Orientierung. Orientierungspunkte sollten konstant erhalten bleiben und jede Veränderung, z. B. Umräumen von Gegenständen, mit dem Erkrankten genau abgesprochen werden.

Die Akutbehandlung einer CMV-Retinitis wird per Infusion und damit verbunden in der Regel im Krankenhaus durchgeführt. Den therapeutischen Möglichkeiten sind Grenzen gesetzt, da eine völlige Ausheilung der CMV-Retinitis heute noch nicht möglich ist. Trotz Gabe von Medikamenten gibt es keine Gewißheit, daß diese Suppressionstherapie (Verhinderung einer Ausbreitung des Virus) den Patienten dauerhaft vor weiteren Schäden (z. B. Erblindung) schützt.

Im Anschluß an die Akutbehandlung muß eine lebenslange Erhaltungstherapie (drei bis sieben Infusionsgaben in der Woche) durchgeführt werden. Die Gabe und Überwachung dieser Infusionen kann in Arztpraxen, Tageskliniken oder zu Hause durch ambulante Pflegedienste erfolgen. Auf Dauer empfiehlt sich das Einsetzen eines ständig verfügbaren venösen Zugangs (Portsystem), das eine Verabreichung der Medikamente erleichtert.

Die zur Behandlung eingesetzten Medikamente (Cymeven, Foscavir) haben als Nebenwirkung überwiegend Veränderungen der Blutwerte zur Folge. So kann es z. B durch Verschiebungen des Calciumwertes zu Krämpfen in den Fingern, Armen oder Beinen kommen. Regelmäßige Laborkontrollen sind notwendig.

Foscavir kann zudem zu Nierenschäden führen. Um dem vorzubeugen, sollte nach jeder Gabe dieses Medikamentes eine gute Durchspülung der Nieren (reichliches Trinken oder Gabe von Kochsalzlösung als Infusion) erfolgen. Die Ausscheidung von Foscavir erfolgt über die Harnwege und kann zu starken Reizungen bzw. Entzündungen an Schamlippen oder Penis führen. Das Waschen dieser Region nach jedem Wasserlassen ist unerläßlich, um diese Komplikation zu vermeiden.

Aus der Vielfalt der Symptome, den Veränderungen der Lebensgewohnheiten, der Abhängigkeit von anderen Personen sowie der Belastungen durch die Therapie und den damit verbundenen Einschränkungen ergibt sich für den Erkrankten oft eine große psychische Belastung. Angst vor Erblindung, Isolation und sozialer Ausgrenzung kommen hinzu. Der Mut, sich mit den Lebensperspektiven der näheren Zukunft auseinanderzusetzen, kommt den Erkrankten häufig abhanden. Eine intensive psychologische Betreuung ist in vielen Fällen notwendig.

Zerebrale Toxoplasmose

Die ersten Symptome einer Toxoplasmose sind häufig akute oder schleichende Wesensveränderungen, die sehr vielfältig sein können.

Abweichungen von der normalen Wesensart können sein: plötzlich auftretende Euphorie oder eine depressive Stimmungslage, aggressives Verhalten, In-sich-gekehrt-sein, geistige Abwesenheit.

Am ehesten fallen Wesensveränderungen den nächsten Freunden und Angehörigen auf. Nicht jede Wesensveränderung deutet zwangsläufig auf eine Toxoplasmose. Es muß bedacht werden, daß HIV-Erkrankte oft mit Nervosität, Aggression, Depression und Angst reagieren, da sie sich aufgrund des Wissens um ihre Diagnose und der damit verbundenen, scheinbaren Hoffnungslosigkeit mit Veränderungen des Selbstbildnisses und Vorstellungen von Tod und Sterben auseinandersetzen. Deshalb ist es

oft schwer einzuschätzen, ob es sich um krankhafte Ver-
änderungen handelt.

Deutliche Hinweise hingegen sind das Auftreten von Be-
wußtseins- und/oder Sprachstörungen. Z. B. finden Er-
krankte häufig nicht mehr die richtigen Worte oder drük-
ken sich sinnverkehrt aus. Auffällig ist es auch, wenn
Betroffene ständig etwas vergessen oder zeitlich und
räumlich desorientiert sind.

Im weiteren Verlauf der Erkrankung verstärken sich mei-
stens die schon vorhandenen Symptome und es können
weitere hinzukommen. Neurologische (nervliche) Aus-
fälle wie Taubheitsgefühl und/oder unkontrollierbares
Zittern der Hände sind Beispiele, ebenso das Auftreten
von Lähmungserscheinungen in Armen und Beinen.
Plötzliche Lähmungen betreffen in der Regel nur eine
Körperhälfte (Hemiparese).

"Beeindruckend" und zugleich erschreckend ist das Auf-
treten eines Krampfanfalls. Ein "kleiner" Krampfanfall
(Jackson-Anfall) kann mit Zuckungen eines Mundwin-
kels, eines Armes oder Beines anfangen, wobei das Be-
wußtsein des Patienten eingetrübt sein kann. Es kommt
u. U. zu vorübergehenden Halbseitenlähmungen. Ein
generalisierter Krampfanfall (Grand mal / Großer Anfall)
ist durch Krämpfe des ganzen Körpers und gleichzeitige
Bewußtlosigkeit gekennzeichnet. Vorboten hierfür kön-
nen gesteigerte Reizbarkeit, Kopfdruck, Schwindel sowie
eine veränderte Wahrnehmung beim Sehen und Hören
sein. Die eigentlichen Symptome beginnen blitzartig. Der
Betroffene stürzt, wobei Rücken, Arme und Beine starr
gestreckt sind. Die Augen sind weit geöffnet, die Pupil-
len groß und starr. Die Verkrampfung läßt nach einigen
Sekunden nach und es kommt zu rhythmischen Zuckun-
gen des ganzen Körpers, Absonderung von schaumigem
Speichel, eventuell zu einem Zungenbiß und möglicher-
weise zu Stuhl- und Urinabgang. Der Anfall dauert in
der Regel zwei bis vier Minuten. Danach kommt der

Patient in einen Erschöpfungszustand und fällt meistens in einen tiefen Schlaf. Nach dem Erwachen fehlt ihm jede Erinnerung an den Anfall.

Während des Anfalls muß der Patient geschützt werden, indem scharfe Kanten oder Gegenstände aus dem Weg geräumt und gegebenenfalls ein Kissen unter den Kopf gelegt wird. Es sollte eine "stabile Seitenlage" hergestellt werden (erlernt im Erste-Hilfe-Kurs für den Führerschein). Die Atemwege sind freizuhalten. Im Krankenhaus steht bei diagnostizierter Toxoplasmose immer ein "Krampfset" bereit. Dieses enthält Diazepam (Valium) als Rektiole (zur Verabreichung in den Enddarm) und Ampullen. Die schnellste Methode, um einen Krampf zu lösen, ist die Verabreichung einer Rektiole. Angehörige und Freunde sollten sich mit dem Umgang dieses Medikamentes vertraut machen und es immer griffbereit haben.

Bei stark ausgeprägter Symptomatik ist ein Patient mit Toxoplasmose fast immer ein Pflegefall, auch wenn er nicht unbedingt bettlägerig ist. Die Verrichtungen des alltäglichen Lebens müssen übernommen werden, da der Erkrankte sie häufig auch nach mehrmaliger Erinnerung und Anregung sogleich wieder vergißt. Bei der Körperpflege muß dem Patienten z. B. oft der Gebrauch der Zahnbürste erklärt werden, damit er sie nicht zweckentfremdet benutzt.

Da der Patient seine Bedürfnisse nicht immer deutlich machen kann, bedarf es eines guten Einfühlungsvermögens und Umsicht, um ihnen gerecht zu werden. Häufig sind Rückfragen zum besseren Verständnis erforderlich. Diese sollten so kurz und unkompliziert wie möglich gestellt werden. Da der Erkrankte aufgrund seiner Sprachstörungen oft nach Worten sucht, muß ihm Zeit zum Antworten gelassen werden. Ungeduld verleitet dazu, dem Patienten ins Wort zu fallen, was wiederum seine Unsicherheit verstärkt. Die Behandlung und Betreuung der Erkrankten erfordert meistens viel Zeit und stellt die Geduld von Pflegekräften und Angehörigen oft auf eine harte Probe.

Eine Überwachung der Medikamenteneinnahme ist wichtig, da ansonsten der Erfolg der Therapie nicht wahrscheinlich ist. Die Medikamente werden meist in Form von Tabletten verabreicht. Auch nach Abklingen der deutlichsten Symptome (meistens nach sieben bis zehn Tagen) neigen die Patienten dazu, die Einnahme zu vergessen oder die Tabletten einfach wegzuwerfen.

Die medikamentöse Therapie der Toxoplasmose wird anfänglich durchweg gut vertragen. Problematisch ist vor allem die hohe Anzahl von Tabletten, insbesondere wenn gleichzeitig andere Erkrankungen ebenfalls die Einnahme von Medikamenten erfordern. Übelkeit, Erbrechen und Appetitlosigkeit sind häufig die Folge. Die begleitende Einnahme von Medikamenten, die Übelkeit unterdrücken (z. B. Paspertin), kann diese Symptome mildern. Auftretende Allergien (meistens auf Sulfadiazin) erfordern ein Umstellen der Therapie. Während der Akutbehandlung sind engmaschige Kontrollen der Blutwerte erforderlich.

Nach erfolgreicher Behandlung und der Entlassung nach Hause ist es wichtig, daß der Patient weiterhin Medikamente einnimmt, um einem erneuten Auftreten der Toxoplasmose und/oder Krampfanfällen vorzubeugen. Auch hier sind weiterhin Kontrollen der Blutwerte durch den Hausarzt erforderlich.

Tuberkulose und Atypische Mykobakteriose

Zunehmende Bedeutung im Rahmen der HIV-Erkrankung nimmt der Befall mit dem Mykobakterium tuberculosis (Erreger der Tuberkulose) und einer Anzahl der unterschiedlichsten säurefesten Stäbchenbakterien ("atypische" Mykobakterien) ein. Im Rahmen der HIV-Infektion besteht die Gefahr, an einer Tuberkulose zu erkranken, nicht nur durch eine Neuinfektion, sondern auch durch die Reaktivierung einer bereits stattgefundenen Infektion. Atypische Mykobakterien führen zu Krankheitsbildern, die in der Symptomatik denen der Tuberkulose ähnlich sind, wenngleich sie meist einen milderen Verlauf zeigen.

Die Grund- und Behandlungspflege richtet sich nach Stadium und Erscheinungsbild der Erkrankung. Ist der Befall der Lunge vordergründig, können die bereits bei der PCP beschriebenen unterstützenden Maßnahmen zur Anwendung kommen.

Besonderheit: Besteht der Verdacht auf eine Infektion mit dem Mykobakterium tuberculosis, sind im Umgang mit dem Erkrankten besondere Schutzmaßnahmen zu treffen. Es besteht ein Ansteckungsrisiko, da die Übertragung der Tuberkulose durch Tröpfchen- (z. B. Husten) und Schmierinfektion erfolgen kann. Daher müssen Freunde, Angehörige und Pflegekräfte einen Mundschutz und Schutzkittel tragen. Bei Verrichtungen am Patienten sind Handschuhe erforderlich. Diese Schutzmaßnahmen können 7-10 Tage nach Behandlungsbeginn eingestellt werden. Ausschlaggebend dafür ist ein Ansprechen auf die Therapie (z. B. Entfieberung). Dies ist eine der seltenen Ausnahmen, wo bei Verdacht einer Infektion eine Isolierung des Erkrankten zum Schutz von Pflegenden und Besuchern erforderlich ist. In Deutschland ist der Nachweis von atypischen Mykobakterien häufiger. Diese erfordern keine besonderen Schutzmaßnahmen, da sie für immunkompetente Menschen nicht ansteckend sind. Die genaue Spezifizierung der Mykobakterien kann sehr langwierig (6 bis 12 Wochen) sein. Oft stellen die isolierenden Maßnahmen sich dann als unnötig heraus. Es ist sehr wichtig, diesen Umstand sowohl dem Patienten als auch Freunden und Angehörigen zu erklären, damit sie die Notwendigkeit der Maßnahmen einsehen und die erforderliche Geduld für eine Isolierung aufbringen können.

Die Therapie der Tuberkulose und der atypischen Mykobakterien besteht aus einer Drei- oder Vierfach-Kombination von Medikamenten. Die Behandlung dauert sechs bis neun Monate, wobei die eingesetzten Medikamente stufenweise reduziert werden. Schwierigkeiten bereiten vor allem allergische Reaktionen (Anzeichen: Juckreiz, Hautausschlag usw.). Diese machen mitunter ein mehrfaches Umstellen der Therapie erforderlich.

Zusätzlich stellt die hohe Anzahl der Tabletten ein Problem dar, insbesondere wenn es sich um die Behandlung der Tuberkulose handelt. In diesem Fall sollte die Tabletteneinnahme morgens auf nüchternen Magen erfolgen. Nebenwirkungen können sich als Übelkeit, Erbrechen, Durchfall, Kopfschmerzen oder auch Schwindel äußern.

Myambutol kann zu Beeinträchtigung des Sehvermögens führen. Bei routinemäßigen Augenuntersuchungen sollte die Einnahme dem behandelnden Arzt mitgeteilt werden, damit er diese Information bei der Bewertung seiner Befunde miteinbezieht.

Der Patient muß bei der Einnahme von Rifa und Mykobutin (Rifabutin) wissen, daß es zu einer rötlichen Veränderung der Ausscheidungen kommt, die ansonsten fälschlicherweise als Blutbeimengung gedeutet wird.

Das Kaposi-Sarkom (KS)

Im Anfangsstadium bedarf das KS keiner besonderen pflegerischen Maßnahmen. Hauptziel aller Bemühungen ist eine intakte, geschmeidige Haut. Rückfettende Salben und Cremes sollten regelmäßig, insbesondere nach jedem Waschen aufgetragen werden.

Eine besondere Sorgfalt sollte den Körperstellen zukommen, die ständig mechanischen Reizungen wie z. B.

Druck oder Reibung ausgesetzt sind. Dazu zählen u. a. die Füße. Bei KS-Befall an diesen Körperstellen kann es durch Verletzungen zu starken Blutungen kommen. Das Anlegen eines Schutzverbandes oder einer Polsterung kann einer solchen Gefahr entgegenwirken.

Bei der Pflege der durch das KS befallenen Körperstellen sind im Anfangsstadium keine besonderen Regeln zu beachten. Angst vor dem Berühren dieser Stellen ist unbegründet - allenfalls fühlt es sich etwas ungewohnt an.

Im weiteren Verlauf der Erkrankung und der Ausbreitung des KS kann es allerdings zu entzündlichen Veränderungen und Abszessen kommen. In diesem Falle ist von einer Berührung der Stellen mit bloßen Händen abzusehen, um einen direkten Kontakt mit Keimen zu vermeiden. Jede Veränderung von KS-Stellen bedarf einer ärztlichen Begutachtung und u. U. spezieller pflegerischer Maßnahmen.

Die Behandlung des KS kann bei lokalen Problemen durch Chemotherapie, Bestrahlung oder durch Kombination von beidem erfolgen.

Die eingesetzten Chemotherapeutika haben aufgrund ihrer niedrigen Dosierung selten Übelkeit, Erbrechen und Fieber zur Folge. Gegebenenfalls empfiehlt sich eine gleichzeitige Einnahme von Medikamenten gegen Übelkeit (z. B. Paspertin) und fiebersenkenden Medikamenten.

Bei Bestrahlungen ist darauf zu achten, daß die bestrahlten Stellen möglichst trocken gehalten werden. Hierbei hilft das Einpudern der Durchtrittsstellen für die Bestrahlung an der Haut. Eine trockene Haut neigt weniger zu Reizungen durch die Bestrahlung. Selbstverständlich dürfen die entsprechenden Hautpartien mit Wasser und milder Seife gereinigt werden. Danach sollte jedoch erneut gepudert werden.

Sterben und Tod

Die Begleitung von Sterbenden wird im Umgang mit an AIDS erkrankten Freunden oder Angehörigen im Verlaufe der Erkrankung eine wesentliche Aufgabe. Sterbebegleitung bedeutet, einen Menschen so zu unterstützen, daß er sein Leben leben und seinen Tod sterben kann. Dazu gehören u. a. Gespräche, Berührungen, Wahrnehmung von Äußerungen (z. B.: Mimik, Gestik, Körperhaltung), miteinander lachen und weinen oder einfach nur für ihn/sie dazusein.

Der Sterbende sollte das Ausmaß der Hilfe und Begleitung wenn möglich selbst bestimmen. Seine Äußerungen und Wünsche sollten in dieser Hinsicht beachtet und ernst genommen werden.

Sterbebegleitung kann nicht heißen, die Last des anderen zu tragen. Das ausgewogene Verhältnis zwischen Nähe und Distanz muß stimmen. Die Begleitenden müssen ihre eigenen Grenzen und die des Sterbenden erkennen und respektieren. Schließlich bedeutet der Sterbeprozeß, sich zu verabschieden und loszulassen. Eine Begleitung durch z. B. Psychologen und / oder Geistliche gibt oft Hilfe und Trost.

5. Ablauf von Untersuchungen

In diesem Kapitel werden einige Untersuchungsmethoden beschrieben, die der Erfahrung nach für Patienten körperlich unangenehm sein können oder manchmal wegen des technischen Aufwandes Ängste auslösen.

Von vielen Untersuchungsmethoden haben Patienten durch Mundpropaganda schon gehört; meist sind die Informationen eher angstauslösend, weil verzerrt. Am häufigsten besteht Angst vor einer "Rückenmarkspunktion", die natürlich keineswegs eine solche ist oder werden kann; denn es wird weit unterhalb des Rückenmarks etwas von der Flüssigkeit entnommen, in der das Rückenmark schwimmt.

Es können natürlich nicht alle Untersuchungen beschrieben werden, aber die häufigsten Untersuchungsmethoden und Mißverständnisse werden erklärt.

Vor den meisten Untersuchungen und Eingriffen muß eine genaue Erläuterung des Vorgehens und der Risiken durch den Arzt erfolgen, und der Patient muß schriftlich einwilligen. Aus Gründen der Rechtssicherheit erscheinen auf einem Aufklärungsbogen dann alle möglichen, auch ganz unwahrscheinliche Risiken gleichberechtigt nebeneinander (wer möchte, kann auch einmal aufmerksam die möglichen Nebenwirkungen einer Aspirintablette nachlesen).

Ist diese Untersuchung notwendig?

Für Fragen ist oft nicht genügend Zeit, oder der Patient kann sich irgendwelche Fragen gar nicht so schnell überlegen.

Grundsätzlich sollten aber wenigstens folgende Fragen gestellt werden:

Warum wird eine Untersuchung gemacht ?

Daran anschließend sollte eine Erläuterung der Untersuchungsmethode durch den Arzt erfolgen.

Gibt es andere Untersuchungen, die mit weniger Belastung zum gleichen Ergebnis kommen können ?

Welches sind die häufigen Nebenwirkungen oder Risiken ?

Gibt es bei mir spezielle Risiken ?

Kann man die Untersuchung (z. B. durch eine lokale Betäubung) erträglicher machen ?

Wie lange dauert die Untersuchung ?

Gibt es öfter Wartezeiten ?

Drei !! Stunden Wartezeit zum Computertomogramm lassen sich manchmal nicht vermeiden, wenn Notfälle oder Unfälle zwischengeschoben werden. Buch und Vesper mitnehmen, Schmerzpatienten sollten eine zusätzliche Dosis ihrer Schmerzmedikation mitnehmen.

Röntgenuntersuchungen

Lungenaufnahme

Beurteilbar sind Lunge und Herzgröße, mit Einschränkung auch Rippen und Wirbelsäule. Eine Lungenaufnahme geht schnell und ist nicht unangenehm.

Problematisch wird es, wenn Patienten nicht stehen können. Auch wenn es schwierig ist: eine Aufnahme im Sitzen ist viel besser beurteilbar als eine Aufnahme im Liegen.

Computertomographie

Es werden mittels Röntgentechnik viele Einzelaufnahmen angefertigt, die ein Computer in Bilder umrechnet. Auf den Bildern erkennt man Scheiben quer durch den Körper. Der Patient liegt auf einem schmalen, harten Tisch und wird mit diesem durch eine(n) Röhre/Ring bewegt. Bei Angst in engen Räumen sollte vor der Untersuchung ein leichtes Beruhigungsmittel genommen werden. Vor der Bauchuntersuchung soll ein Kontrastmittel getrunken werden, welches dem Untersucher die Orientierung im Bauch (auf den Bildern) erleichtert. Dieses Kontrastmittel hat einige Stunden später abführende Wirkung. Wegen der großen Menge (0,5 bis 1l) ist es manchmal sinnvoll, das Kontrastmittel schon in Ruhe auf der Station zu trinken.

Ein zweites Kontrastmittel wird häufig als Infusion gegeben. Bei Neigung zu Allergien, insbesondere bei einer Kontrastmittelallergie, muß der durchführende Arzt das wissen und entscheiden, ob dieses Kontrastmittel gegeben werden kann. Wenn irgend möglich, sollte die Untersuchung mit Kontrastmittel erfolgen, weil gerade die Fragen bei einer HIV-Infektion nur dann sicher beantwortet werden können. Oft ist es nicht einfach, mit den Atemkommandos der Röntgenassistentin (einatmen, ausatmen, nicht atmen) schrittzuhalten. Das ist keine Katastrophe; die Bilder sind dann eben leicht verschwommen und etwas schwerer beurteilbar. Besser ist es natürlich, wenn alles klappt.

Kernspintomographie

(Synonyme sind NMR = Nuclear-Magnet-Resonance-Tomogram und MRT = Magnet-Resonance-Tomogram)

Manche Fragen, die sich mit der Computertomographie nicht lösen lassen, sind im Kernspintomogramm besser beurteilbar. Die Fragestellung ist meistens die gleiche. In vielen Dingen ist die Computertomographie aber auch dem Kernspintomogramm überlegen, weshalb zuerst meistens erstere durchgeführt wird.

Statt Röntgenstrahlen wird ein Magnetfeld genutzt, um die Bilder zu errechnen. Von dem Magnetfeld spürt man nichts. Scheckkarte u.ä. nicht mitnehmen, sie könnte gelöscht werden. Metallteile im Körper (Schußverletzung, Klips nach Operationen, Knochennagelung, Granatsplitter) stören die Untersuchung oder können sogar in seltenen Fällen wandern. Das betrifft vor allem Eisenmetalle. Zahnkronen sind also sicher. Körperschmuck mit "unedlem Kern" muß abgenommen werden. Der untersuchende Arzt sollte über Metalle im Körper Bescheid wissen und selbst entscheiden ob die Untersuchung möglich ist.

Der Untersuchungsablauf ist ähnlich wie bei der Computertomographie, aber es ist noch enger. Während der Untersuchung ist es unangenehm laut. Bei Angst in engen Räumen sollte ein Beruhigungsmittel genommen werden.

Sonographie

Meistens wird eine Sonographie (Ultraschalluntersuchung) des Bauchraumes durchgeführt. Gut beurteilbar sind hier z. B. die inneren Organe (Leber, Nieren, Milz), Lymphknoten und die Prostata. Die Untersuchung ist schmerzfrei und ohne Risiko oft wiederholbar. Bei manchen Fragestellungen läßt sich ein CT ersparen, so z. B. bei einer kurzfristigen Verlaufskontrolle von vergrößerten Lymphknoten. Nachteil der Methode ist ihre Abhängigkeit von optimalen Untersuchungsbedingungen. Schon ein gering geblähter Bauch ist schwerer beurteilbar, weil die Darmgase den Ultraschall spiegeln.

Der Bildschirm des Gerätes steht oft so, daß man die Untersuchung mitverfolgen kann. Die meisten Untersucher erklären einem gerne, was es zu sehen gibt.

Punktionen

Bei allen Punktionen bestehen grundsätzlich folgende Risiken: Es kann zu einer Infektion und/oder Blutung kommen.

Diese Komplikationen sind sehr selten, trotz aller Vorsicht ist so etwas nie ganz auszuschließen. Deshalb sollte eine Punktion besonders kritisch hinsichtlich ihrer Notwendigkeit hinterfragt werden.

Knochenmarkpunktion

Die meisten Zellen, die im Blut vorkommen, werden im Knochenmark gebildet. Wenn also im Blutbild eine Auffälligkeit erscheint, die wichtig und möglicherweise gefährlich ist, kann man in der "Blutfabrik" nachsehen, warum das so ist. Ein zweiter wichtiger Grund für eine Knochenmarkpunktion ist der Verdacht oder das Vorliegen eines malignen Lymphoms, um einen Knochenmarkbefall auszuschließen.

Manche Infektionskrankheiten, z. B. atypische Mykobakterien, lassen sich im Knochenmark gut nachweisen.

Man braucht ein Stückchen Knochenmark etwa so groß wie eine Streichholzspitze. Dazu wird in einen Knochen, der möglichst direkt unter der Haut liegt, normalerweise am Brustbein oder am Becken, ein kleines Loch gebohrt (ca. 3 mm). Mit einer Hohlnadel wird das Knochenmark entnommen. Vor der Punktion erfolgt eine gute örtliche Betäubung. Die Untersuchung ist nahezu schmerzfrei. Direkt bei der Entnahme gibt es durch den Sog einen kurzen Schmerz (ca. 1/3 Sekunde). Deswegen vorher einatmen, Luft anhalten und direkt bei der Entnahme Bauchpresse machen. Der Untersucher soll hierzu die Kommandos geben. Der Schmerz ist dann wirklich viel erträglicher.

Bei einer Punktion des Brustbeins kann man nach 10 bis 15 Minuten Druck auf die Punktionsstelle wieder aufstehen. Nach einer Punktion des Beckens sollte man etwa 3 Stunden bewußt auf der Punktionsstelle liegen, um die Blutstillung zu verbessern. In beiden Fällen soll am nächsten Tag das Pflaster weggenommen werden, kann am übernächsten Tag geduscht werden, darf 4 Tage nicht gebadet werden (Badewasser ist im Gegensatz zu fließendem Duschwasser als Schmutzwasser anzusehen).

Leberpunktion

Manchmal können bestimmte Infektionen wie z. B. CMV oder MAI nur an einem kleinen Stückchen Leber (ca. Streichholzkopfgröße) nachgewiesen werden. Nur falls das für die Therapie oder die Abschätzung des Krankheitsverlaufs sehr wichtig ist, sollte eine Leberpunktion erfolgen. Andere Gründe für diese Punktion können eine unklare Lebererkrankung oder Laborveränderungen sein, die eine Lebererkrankung nahelegen.

Nachdem sich der Untersucher mittels Ultraschall zur Festlegung des Zielgebietes orientiert hat, erfolgt in guter lokaler Betäubung (durch die Bauchdecke hindurch) die Punktion der Leber. Der häufigste Punktionsort ist unter dem rechten Rippenrand etwas seitlich. Man benutzt heute meistens einen Punktionsapparat, der das in einigen Zehntelsekunden macht. Wenn innerhalb der Leber ein bestimmtes Areal untersucht werden soll, kann man auch mit einer langen, sehr feinen Nadel bis dorthin gelangen und ein Stückchen abzupfen oder absaugen. Entsprechend den Ansagen des Untersuchers muß man mehrfach die Luft anhalten, einatmen, ausatmen oder sehr flach atmen. Die Untersuchung ist nicht besonders schmerzhaft. Wegen der Möglichkeit einer Nachblutung sollte man 6 Stunden unter Beobachtung bleiben.

Liquorpunktion

Bei manchen Auffälligkeiten des Nervensystems kann man die Ursache schnell abklären, wenn man etwas von der Flüssigkeit (= Liquor) absaugt, in der die wichtigsten Teile des Nervensystems schwimmen. Im Labor wird diese Flüssigkeit auf z. B. Bakterien oder bösartige Zellen untersucht. Zur Entnahme legt man eine dünne Hohlnadel (gleiche Dicke wie bei der Blutentnahme) in den Kanal, in dem das Rückenmark schwimmt und läßt etwa 3 - 5 ml in ein Röhrchen abtropfen (entspricht ca. 1/2 Röhrchen bei der Blutentnahme). Das Rückemmark endet etwa 1 1/2 Handbreit über der Punktionsstelle und wird nicht berührt. Zur Durchführung der Untersuchung sitzt oder liegt der Patient im Bett. Punktiert wird von hinten, etwas oberhalb des Beckens in der Mittellinie. Es ist wichtig, möglichst entspannt und mit rundem Rücken zu sitzen oder zu liegen, weil dann der Abstand zwischen den Knochenfortsätzen der Wirbelkörper weiter wird und die Punktion wesentlich schneller und einfacher geht. Eine lokale Betäubung bringt keinen großen Vorteil, weil auch hierzu ein Einstich erfolgt, die Untersuchungsnadel aber nicht dicker ist als die Nadel für die lokale Betäubung. Bei der Untersuchung entsteht eher ein unangenehmes Gefühl als Schmerzen. Ganz wichtig ist, daß vorne jemand steht, der einem Händchen hält und beim Entspannen der Schulter- und Rückenmuskulatur hilft.

Problematisch wird es nach der Untersuchung, weil manche Patienten (ca. 20 %) Kopfschmerzen entwickeln. Hiergegen hilft es, 6 bis 24 Stunden möglichst flach zu liegen und viel zu trinken. Leider bleiben trotzdem einige Patienten übrig, bei denen nichts hilft. Die Kopfschmerzen dauern dann einen Tag, ganz selten länger.

Spiegelungen

Mittels einer Optik kann der Untersucher Bereiche des Körpers einsehen, die sonst nur durch eine Operation zugänglich wären. Diese Optik besteht aus einer Lichtquelle außerhalb des Körpers, deren Lichtstrahlen über Glasfasern ins Körperinnere geleitet werden. Ebenfalls über Glasfasern gelangt das Bild aus dem Körperinneren nach außen. Moderne Geräte dieser Art verfügen zusätzlich über digitale Bildaufbereiter und Monitore, die die Arbeit erleichtern und dem Patienten ebenfalls Einsicht auf das Bild ermöglichen. Die Glasfaserbündel sind in einen etwa daumendicken, sehr beweglichen Schlauch eingelassen. In der Mitte des Schlauches ist ein Kanal, durch den Spüllösungen, Medikamente oder auch sehr feine Zangen ins Körperinnere geführt werden können. Oft werden bei der Spiegelung auch mehrere kleine Gewebeproben entnommen. Wie bei den Punktionen kann es zu einer Blutung, seltener zu einer Infektion kommen.

Magenspiegelung (Gastroskopie)

ÖGD = Ösophago-Gastro-Duodenoskopie

Gut einsehen kann man bei dieser Untersuchung die Speiseröhre (= Ösophagus), den Magen und Zwölffingerdarm (= Duodenum). Außerdem ist eine Darstellung der Gänge vom Darm zur Bauchspeicheldrüse oder zur Gallenblase möglich (zusätzlich Röntgenuntersuchung während der Spiegelung). Durchgeführt wird die Untersuchung zur Abklärung vermuteter Infekte dieses Bereiches (z. B. Soor, Herpes, CMV), von Magengeschwüren, Befall von malignen Lymphomen.

Nach ausgiebiger lokaler Betäubung im Rachenraum mittels eines Sprays (zur Unterdrückung des Würgereflexes) wird ein Medikament (Dormikum) gespritzt, was sehr gut beruhigend wirkt, einem die meisten Dinge egal sein läßt und einen leichten Schlaf erzeugt. In diesem Zustand ist es leichter, einen etwa 1 cm dicken, sehr beweglichen Schlauch zu schlucken, in dem die Spiegeloptik steckt. Vor der Untersuchung sollte man etwa 12 Stunden nichts essen, 6 Stunden vorher nicht trinken und etwa 2 Stunden vorher nicht mehr rauchen. Nach der Untersuchung wacht man normalerweise auf und kann sich an nichts erinnern. Am Tag der Untersuchung ist man verkehrsunfähig und sollte keine wichtige rechtswirksame Entscheidung treffen.

Darmspiegelung (Coloskopie)

Bezüglich der Gründe zur Durchführung gilt Ähnliches wie bei der Magenspiegelung. Wie bei der Magenspiegelung wird ein Schlauch mit einer Spiegeloptik eingeführt. Sinnvollerweise wählt man den rückwärtigen Eingang. Eine Darmspiegelung ist trotz Beruhigungsmittel und Schmerzmittel unangenehmer und dauert etwas länger. Um eine möglichst gute Sicht zu haben, wird der Darm mit Luft aufgebläht und entfaltet. Entsprechend entstehen unangenehme Gefühle und Schmerzen wie auch bei natürlichen Blähungen. Manchmal hat der Untersucher Mühe, um die Kurven des mehrfach gefalteten Darmes zu kommen. Dann muß eine zweite Person am Bauch gegendrücken, was das unangenehme Gefühl noch verstärkt. Am Tag vorher muß der Darm mit Hilfe von bestimmten Abführmitteln gut gereinigt werden, bis nur noch bräunlich gefärbtes Wasser entleert wird. Ab zwei Tage vorher soll nur noch leicht verdauliche flüssige, klare Nahrung getrunken werden. Nach der Untersuchung: siehe Gastroskopie.

Bronchoskopie (Bronchiallavage)

Am häufigsten durchgeführt wird eine Bronchoskopie zur Diagnose oder zum Ausschluß einer Lungeninfektion. Aber auch ein Kaposi-Sarkom oder malignes

Lymphom der Lunge oder der Bronchien ist so nachweisbar. Nach lokaler Betäubung des Rachens zur Unterbrechung des Würgereflexes und Gabe eines Medikaments gegen den Hustenreiz verabreicht man ein lokales Betäubungsmittel und ein Beruhigungsmittel (Dormikum). Der Patient bleibt erweckbar, verschläft die Untersuchung aber meistens. Mit einem dünnen Schlauch, in den eine Spiegeloptik eingebaut ist, sieht man die Luftröhre und beide Bronchien ein. In sehr kleine Bronchien kommt man nicht mehr hinein. Über den Schlauch füllt man eine kleine Menge einer Flüssigkeit, die man dann wieder absaugt. Untersucht wird anschließend im Labor die Flüssigkeit auf z. B. Bakterien oder PCP. Vor der Bronchoskopie sollte man nüchtern bleiben. Nach etwa 6 - 12 Stunden tritt häufig eine Fieberzacke - manchmal mit Schüttelfrost- auf. Dies ist dann der unangenehmste Teil der Untersuchung. Nebenwirkungen wie Blutungen oder Verletzungen der Bronchien kommen bei etwa 1 % der Untersuchten vor.

6. Soziale Sicherung

Menschen mit HIV und AIDS werden im Verlauf der Erkrankung häufig zusätzlich mit finanziellen und sozialen Problemen konfrontiert. Das bisherige Leben wird in Frage gestellt, die Lebensperspektive verändert sich. Wir gehen hier nicht auf die immensen psychosozialen Folgen der Erkrankung ein, dies wird anderer Stelle getan.

HIV-positiv zu sein, kann bedeuten, daß sich äußerlich, formal zunächst nichts ändert; Arbeit, Studium, Reisen etc. können fortgesetzt werden.

Doch mit Nachlassen der Kraft, der Konzentrationsfähigkeit, den ersten opportunistischen Infektionen wird auch hier eine Anpassung erzwungen. Berufliche Anforderungen und Stress werden nicht mehr selbstverständlich bewältigt. Mit Ausbruch der Krankheit stellt sich die Frage nach der sozialen Absicherung jenseits von Arbeit. Welche materiellen und betreuenden Möglichkeiten gibt es ?

Welche Anträge sind wann zu stellen ?

Durch das Gewirr der Paragraphen, die zusätzlich in stetem Wandel sind, blickt der normale Arzt oder Patient nicht durch. In jedem Krankenhaus und jeder Beratungsstelle gibt es aber Sozialarbeiter, die gerne hilfreich zur Seite stehen.

Im folgenden werden die sozialen Leistungen dargestellt, die der Gesetzgeber vorsieht. Dies soll möglichst praxisorientiert geschehen.

Die meisten Betroffenen sind zu jung, um eine ausreichende Rente erarbeitet zu haben. Es bleibt ein Netz sozialer Hilfen, welches aber zunehmend eingeschränkt wird. Gut beraten war, wer durch Zusatzversicherungen (z. B. Erwerbsunfähigkeit) vorgesorgt hat.

Wer bisher über ein gutes Einkommen verfügte und nun durch die Erkrankung umfangreiche pflegerische Hilfen benötigt, kann ebenfalls auf die Sozialhilfe angewiesen sein. Die Änderungen der letzten Jahre, wie das Schwerpflegegeld der Krankenkassen und auch die Pflegeversicherung, decken den Bedarf nicht. Sie übernehmen lediglich einen Teil der Kosten.

Grundsätzlich gilt:

Bei Erkrankung wird in der Regel der Lohn sechs Wochen weitergezahlt, solange der Arbeitgeber nicht kündigt. Danach zahlt die Krankenkasse **Krankengeld** (= 80% des Bruttoverdienstes). Das Nettoeinkommen darf jedoch nicht überschritten werden. Diese Zahlung erfolgt jedoch längstens 78 Wochen innerhalb von drei Jahren wegen derselben Erkrankung.

Bei Arbeitslosigkeit gilt das Gleiche: Sechs Wochen Fortzahlung und danach Krankengeld in gleicher Höhe.

Wenn die Krankenkasse innerhalb dieser 78 Wochen die Erwerbsfähigkeit erheblich gefährdet oder gemindert sieht, kann sie den Versicherten auffordern, einen Antrag auf Rehabilitation zu stellen. Sie setzt dafür eine Frist von zehn Wochen. Zur Zeit gilt AIDS jedoch als nicht rehabilitationsfähig, was bedeutet, daß dieser Antrag in einen Rentenantrag umgewandelt wird.

Die zu erwartende Rente ist in der Regel kleiner als das Krankengeld. Es ist daher zu empfehlen, gesetzte Fristen bis zum Ende auszuschöpfen und die **Erwerbsunfähigkeitsrente** nicht von sich aus vorher zu beantragen.

Möglich ist ein Rentenantrag, wenn man 60 Monate versichert war und vor Eintritt der Erwerbsunfähigkeit (EU) in den letzten fünf Jahren drei Jahre Pflichtbeiträge gezahlt hat. Da es Sonderregelungen und Ersatzzeiten gibt, sollte man sich an die Bundesversicherungsanstalt für Angestellte (BfA) oder Landesversicherungsanstalt (LVA) wenden und sich einen Rentenauszug erstellen lassen. Ehrenamtliche Mitarbeiter (Versichertenälteste) können dann die zu erwartende EU-Rente errechnen.

Nicht in jedem Fall wird die Krankenkasse von sich aus aktiv. Wenn die Schwere der Erkrankung jedoch nach eigener Einschätzung keine Erwerbstätigkeit mehr zuläßt, sollte rechtzeitig vor Ablauf der eineinhalb Jahre Krankengeldzahlung die Rente eingereicht werden. Sonst entsteht eine zeitliche Lücke zwischen Krankengeld und Rente, die eventuell einen Antrag auf Sozialhilfe als Überbrückung notwendig macht. Unter bestimmten Voraussetzungen zahlt auch das Arbeitsamt ein Überbrükkungsgeld.

Wer keine Ansprüche erwerben konnte, z. B. noch in der Ausbildung ist oder die Rente für den Lebensunterhalt nicht ausreicht, für den bleiben die staatlichen Leistungen nach dem Bundessozialhilfegesetz (BSHG). Diese Leistungen sind einkommensabhängig. Vermögen, Erspartes muß bis auf einen Freibetrag eingesetzt werden.

Doch zunächst zur **gesetzlichen Krankenversicherung**.

Sie finanziert die ärztliche und medizinische Versorgung bei Erkrankung. Die Tendenz der letzten Jahre ist allerdings, Patienten zunehmend anteilig Leistungen selbst zahlen zu lassen.

Das sind vor allem:

- bei Medikamenten preisabhängige Zuzahlung von 3,00 DM bis 7,00
- Zuzahlung bei Zahnersatz 40% bzw. 50%
- bei Heilmitteln (Massagen, Krankengymnastik) 10% der Kosten
- im Krankenhaus pro Jahr für 14 Tage 12,00/9,00 DM* pro Tag Zuzahlung
- für Hilfsmittel (Brillen, Prothesen, Rollstühle) übernimmt die Kasse nur Festbeträge

*Betrag für die neuen Bundesländer

Im Gesetz ist eine **Härtefallregelung** (Sozialklausel) verankert. Menschen mit einem Einkommen bis 1568/1232 DM* (Verheiratete 2165/1694 DM*) sind von Zuzahlungen befreit, ebenso bestimmte Personengruppen wie Sozialhilfe-, Arbeitslosenhilfe- und Ausbildungsförderungsempfänger.

Die Befreiung gilt nicht für den Eigenanteil bei stationärer Behandlung.

Übernommen werden könnte dieser nur vom zuständigen Sozialamt auf Antrag. Kinder und Jugendliche bis 18 Jahre sind grundsätzlich befreit.

Neben der Sozialklausel gibt es eine sogenannte **Überforderungsklausel**. Danach darf die Summe der Zuzahlung 2% des Bruttojahreseinkommens nicht überschreiten. Bei Einkommen, über 5700/4425 DM* mtl. für Ledige müssen 4% zugezahlt werden. Die Abrechnung erfolgt jährlich. Wenn im laufenden Jahr die Obergrenze erreicht ist, kann die Kasse von weiterer Zuzahlung absehen. Dies ist für AIDS-Kranke wegen der oft umfangreichen und teuren Therapien von Bedeutung.

Eine Verbesserung gibt es bei den Fahrkosten: Die Kosten oberhalb von 20 DM pro Fahrt zur ambulanten Behandlung beim niedergelassenen Arzt, im Krankenhaus sowie bei vor- und nachstationärer Behandlung werden übernommen, wenn dadurch Krankenhausaufenthalte vermieden oder verkürzt werden. Bei einer Behandlungsserie braucht der Eigenanteil von 20 DM nur bei der ersten und letzten Fahrt gezahlt zu werden. Auch die Vorleistung der Patienten kann in Absprache mit der Krankenkasse aufgehoben werden.

Häusliche Krankenpflege

Diese Leistung ist gerade für AIDS-kranke Menschen wichtig. Sie ermöglicht es, unter Umständen zu Hause zu bleiben oder früher aus dem Krankenhaus entlassen zu werden. Ein Gespräch mit dem behandelnden Arzt sollte dies klären. Die häusliche Krankenpflege muß ärztlich verordnet sein.

Drei Leistungen sind in ihr verankert:

- Behandlungspflege
  medizinische Hilfeleistungen, die nicht vom Arzt erbracht werden wie Injektionen, Infusionen betreuen, Wundpflege, Verbandwechsel, gezielte Mobilisierung
- Grundpflege
  Waschen, Betten, Lagern des Patienten, Tag- und Nachtwachen
- Hauswirtschaftliche Verrichtungen
  das sind am Patienten orientierte Leistungen wie Zubereitung von Mahlzeiten, abwaschen, säubern etc.

Je Krankheitsfall kann die Hauskrankenpflege bis zu vier Wochen übernommen werden. In begründeten Fällen wird ein längerer Zeitraum bewilligt, wenn dies zur 'Sicherung des Ziels der ärztlichen Behandlung' erforderlich ist. Im Gegensatz zur Grundpflege ist die Behandlungspflege hierfür unbegrenzt zu gewähren. Ein ausführliches Attest sollte die Notwendigkeit unterstreichen.

Von privaten Krankenversicherungen werden die Grundpflege und die hauswirtschaftlichen Verrichtungen in der Regel nicht übernommen.

Eine weitere Leistung ist die **Haushaltshilfe** zur 'Sicherung des Ziels der ärztlichen Behandlung'. Sie umfaßt die Aufrechterhaltung des Haushalts wie Einkaufen, Wäsche waschen, Essenszubereitung, Wohnungsreinigung etc.

Durchgeführt wird die Hauskrankenpflege von Sozial- und Pflegestationen, die es mittlerweile flächendeckend gibt. Daneben haben sich spezialisierte AIDS-Pflegestationen entwickelt. Sie bieten ergänzend zur Pflege sozialrechtliche Beratung und psychologische Begleitung an. Mit den selteneren Erkrankungen sind sie oft besser vertraut.

Der Umfang richtet sich nach den Erfordernissen, eine sinnvolle ambulante Versorgung zu gewährleisten. Dies kann eine 24-Stunden-Pflege täglich einschließen und so auch eine Sterbebegleitung zu Hause ermöglichen.

Wenn jemand zu Hause sterben möchte, zahlt die Krankenkasse einen bestimmten Tagessatz zuzüglich eventuell benötigter Infusionen. Der Pflegesatz reicht jedoch für eine Krankenpflege rund um die Uhr nicht aus. Mit guter Begründung und eventueller Hilfe durch die AIDS-Beratung können die restlichen Kosten vom Sozialamt übernommen werden. Die Finalpflege ist zeitlich nicht begrenzt. Die Krankenkassen behalten sich vor, die Notwendigkeit durch ihren Medizinischen Dienst überprüfen zu lassen, gerade auch dann, wenn die 24-Stunden-Pflege über einen längeren Zeitraum benötigt wird.

Bei der Finalpflege werden oft pflegerische Hilfsmittel gebraucht, wie Krankenbetten, Antidekubitusunterlagen, Nachtstühle etc. Alles Leistungen, die die Krankenkasse erbringen kann.

Man sieht, im Bereich Hauspflege gibt es nicht ausschließlich feste Regeln. Viel ist Verhandlungssache und eine Frage der Begründung und Unterstützung durch Atteste und Gutachten. Auch Krankenkassen haben Spielräume, die es im Einzelfall zu nutzen gilt. Es kommt manchmal auf den einzelnen Sachbearbeiter an. Gelegentlich entscheidet ein Sachbearbeiter aufgrund fester Regeln oder Gebräuche auch finanzschädigend für die Kasse. Das ist kein böser Wille; er kann nicht anders. Unter Umständen ist dann eine Hauspflege nicht gestattet, obwohl der Krankenhausaufenthalt jeden Tag 200 DM teurer wäre. Ein persönliches Telefonat mit dem Dienststellenleiter ist hier oft hilfreich. Bei Versagen kann noch der behandelnde Arzt oder der betreuende Sozialarbeiter einen Versuch machen. In sehr seltenen Fällen führt aber auch das nicht zum gewünschten Ergebnis. Grundsächlich ist die Zusammenarbeit mit den Krankenkassen aber gut, wenn auch von behäbiger Dynamik. Zur Not sollte man den Weg des Widerspruchs gehen.

Falls die Kasse die Hauskrankenpflege begrenzt, gibt es als neue Leistung ein **Schwerpflegegeld**, gekoppelt an bestimmte Vorversicherungszeiten und an eine ärztliche Prüfung. Schwerpflegebedürftig ist, wer für die gewöhnlichen und regelmäßig wiederkehrenden Verrichtungen im Ablauf des täglichen Lebens auf Dauer Hilfe in sehr hohen Maße benötigt. Vorausetzung: Insgesamt mindestens 180 Monate Versicherungszeit, davon in den letzten 60 Monaten vor Feststellung der Pflegebedürftigkeit 36 Monate Versicherungszeit.

In diesem Bereich gibt es ab 1995 Änderungen. Die geplante **Pflegeversicherung**, für die ab Januar Beiträge zu zahlen sind, übernimmt die Finanzierung der ambulanten Pflege und später die Kosten für stationäre Pflege in Heimen. Sie ersetzt damit das oben genannte Schwerpflegegeld der Krankenkassen ebenso wie bestimmte Leistungen der Sozialämter. Das weiter hinten aufgeführte Pflegegeld der Sozialhilfe gilt dann nur noch in Ausnahmefällen.

Die Pflegebedürftigkeit wird in drei Stufen eingeteilt, von erheblich pflegebedürftig (Stufe I) über schwer- bis schwerst-pflegebedürftig (Stufe III), von einmal täglich benötigter Hilfe bis zu 24-Stunden-Pflege. Dabei hat der Patient die Wahl zwischen Geld- oder Sachleistung.

Je nach Schweregrad werden monatlich 400, 800 oder 1.300 DM gezahlt (Stufe III). Davon ist die Betreuung zu bezahlen. Alternativ dazu die Sachleistungen in Höhe von 750, 1.800 und 2.800 (Stufe III). Sachleistung heißt, daß die Pflege von einer Sozialstation übernommen wird, die dann direkt mit den Kassen abrechnet.

Angesiedelt ist die Pflegeversicherung bei den gesetzlichen Krankenkassen, und als Mitglied wird man automatisch auch Mitglied in dieser neuen Versicherung.

Wenn man sich die Voraussetzungen für die einzelnen Pflegestufen und die Höhe der Leistungen anschaut, ist zu erwarten, daß eine Lücke entsteht, daß also im ambulanten Bereich der erforderliche pflegerische Umfang weder über die Geld-, noch über die Sachleistung abzudecken ist. Es müßte dann wieder auf die einkommensabhängige Sozialhilfe zurückgegriffen werden, um z. B. die Hauspflege zu finanzieren. Die rein medizinischen Leistungen im Rahmen der Behandlungspflegeheime werden weiter von der Krankenversicherung bezahlt.

Im fortgeschrittenen Stadium der Erkrankung gibt es noch zwei weitere zu beantragende Hilfen: die Anerkennung der Schwerbehinderung und das Pflegegeld der Sozialhilfe.

Behinderungen werden nach verschiedenen Graden eingeteilt (GdB). Ab 50% spricht man von einer **Schwerbehinderung**. Daneben werden verschiedene Merkzeichen vergeben. Diese werden anschließend erläutert. Die Feststellung wird durch eine fachärztliche Untersuchung bei den Landesversorgungsämtern getroffen. Eine persönliche Untersuchung kann vermieden werden, wenn die dem Antrag beigefügten Atteste und Unterlagen die Erkrankung und Behinderung ausführlich beschreiben.

- Bei Vollbild AIDS wird in der Regel 100% GdB zuerkannt.
- Beim ARC (AIDS-Related-Complex) 50-80% GdB.

- Beim LAS (Lymphadenopathiesyndrom) mit Fieberschüben, Durchfällen und Gewichtsverlust mit geringen Leistungseinschränkungen 30-40% GdB.
- HIV-positiv kein GdB.

Zum letzten Punkt ist zu sagen, daß ein Bundesland (Niedersachsen) mittlerweile das Versorgungsamt angewiesen hat, auch HIV-Positive als Schwerbehinderte anzuerkennen, um vor der Erkrankung schon Erleichterungen und einen Ausgleich zu ermöglichen.

Folgende Merkzeichen gibt es:

H = hilflos bei den täglichen Verrichtungen
dauernd auf fremde Hilfe angewiesen

G = erhebliche Gehbehinderung
Gehvermögen ist so eingeschränkt, daß zwei Kilometer ohne Gefahren nicht mehr zu bewältigen sind

aG = außergewöhnliche Gehbehinderung
Fortbewegung nur mit fremder Hilfe und großer Anstrengung möglich

B = ständige Begleitung
Benutzung öffentlicher Verkehrsmittel ist ohne Begleitperson nicht mehr möglich

Bl = Blindheit

RF = Befreiung von Rundfunk- und Fernsehgebühren
Telefonanschluß um 5 DM mtl. ermäßigt, wenn mindestens 80% GdB festgestellt wurden

Es ist vom Gesetzgeber beabsichtigt, krankheitsbedingte Nachteile durch Vergünstigungen und Befreiungen auszugleichen.

Schwerbehinderte haben zusätzliche Rechte am Arbeitsplatz:

- fünf Tage mehr Urlaub
- erhöhter Kündigungsschutz (das Versorgungsamt muß einer Kündigung zustimmen, eine 6-monatige Beschäftigung vorausgesetzt)
- Freistellung von Mehrarbeit
- evtl. behindertengerechter Arbeitsplatz

Steuervergünstigungen:

- gestufte Pauschalbeträge bei der Einkommenssteuer, bis zu 2760 DM bei über 90% GdB
- KFZ-Steuerbefreiung bei aG, H und Bl
- Hilfen zur Teilnahme am Leben in der Gemeinschaft durch ermäßigte Eintrittspreise und Gebührenbefreiung(RF) und
- beim Reise- und Nahverkehr Anspruch auf ermäßigte (G, aG) oder unentgeltliche (H, Bl) Beförderung.
- Ist man auf eine Begleitperson angewiesen (B), kann diese frei fahren, auch wenn man selber zahlt. Dies gilt auch für der Bahn- und Flugverkehr.
- Für Behinderte im Rollstuhl oder mit außergewöhnlicher Gehbehinderung kann die Telebus- und Taxibeförderung beantragt werden.

Der Schwerbehindertenausweis ist auch für die Beantragung anderer Sozialleistungen wichtig, wie Sozialhilfe, Wohngeld und Wohnberechtigungsschein.

Das **Pflegegeld** ist eine Leistung der Sozialhilfe, die auch gewährt werden kann, wenn die Einkommensgrenze für andere Sozialleistungen überschritten wird. Einige Bundesländer haben dazu Sondergesetze erlassen. So regelt das Berliner Pflegegeldgesetz, daß diese Unterstützung einkommensunabhängig gezahlt wird.

Pflegebedürftig ist, wer dauernd in erheblichem Umfang auf fremde Hilfe für die täglich wiederkehrenden Verrichtungen angewiesen ist, beim Essen, Waschen, An- und Auskleiden, Verlassen der Wohnung, bei der Körperpflege etc. Die Hilflosigkeit muß dauernd und erheblich sein oder eine ständige Betreuung wird benötigt, um lebensgefährliche Situationen zu vermeiden.

Die Höhe des Pflegegeldes unterscheidet sich in den einzelnen Bundesländern. Als Orientierung die Zahlen in Berlin:

Von 366 DM mtl. in der Stufe I bis 997 DM in der Stufe III. Höhere Stufen werden in diesem Bereich meist nicht angewandt, obwohl auch hier Engagement und Hartnäckigkeit zum Erfolg führen können und Stufe IV und V möglich sind.

Der Antrag ist schriftlich mit einem ausführlichen Attest beim zuständigen Sozialamt einzureichen, woraufhin eine Untersuchung durch einen ärztlichen Gutachter folgt.

Daneben gibt es ein sogenanntes Blindengeld mit etwas höheren Sätzen für die einzelnen Stufen. Bei CMV-Retinitis mit starker Seheinschränkung ist ein Antrag anzuraten.

Wie schon angesprochen, sind Menschen mit HIV und AIDS auf Leistungen nach dem **Bundessozialhilfegesetz (BSHG)** angewiesen, wenn die Erwerbsunfähigkeitsrente nicht ausreicht oder die benötigte umfangreiche Betreuung von der Krankenversicherung nicht übernommen wird.

AIDS-kranke Drogenabhängige leben oft in desolaten sozialen Verhältnissen, ohne Wohnung, ohne Einkommen und ohne Krankenversicherung.

Wir geben im folgenden einen Überblick der Ansprüche im BSHG und gehen auf Besonderheiten der Erkrankung ein.

Die Grundlage bildet die **Hilfe zum Lebensunterhalt**. Sie setzt sich zusammen aus sogenannten Regelsätzen und den Kosten der Unterkunft. Daneben gibt es Mehrbedarfszuschläge und einmalige Beihilfen, also Hilfen, die der normale Regelsatz nicht abdeckt.

Regelsätze sind nicht bundeseinheitlich. Zur Zeit liegen sie durchschnittlich bei etwas über fünfhundert Mark. Für jeden Familienangehörigen erhöht sich dieser Betrag. Sie werden jährlich angepaßt und sollen ein Leben ermöglichen, das der Würde des Menschen entspricht. Die Realität sieht oft anders aus, und die Tendenz ist gegenläufig zum Bedarf: Immer mehr Menschen sind betroffen von mangelnden Berufschancen und Arbeitslosigkeit, und politisch werden immer mehr Einschränkungen im sozialen Netz verfügt. Doch zurück zu den Ansprüchen.

Kosten der Unterkunft sind die Miete und die Heizkosten. Bei Ofenheizung gibt es einmal im Jahr eine Brennstoffbeihilfe. Das heißt Strom und Gas, soweit nicht zum Heizen benutzt, sind im Regelsatz enthalten, ebenso das Telefon. Wer laufende Sozialhilfe erhält, kann von den Rundfunkgebühren befreit werden und erhält eine um 5 DM ermäßigte Grundgebühr beim Telefon. Statt 10 Freieinheiten werden monatlich 40 zuerkannt. Bei Alleinstehenden ist es zudem möglich, im Rahmen der Telefonhilfe auch die Kosten für die Installation zu beantragen, insbesondere wenn Hilfe zur Pflege oder Pflegegeld gezahlt wird.

Für bestimmte Lebenssituationen sind Mehrbedarfszuschläge vorgesehen, wie z. B. 20% mehr für Menschen über 65 Jahre, für Erwerbsunfähige unter 65 Jahre oder für Schwangere ab der 13. Schwangerschaftswoche.

Einen angemessenen Mehrbedarf gibt es auch für kostenaufwendige Ernährung. Die Beantragung erfordert ein ärztliches Attest. Das Sozialamt kann jedoch auf einer amtsärztlichen Untersuchung bestehen. Anerkannt wird auch ein erhöhter Hygienebedarf. Es gibt hierfür keine einheitlichen Regelungen.

Als Beispiel: das Bezirksamt Charlottenburg in Berlin bewilligt 90 DM für besondere Ernährung und 40 DM für den Mehrbedarf an Hygiene.

So könnte eine Berechnung aussehen:

Hilfe zum Lebensunterhalt	519,00 DM
Mehrbedarf wegen Erwerbsunfähigkeit	103,80 DM
Mehrbedarf wegen kostenaufwendiger Ernährung	90,00 DM
Hygienemehrbedarf	40,00 DM
Kosten der Unterkunft (warm)	547,20 DM

	1300,00 DM
Einkommen	-1150,00 DM

Erwerbsunfähigkeitsrente	150,00 DM

Es bestünde also ein Anspruch auf 150 DM ergänzende Sozialhilfe monatlich.

Für alle größeren Anschaffungen sind die **einmaligen Beihilfen** gedacht, für Kleidung, Bettwäsche, Schuhe, für Hausrat wie Kühlschrank, Waschmaschine, Möbel, für Umzugs- und Renovierungskosten etc. Einiges wird mit Pauschalen berechnet wie die Bekleidungs- und die Weihnachtsbeihilfe, anderes mit Kostenvoranschlägen. Die Bekleidung wird zum Beispiel in einer Sommer- und Winterpauschale gezahlt, sechs Monate Leistungsbezug vorausgesetzt. Die Höhe hängt vom Alter und Geschlecht ab. Aber auch hier sind Besonderheiten möglich: Beim Krankenhausaufenthalt kann eine Pauschale geltend gemacht werden, ebenso bei Schwangerschaft. Auf jeden Fall ist dies schriftlich vorher zu beantragen. Das Sozialamt übernimmt keine schon bezahlten Rechnungen. Die Behörde ist verpflichtet, den Einzelfall zu prüfen, ob

z. B. Mietschulden übernommen werden, um Obdachlosigkeit zu vermeiden oder durch Übernahme einer Kaution die Anmietung einer Wohnung ermöglicht wird. Alle Leistungen können als Darlehen gewährt werden. Auch wer etwas über dem Sozialhilfesatz liegt, kann einmalige Beihilfen beantragen. Auf sie besteht ein Rechtsanspruch. Wie schon angedeutet, muß zuerst eigenes Vermögen und Erspartes eingesetzt werden bis auf einen Freibetrag von 2500 DM bzw. 3700 DM bei Ehepartnern.

Neben der Hilfe zum Lebensunterhalt gibt es die **Hilfe in besonderen Lebenslagen.** Hierfür gelten großzügigere Einkommensgrenzen und andere Vermögensschongrenzen (4500 bzw. 5700 DM bei Ehepartnern).

In Frage kommen die Krankenhilfe, die Hilfe zur Pflege und zur Weiterführung des Haushalts und die Eingliederungshilfe.

- Krankenhilfe bedeutet: das Sozialamt übernimmt die gleichen Kosten und Leistungen wie die Krankenkassen, wenn jemand nicht versichert ist, oder zahlt die Versicherungsbeiträge.
- Hilfe zur Pflege erhalten Menschen, die aufgrund einer Krankheit hilflos geworden sind. Ziel der häuslichen Pflege ist es, Menschen in gewohnter Umgebung zu betreuen. Dies können sowohl Pflegestationen als auch Privatpersonen machen.

  Bei umfangreicher Pflege kann neben der Krankenpflege der Versicherungen häusliche Pflege ergänzend gewährt werden.
- Eingliederungshilfe erhalten Menschen, die ihren Lebensalltag nicht mehr bewältigen. HIV-positive und AIDS-kranke Menschen können aufgrund ihrer emotional belastenden Situation in seelische Krisen geraten. Durch Einzelfallhilfe soll hier unterstützt und die Teilnahme am Leben in der Gemeinschaft wieder

ermöglicht werden. Die psychosozialen Helfer sind in der Regel Sozialpädagogen oder Psychologen.

Wichtig im Zusammenhang mit Leistungen nach dem Bundessozialhilfegesetz ist die **Unterhaltsverpflichtung**: Eltern und Kinder sind gegenseitig unterhaltsverpflichtet, Geschwister untereinander nicht. Wenn jedoch eine besondere Härte vorliegt, kann das Sozialamt von dieser Regelung absehen. Wenn zum Beispiel Eltern über den Grund der Erkrankung nicht informiert sind und es ihnen nicht zuzumuten ist, aufgrund der Unterhaltsverpflichtung mit der Diagnose und allen damit verbundenen Fragen konfrontiert zu werden, ist eine Ausnahme möglich. Ärzte und Sozialpädagogen können dies mit eingehender schriftlicher Stellungnahme unterstützen.

In den Gesundheitsämtern und den AIDS-Hilfen findet man Unterstützung bei allen angesprochenen Problemen.

Hier noch einige abschließende Bemerkungen.

Zum Thema **Wohnen**: Bei einer AIDS-Erkrankung ist eine beheizbare Wohnung mit Bad und fließend Warmwasser und nicht zu vielen Treppen (oder Fahrstuhl) Voraussetzung für eine gute Betreuung und Krankenpflege. Dies trifft man nicht immer an. Es gibt dann die Möglichkeit, für den sozialen Wohnungsbau einen Wohnberechtigungsschein beim zuständigen Wohnungsamt zu beantragen. Dieser ist abhängig vom Einkommen, wobei für anerkannt Schwerbehinderte höhere Grenzen gelten. Diese Grenzen sind nicht bundeseinheitlich festgelegt. AIDS-Kranke können den Zusatz 'mit Dringlichkeit' und einen weiteren Raum als Übernachtungsmöglichkeit für eine Pflegeperson erhalten, untermauert durch ein ärztliches Attest oder eine beigelegte Kopie des Schwerbehindertenausweises.

Auch hier sind Wartezeiten in Kauf zu nehmen: also je früher desto besser den Antrag stellen.

Zum Thema **Mietschulden**:

Der Vermieter kann fristlos kündigen, wenn an zwei aufeinanderfolgenden Terminen die Miete ganz oder zum Teil im Verzug ist oder über einen längeren Zeitraum Teilbeträge offen sind, die insgesamt zwei Monatsmieten ausmachen. Der Vermieter kann dann eine Räumungsklage anstrengen. Nach Zustellung dieses Beschlusses hat der Mieter einen Monat Zeit, die rückständigen Beträge nachzuzahlen (und natürlich die laufende Miete). Die Anwalts- und Gerichtskosten kommen allerdings dazu. Die Kündigung ist jedoch damit unwirksam. Das Gleiche gilt, wenn sich innerhalb der Frist das Sozialamt auf Antrag verpflichtet, die Zahlung zu übernehmen. Dieses Verfahren ist nur möglich bei der ersten fristlosen Kündigung innerhalb von zwei Jahren. Im Wiederholungsfall wird die Kündigung durch Rückzahlung nicht unwirksam. Die Entscheidung liegt dann im Ermessen des Vermieters. Günstiger ist es, bei angelaufenen Schulden rechtzeitig Kontakt zum Vermieter aufzunehmen und eine Rückzahlungsvereinbarung zu treffen, so daß eine Kündigung vermieden werden kann oder bei finanziellen Engpässen möglichst früh Ansprüche auf Sozialhilfe und Wohngeld prüfen zu lassen. Die Betonung liegt auf 'möglichst früh', Sozialämter tun sich immer schwer mit der Übernahme von Schulden.

Zahlungsverzug bei Strom und Gas kann ebenfalls in eine fristlose Kündigung münden (abstellen), wenn dies zwei Wochen vorher angedroht wurde. Auch hier kann mit einer Rückzahlungsvereinbarung eine Kündigung abgewendet werden. Fehlen dazu die finanziellen Mittel, kann die Kostenübernahme beim Sozialamt beantragt werden, insbesondere bei behinderten, kranken oder bettlägerigen Menschen.

Zum Thema **Betreuung/Vollmacht**: In den letzten Jahren haben zerebrale Erkrankungen mit Krisen und Verwirrtheitsphasen zugenommen. Es ist sinnvoll, rechtzeitig einer Vertrauensperson eine Vollmacht zu erteilen, um auch in diesen Phasen handlungsfähig zu bleiben, um z. B. die eigenen Interessen gegenüber Behörden und Banken wahrzunehmen, wobei eine notariell beglaubigte Generalvollmacht die umfassendste Lösung ist.

Sonst bleibt in solchen Phasen nur die Beantragung einer Betreuung (früher: Pflegschaft) bei den Amtsgerichten. Das bedeutet jedoch einen großen juristischen Eingriff in die eigenen Persönlichkeitsrechte, der eventuell in klaren Phasen als schmerzlich erlebt wird.

Zum Thema **Testament**: Es gibt eine gesetzlich festgelegte Erbfolge, die immer dann in Kraft tritt, wenn weder ein Testament noch ein Erbvertrag gemacht wurde: Kinder, Enkel, Eltern, Geschwister, Großeltern (das sind Erben sogenannter erster, zweiter und dritter Ordnung).

Ein Ehepartner hat in der Regel Anspruch auf die Hälfte des Nachlasses. Ist jemand ohne Verwandte und Ehepartner, wird der Staat gesetzlicher Erbe.

Ein Testament hat den Sinn, die gesetzliche Erbfolge zu überlagern, so daß zum Beispiel ein Freund oder Lebenspartner bedacht werden kann. Die gesetzlichen Erben haben dann Anspruch auf einen Pflichtteil. Das ist eine Geldzahlung in Höhe der Hälfte des Nachlasses (also keinen Anspruch auf Sachwerte oder Gegenstände).

Ein Testament muß handschriftlich verfaßt und unterschrieben sein mit Zeit und Ortsangabe. Ein neueres Testament hebt ein älteres auf. Gültig ist also das zuletzt errichtete. Ein Notar muß nicht hinzugezogen werden, das ist aber bei Grundbesitz und Immobilien zu empfehlen. Aufbewahrt werden kann es überall. Wer sichergehen will, kann es gegen eine geringe Gebühr bei den Nachlaßgerichten hinterlegen.

Wer einen Partner oder eine Freundin zusätzlich absichern will, kann das mit einer Lebensversicherung oder einem Spar- oder Bausparvertrag tun. Im Vertrag wird von vornherein festgelegt, im Todesfall den fälligen Betrag dieser Person zukommen zu lassen. Das zählt dann nicht zum Nachlaß.

Noch mal zum Thema **Geld**: Es gibt zwei bundesweite Stiftungen, die einmalige oder langfristige Hilfen anbieten, wie die Finanzierung einer alternativen Behandlung, einer Reise oder den Kauf eines speziellen Bettes, vorausgesetzt, kein anderer Leistungsträger ist zur Zahlung verpflichtet (also Sozialamt, Arbeitsamt oder Krankenkasse). In der Regel verfahren die AIDS-Stiftungen sehr großzügig und unbürokratisch, eine Antragstellung lohnt in jedem Fall.

Hier die Adressen:

Deutsche AIDS-Stiftung
Positiv Leben
Pipinstr.7
50667 KÖLN
Telefon: 0221 / 243535

Nationale AIDS-Stiftung
Adenauerallee 58
53113 BONN
Telefon: 0228 / 214098/99

7. Psychische Konflikte bei der Bewältigung der HIV-Infektion und AIDS-Erkrankung

Überlegungen zum HIV-Antikörpertest

Die Ausbreitung des HI-Virus ist inzwischen so weit fortgeschritten, daß sich heute fast jeder sexuell aktive Jugendliche und Erwachsene irgendwann mit dem Problem des HIV-Antikörpertests auseinandersetzen muß.

In der Bundesrepublik gibt es derzeit ca. 60.000 infizierte Menschen, wobei die Dunkelziffer noch einmal so hoch geschätzt wird. Täglich kommen neue Infektionen hinzu. Die Anzahl der an AIDS Erkrankten beträgt in der Bundesrepublik heute ca. 10.000 Menschen. Außerdem ist bekannt, daß nicht mehr nur Homosexuelle und Drogenabhängige betroffen sind. Das Virus bedroht jeden Menschen, ganz gleich welches Geschlecht er hat, welcher Rasse er angehört, ob er seriös aussieht und einer Arbeit nachgeht oder unter Brücken schläft.

Die Anlässe zum Test können vielfältiger Natur sein: Manchmal sind es Zweifel über den eigenen Immunstatus, Mißtrauen gegenüber dem neuen Partner oder im Falle einer Schwangerschaft das Drängen eines Frauenarztes. In diesen Fällen handelt es sich um alltägliche Situationen, und jeder hat genügend Zeit, sich über den Test zu informieren und Gedanken zu machen. Häufig kommt es jedoch vor, daß kritische Lebensereignisse den Test veranlassen: Der Freund/die Freundin oder jemand aus dem Bekanntenkreis ist plötzlich an AIDS erkrankt, oder es kommt zu einem Arbeitsunfall mit infiziertem Blut usw. In diesen Fällen besteht kaum Zeit, über den Test und seine Bedeutung nachzudenken: Er wird dann einfach gemacht.

Die folgenden Überlegungen haben den Zweck, über den HIV-Antikörpertest zu informieren. Sie sollen dem Ratsuchenden helfen, selbständig eine begründete Entscheidung für oder gegen die Testdurchführung zu fällen. Außerdem soll auf Gefahren aufmerksam gemacht werden, die ein leichtfertiger Umgang mit der Entscheidung für die Testdurchführung haben kann.

Die hier geäußerte Befürchtung, daß von der Testdurchführung auch Gefahren ausgehen können, stößt sicher bei manchen Menschen auf Verwunderung. Gemeint sind damit nicht etwa medizinische Gefahren der körperlichen Beeinträchtigung, sondern ausschließlich die psychische Belastung, die von dem sowohl positiven wie negativen Testergebnis ausgehen kann und sich dann z. B. psychisch in Form extremer Angst, Hilflosigkeitsgefühlen und depressiver Verstimmung und in der Folge natürlich auch körperlich auswirken. Viele Menschen mit einem positiven Testergebnis haben Selbstmordgedanken, und nicht wenige wählen diesen Weg tatsächlich. Ebenso gibt es viele Menschen mit einem negativen Testergebnis, die sich gar nicht richtig darüber freuen können, sondern Schuldgefühle gegenüber ihrem infizierten Partner entwickeln, da sie gesund sind.

Diese wenigen Hinweise sollen plausibel machen, daß es sinnvoll und wichtig ist, sich in "ruhigen" Zeiten mit den Vor- und Nachteilen des HIV-Antikörpertests vertraut zu machen, um dann in kritischen Lebenssituationen entsprechend gewappnet zu sein. Es geht darum, selbständig eine Entscheidung zu fällen, die man psychisch verkraften und moralisch verantworten kann.

Die medizinische Bedeutung des Tests

Der HIV-Antikörpertest soll Aufschluß darüber geben, ob eine Infektion mit dem HI-Virus stattgefunden hat. Der Nachweis erfolgt indirekt, da durch den Antikörpertest – wie der Name schon sagt – nicht das Virus selbst, sondern die Antikörper aufgespürt werden, die sich als Reaktion auf die Infektion mit dem HI-Virus gebildet haben. Da die Bildung von HIV-Antikörpern nach einer Infektion immer zeitlich verzögert einsetzt, müssen mindestens 6 Wochen nach dem kritischen Ereignis vergangen sein, bis der HIV-Antikörpertest ein annähernd sicheres Ergebnis liefert. Wer also heute ungeschützten Geschlechtsverkehr hat, muß mindestens 6 Wochen warten, bis der HIV-Antikörpertest ein sicheres Ergebnis anzeigt, ob eine Infektion stattgefunden hat. In Ausnahmefällen kann es sogar mehrere Monate dauern, bis sich Antikörper gebildet haben. Wer also 100 % sichergehen will, sollte den Test ein halbes Jahr nach dem kritischen Ereignis wiederholen.

Die Testdurchführung: Zunächst wird ein Suchtest, der sogenannte "Elisa-Test", durchgeführt, welcher Aufschluß darüber gibt, ob Antikörper gegen das HI-Virus im Blut sind. Ist das nicht der Fall, also werden keine Antikörper gefunden, ist dies fast beweisend, daß keine Infektion stattgefunden hat.

Werden aber Antikörper gefunden, bedeutet das nicht notwendig, daß eine HIV-Infektion vorliegt. Das ist zwar bei den meisten der Fall, bei vielen handelt es sich aber auch um sogenannte falsch positive Ergebnisse, d.h. es werden zwar Antikörper gefunden, die denen der HIV-Antikörper ähneln, die aber trotzdem nicht in Reaktion auf eine HIV-Infektion, sondern gegen eine ganz andere Erkrankung gebildet worden sind. Solche falsch positiven Ergebnisse kommen z. B. bei akuten entzündlichen Erkrankungen vor, bei Menschen, die viele Bluttransfusionen erhalten haben, bei Frauen die mehrere Geburten oder Fehlgeburten hatten, bei rheumatischen Erkrankungen. Gelegentlich kann auch ein Medikament das Testergebnis vortäuschen.

Um falsch positive Testergebnisse zu vermeiden, muß immer, wenn das erste Testergebnis im Elisa-Test positiv war, ein Bestätigungstest, der sogenannte Western-Blot durchgeführt werden, der erst verhältnismäßig sicheren Aufschluß darüber gibt, ob es sich um eine HIV-Infektion handelt. Wenn aus diesem Test ein unsicherer Befund folgt, sollte eine der direkten Nachweismethoden (Antigennachweis) durchgeführt werden.

Für alle, die sich testen lassen wollen, bedeutet dies, daß genügend Zeit und Geduld bis zur abschließenden Mitteilung des Testergebnisses mitgebracht werden muß. In der Regel bedeutet dies eine Woche bis 10 Tage bangen Wartens, bis das Testergebnis endlich vorliegt. Der Arzt benötigt diesen Zeitraum, um die eventuell falsch positiven Testergebnisse mit Hilfe des Bestätigungstests herausfiltern zu können.

Der medizinische Wert des positiven Testergebnisses ist begrenzt. Aus dem Nachweis einer HIV-Infektion folgt nicht notwendig eine medizinische Behandlung. Solange das Immunsystem intakt ist, gilt die mit HIV-infizierte Person als gesund. Im übrigen gilt für die infizierte Person, was von jedem Gesunden auch erwartet wird: gesund zu leben, d. h. gute Ernährung, ausreichend Bewegung und Vermeidung von unnötigem und belastendem Streß.

Es gibt viele Menschen, die sich entschieden haben, den HIV-Test nicht durchführen zu lassen. Manche von ihnen nutzen die Möglichkeit, durch ausschließliche Bestimmung der Helferzellzahl Informationen über eine mögliche Schädigung des Immunsystems zu gewinnen. Das erscheint auf den ersten Blick unlogisch und wie ein Selbstbetrug, und man fragt sich, was das bringen soll. Die bloße Überprüfung des Immunsystems mit Hilfe der Bestimmung von Immunparametern wie der Helferzellzahl hat zum Ziel, das Wissen um die Infektion und die damit verbundenen psychischen Belastungen vermeiden, ohne den Zeitpunkt des Einsatzes sinnvoller medizinischer Prophylaxen zu verpassen. Diese Menschen haben die Meinung, daß es nicht lohne, sich die Jahre bis zum ersten Auftreten von Erkrankungen durch den psychischen Streß des Wissens um die Infektion bestimmen zu lassen. Sie halten es für ausreichend, von der Infektion Gewißheit zu erlangen, wenn erste Anzeichen einer Immunschwäche auftreten. Mit diesem Trick der Überwachung des Immunsystems gelingt es ihnen also, alle psychischen Belastungen, die eine HIV-Infektion mit sich bringt, für einen bestimmten Zeitraum zu vermeiden und sich trotzdem alle Möglichkeiten eines sinnvollen Einsatzes medizinischer Prophylaxen im Falle auftretender Immunschwäche offen zu halten. An dieser Stelle soll darauf hingewiesen werden, daß das HI-Virus auch ohne das Wissen um seine Existenz im eigenen Körper weitergegeben werden kann.

Soll ich nun den Test machen lassen oder nicht?

Argumente für und gegen den HIV-Antikörpertest

Zunächst einmal ist zu sagen, daß im Rahmen einer so lebenswichtigen Entscheidung für oder gegen die HIV-Testuntersuchung ein "Sollen" oder sogar "Müssen" keinen Platz hat. Der folgende Katalog an Argumenten für und gegen den Test verfolgt deshalb den Zweck, aus dem "Sollen" ein "Wollen" entstehen zu lassen: Die wichtige Entscheidung für oder gegen den Test muß aus eigenem Entschluß kommen im Sinne von "ich will" oder "ich will nicht" und sollte nicht das Resultat der Manipulation durch Freunde, Eltern oder den Arzt sein. Sie sollte auch nicht aus einer spontanen Befindlichkeit resultieren, sondern muß in ihren Konsequenzen gut überlegt sein. In allen diesen Fällen besteht sonst Gefahr, daß auftretende psychische Belastungen nicht bewältigt werden können.

Der häufigste Anlaß zum Test ist die Angst vor Infektion nach einem kritischen Ereignis wie ungeschütztem Geschlechtsverkehr, Benutzung einer gemeinsamen Nadel bei Drogenabhängigen oder dem Kontakt mit infiziertem Blut am Arbeitsplatz. Während einige Menschen dazu neigen, solche riskanten Ereignisse zu verdrängen, entstehen bei anderen anhaltende Ängste, die sehr quälend sind. Wie reagiert wird, hängt von der jeweiligen Persönlichkeitsstruktur ab. Viele versprechen sich eine Entlastung von der quälenden Angst, wenn sie Klarheit haben, und zwar auch dann, wenn das Testergebnis positiv ist. Tatsächlich ist das seelische Gleichgewicht vieler Menschen so beschaffen, daß sie mit einer bekannten Gefahr, einem konkreten Feind, besser umgehen können als mit der anhaltenden Belastung diffuser Angst.

Erfahrungsgemäß kommen aber auch viele Menschen zum Test, deren Ängste unbegründet sind. Durchleuchtet man genau die Situation, in der sie glauben, sich angesteckt zu haben, wird sofort deutlich, daß zu keinem Zeitpunkt ein wirkliches Risiko bestanden hat. Aus diesem Grunde sollen noch einmal detailliert die Übertragungswege aufgezählt werden.

HIV wird auf folgende Weise übertragen:

- durch infizierten Samen, Vaginalflüssigkeit oder Blut, die durch Anus, Mund, Vagina oder Hautverletzung in den Körper gelangen
- durch Nadeltausch, Hautverletzungen mit infizierten Instrumenten oder Sexspielen, die zu Verletzungen führen
- durch Transfusion von infiziertem Blut bzw. Blutprodukten
- von der Mutter zum Kind im Uterus, bei der Geburt oder danach durch Stillen.

Soziale Kontakte wie Küssen, Trinken aus demselben Glas, Benutzung gemeinsamen Eßgeschirrs, derselben Toilette oder auch Kontakt mit Schweiß, Tränenflüssigkeit und Speichel stellen keine Gefahr für eine HIV-Infektion dar. Jeder kann also selbst prüfen, ob die eigenen Ängste vor Infektion berechtigt sind. In den Fällen, wo kein berechtigter Anlaß für die Infektionsangst gefunden werden kann und sie dennoch in Form anhaltender gedanklicher Beschäftigung und emotionaler Belastung fortbesteht, liegt der Verdacht einer AIDS-Phobie oder hypochondrischen Störung nahe. Man braucht sich wegen solcher Ängste nicht zu genieren. Allerdings läuft man Gefahr, wenn man sich hartnäckig an die falsche Adresse wendet, irgendwann nicht mehr ernst genommen zu werden. Betroffene sollten, statt unablässig neue Untersuchungen auf HIV durchzuführen, die dann doch nicht beruhigend wirken, den Psychotherapeuten aufsuchen.

Schwieriger ist die Einschätzung der Angst nach einem einmaligen riskanten Ereignis. Die einmaligen oder kurzfristigen sexuellen Kontakte ohne Kondom sind der häufigste Anlaß zur Besorgnis. Diese Angst ist berechtigt und hat einen rationalen Kern. Dennoch sollte man wissen: Nicht jeder Viruskontakt führt notwendig zu einer Infektion. Es ist schwer, über die Wahrscheinlichkeit einer Infektion nach einem einmaligen Geschlechtsverkehr mit einem infizierten Partner zu spekulieren. Tatsache ist, daß bereits ein einziger Sexualkontakt für die Ansteckung ausreichen kann, aber nicht jeder Viruskontakt notwendig zu einer Infektion führen muß. Wer sicher gehen will, ob er sich infiziert hat, sollte auf jeden Fall einen Test machen lassen.

Weitere Anlässe für eine Testdurchführung können darin bestehen,

– daß zwei Menschen die Absicht haben, eine feste partnerschaftliche Bindung einzugehen. Sie möchten klären, ob einer oder eventuell beide infiziert sind. Das erwartete negative Testergebnis soll ihnen die Angst vor der Infektion durch den Partner nehmen. Es besteht die Erwartung, daß sich dadurch die Beziehung vertieft, indem z. B. die durch safer sex-Praktiken gesetzten Schranken sexueller Erlebnismöglichkeiten aufgehoben werden können.

– daß Entscheidungen in der Familien- und Lebensplanung anstehen: Hier ist z. B. der Wunsch nach einem Kind zu nennen, der den Klärungsbedarf über den Infektionsstatus erfordert. Es ist inzwischen gängige Praxis, daß schwangeren Frauen von Ärzten der HIV-Antikörpertest angeraten wird. Im Falle einer Infektion liegt die Wahrscheinlichkeit der Weitergabe des HI-Virus an das Neugeborene zwischen 15 % und 30 %. Das Wissen um die Infektion kann Motiv sein, die Schwangerschaft abzubrechen oder die Weitergabe der Infektion an das Baby zu verhindern, indem z. B. auf das Stillen als eine mögliche Infektionsquelle verzichtet wird.

– der Wunsch, sich beruflich selbständig zu machen oder die Aufnahme eines Kredits für den Erwerb einer Eigentumswohnung können den Test veranlassen. Natürlich ist es wichtig, um die mögliche Bedrohung durch die Erkrankung zu wissen und sie mit den neu entstehenden Belastungen beruflicher Veränderungen oder finanzieller Verpflichtungen abzuwägen.

– sozialrechtliche Überlegungen stellen ein wichtiges Motiv für die Testdurchführung dar: Es kann z. B. aufgrund einer beruflichen Exposition zu einer Nadelstichverletzung kommen. In diesem Fall muß der Nachweis geführt werden, daß die Serokonversion (Serum = Flüssigkeit, in der die Blutzellen, aber auch Antikörper schwimmen. Konversion = ein Neuauftreten von Antikörpern) tatsächlich durch den Arbeitsunfall hervorgerufen worden ist. Der Nachweis wird erbracht, indem unmittelbar nach dem Arbeitsunfall und dann wieder sechs

Wochen später ein HIV-Antikörpertest durchgeführt wird.

Die Gründe, die gegen die Durchführung eines HIV-Antikörpertests sprechen, sind ebenso zahlreich und stichhaltig wie diejenigen, die für den Test vorgebracht wurden. Manchmal kann auch dasselbe Argument, das für den Test angeführt wurde, wie z. B. Entlastung von quälender Ungewißheit, je nach psychischer Verfassung des Betroffenen das Gegenteil bewirken und die Angst steigern. Dieser Hinweis soll noch einmal daran erinnern, daß die Entscheidung für oder gegen den Test nur dann als gelungen gelten kann, wenn sie informiert und selbständig gefällt worden ist.

– So kann die aktuelle psychische Verfassung ein wichtiger Grund sein, den Test nicht jetzt durchzuführen, sondern auf einen späteren Zeitpunkt zu verschieben. Es ist wenig sinnvoll, den Test in einer Belastungssituation, nach einem Verlusterleben oder in einer sonstwie gearteten Streßsituation durchzuführen. Es geschieht häufig, daß durch die AIDS-Erkrankung des Lebensgefährten beim gesunden Partner der Wunsch nach einem Test ausgelöst wird. Meist handelt es sich bei diesem Wunsch um eine Mischung aus Angst und spontaner Solidaritätsbekundung für den erkrankten Freund. Allerdings macht eine Testung in dieser Situation wenig Sinn, da dies nur eine zusätzliche Belastung bedeuten würde, obwohl alle Kraft für die Unterstützung des erkrankten Freundes gebraucht wird.

– Ein entscheidendes Motiv, den Test nicht durchführen zu lassen, besteht darin, daß die durch das Wissen um die Infektion ausgelöste Angst vor der jederzeit möglichen Erkrankung an AIDS nicht ertragen wird. Sie kann je nach Persönlichkeitsstruktur solche Ausmaße annehmen, daß sie nicht mehr bewältigt wird und zum psychischen Zusammenbruch führt.

– Hinzu kommt, daß mit dem positiven Testergebnis Fakten auf dem Tisch liegen, die eine Auseinandersetzung mit vielen Lebenseinschränkungen erzwingen: Daß z. B. die Zukunft nicht mehr offen ist, daß ein Kinderwunsch zwar nicht unmöglich, jedoch erheblich in Frage gestellt ist, daß die Rolle vom Opfer zum potentiellen Täter gewechselt wird. Denn nun besteht das Gewißheit um die Gefahr, andere Menschen anstecken zu können. Es erfordert schon eine gewisse psychische Reife und Kraft, um diese Auseinandersetzung führen zu können.

– Nach wie vor bilden die Angst vor Stigmatisierung und Diskriminierung ein wichtiges Motiv, den Test abzulehnen. Die Angst vor Ausgrenzung und sozialen Nachteilen hemmen die Bereitschaft, das Wissen um die Infektion auf sich zu nehmen. Die Erfahrungen sind hier individuell sehr verschieden. Die überwiegende Mehrzahl der Betroffenen kann sich der Unterstützung durch Freunde und Verwandte gewiß sein. Auch die Solidarität von Arbeitskollegen ist nicht selten. Allerdings sind auch jene Fälle sehr zahlreich, wo es zu offener Ablehnung gekommen ist und Betroffene sogar um ihre Wohnung bangen mußten.

Sozialpolitische Aspekte

Neben den medizinischen Aspekten hat die Diskussion um diesen Test auch eine große politische Dimension. Reihenuntersuchung, Zwangstest und bayerischer Maßnahmenkatalog sind Begriffe, die sowohl in der Vergangenheit als auch in der Gegenwart heftige Diskussionen und Kontroversen auslösten bzw. auslösen. Insbesondere die Frage um die Anwendbarkeit des Bundesseuchengesetzes hat bei vielen Betroffenen Ängste und Unsicherheiten ausgelöst. Befürworter von Reihenuntersuchungen und namentlicher Meldepflicht begründen ihre Forderungen neben Argumenten wie "Schutzpflicht des Staates für den einzelnen Bürger" insbesondere damit, daß diese Maßnahmen geeignet seien, Infektionsquellen zu ermitteln und somit die Infektionsketten zu unterbrechen. Des weiteren werden Gründe wie z. B. "genauere Zahlen für Statistiken" angegeben, um die Durchsetzung von Zwangsmaßnahmen zu erwirken. Uns erscheinen solche Maßnahmen sehr zweifelhaft und äußerst bedenklich hinsichtlich ihrer Konsequenzen.

Betrachtet man sich die Anwendung des Bundesseuchengesetzes auf die herkömmlichen meldepflichtigen Krankheiten, so wird ersichtlich, daß diese Maßnahmen alle zeitlich begrenzt sind. Die Inkubationszeiten (Zeitraum zwischen Ansteckung und Ausbruch einer Infektionskrankheit) sind alle kurz. Des weiteren ist auch der Zeitraum der Erkrankungen durch Behandlung, d. h. Beseitigung der Infektionskrankheit oder den Tod der Erkrankten, auf einige Wochen bis Monate limitiert.

Im Gegensatz dazu vergehen bei einer HIV Infektion in der Regel viele Jahre bis zur Erkrankung, d. h. AIDS. HIV-positive Menschen können aber während all der Jahre die Infektion weitergeben, d. h. sie gelten als ansteckend. Außerdem stehen weder Impfstoffe noch eine entsprechende Therapie zur Beseitigung der Infektion zur Verfügung. Kontroll- und Zwangsmaßnahmen würden daher nur Sinn machen, wenn eine Überwachung und evtl. Absonderung der Betroffenen lebenslang durchgeführt würde.

Die namentliche Meldung von testpositiven Menschen führt eher dazu, daß sich immer weniger Leute testen lassen bzw. HIV-Positive "untertauchen" und damit sowohl die Betreuung als auch die medizinische Versorgung unmöglich wird.

Aufklärung und der Appell an die Eigenverantwortlichkeit der Menschen müssen daher auch in Zukunft im Mittelpunkt der AIDS-Prophylaxe stehen. **Jeder Mensch kann sich selbst und andere schützen. Es gibt keine Risikogruppen, sondern nur risikoreiches Verhalten.**

HIV positiv, was nun?

Widersprüche, Konflikte und Bewältigungsstrategien eines Lebens mit dem HI-Virus.

Das Wissen um die HIV-Infektion bewirkt eine enorme Verunsicherung und existentielle Angst, die in alle Lebensbereiche ausstrahlt. Betroffene berichten, daß sie seit der Mitteilung des positiven Test-Ergebnisses keinen Tag erlebt hätten, der unbeschwert gewesen sei und sie sich nicht an die Bedrohung durch das Virus erinnert hätte. Von nun an sei nichts mehr selbstverständlich oder gehe gleichsam natürlich von der Hand. Das Lebensgefühl sei geprägt durch den Verlust an Unbekümmertheit und einen stetigen Kampf um Kontrolle der mehr oder weniger immer vorhandenen existentiellen Angst.

Das diffuse Gefühl der Bedrohung ist tatsächlich das größte Problem eines Lebens mit dem HI-Virus. Spontan stellen sich viele Fragen ein, die die Bedeutung und den Stellenwert der Infektion für das eigene Leben betreffen. Die Fragen kreisen um die Bedeutung der Infektion für die Gesundheit, die Sexualität, den sozialen Austausch mit anderen und die medizinischen Möglichkeiten ihrer Bekämpfung. Ihre Beantwortung trägt entscheidend dazu bei, den akuten Schock zu überwinden und das Wissen um die Infektion in das alltägliche Leben zu integrieren. Viele infizierte Menschen treten in eine regelrechte Lernphase ein, um alles Wissenswerte über die potentiell drohende Erkrankung aufzunehmen.

Ich zähle einige dieser Fragen auf:

- Wie lange kann ich mit dem Virus leben, ohne zu erkranken?
- Wie ist die Situation der sogenannten "Langzeit-Überleber" (long term surviver) beschaffen und wie die auf sie begründete Hoffnung zu werten, daß nicht alle Infizierten erkranken müssen?
- Was kann ich selbst tun, um mögliche Erkrankungen hinauszuzögern oder ganz zu verhindern?
- Welche vernünftigen medizinischen Prophylaxen gibt es, und wann können sie sinnvoll eingesetzt werden?
- Sind mir auch wirklich alle Medikamente zugänglich, die für mich wichtig sind, oder gibt es lebenswichtige Medikamente, die nur im Rahmen klinischer Studien oder im Ausland erhältlich sind ?
- Wie sieht die medizinische Unterscheidung zwischen HIV und AIDS aus; gibt es eine Stadieneinteilung in der Krankheitsentwicklung, und wo befinde ich mich?
- Was folgt aus der Infektion für den sozialen Umgang mit anderen Menschen?
- Bin ich verpflichtet, die Infektion mitzuteilen, kann ich andere gefährden, und wie muß ich meine Sexualität verändern?

Im folgenden sollen einige psychische Probleme besprochen werden, die erfahrungsgemäß immer wieder im Anschluß an die Mitteilung des positiven Test-Ergebnisses auftreten. Sie sollen beschrieben werden, um Hilfen bei ihrer Bewältigung zu bieten.

In der ersten Phase des Schocks nach Bekanntwerden der Infektion steht das Problem der Bewertung, Neuorientierung und Entscheidungsfindung im Vordergrund (1). Ein weiterer Konflikt resultiert aus der Frage, wer von den Freunden, Bekannten usw. über die Infektion informiert werden kann und soll (2). Die immer wieder diskutierte Forderung "Du mußt dich auseinandersetzen, statt zu verdrängen" berührt ein zentrales Problem bei der langfristigen Bewältigung der Infektion (3). Schließlich soll die Infektionsangst in ihrer Bedeutung für Infizierte und "nicht Infizierte" besprochen werden (4).

Schockphase, Orientierungs- und Entscheidungsprobleme

Manchmal bedeutet die Gewißheit, HIV-positiv zu sein, eine Befreiung von über viele Jahre bestehender Unsicherheit und Angst: Nun ist klar, was über lange Zeit gefürchtet wurde. In diesen eher selteneren Fällen kann das positive Test-Ergebnis eine Entlastung von quälender Unsicherheit bewirken.

Häufiger führt der Nachweis der Infektion zu einem Schock. Das gilt besonders in den Fällen, wenn gar nicht mit der Möglichkeit einer Infektion gerechnet wurde. Das Schockerleben besteht darin, daß im Moment gar nicht richtig begriffen wird, "wie einem geschieht":

- Man kann nicht glauben, was der Arzt mitteilt: "Das Ergebnis kann gar nicht positiv sein. Es muß eine Verwechslung vorliegen." (Ungläubigkeitsgefühl)
- Man ist nicht in der Lage, das Ergebnis auf sich zu beziehen: "Ich und infiziert, das ist unmöglich." (Unwirklichkeitsgefühl)
- Informationen über den Befund werden nur zum Teil aufgenommen und schnell wieder vergessen: "Ich kann mich gar nicht mehr erinnern, was der Arzt gesagt hat. Das ging alles an mir vorbei." (Wahrnehmungsfilter)

Es handelt sich bei dem Schockerleben um eine natürliche Schutzreaktion. Dadurch wird die emotionale Belastung bis an die Grenze des Erträglichen dosiert, ohne daß es zu einer Überflutung unerträglicher Angst und zum Zusammenbruch kommt.

Erst nach Überwindung des Schockerlebens nach ca. 1-2 Tagen ist der Beginn einer inhaltlichen und emotionalen Auseinandersetzung mit der Infektion möglich. Jetzt setzt ein enormer Lernprozeß ein, der das medizinische Wissen über HIV und AIDS umfaßt:

Eine große Anzahl neuartiger Begriffe wie Helferzellzahl und Immunkompetenz sowie fremdklingende Namen bis dahin unbekannter Krankheiten und Medikamente werden gelernt. Aufgabe und Bedürfnis der betroffenen Menschen ist es natürlich, alles Wichtige über die HIV-Infektion in Erfahrung zu bringen, um sich emotional und auch lebenspraktisch auf die möglichen gesundheitlichen Folgen vorzubereiten und vor allem rechtzeitig vernünftige Maßnahmen zur Gesunderhaltung zu ergreifen.

HIV-positive Menschen mit ihrem Bedürfnis nach medizinischer Aufklärung über den Krankheitsverlauf und die therapeutischen Möglichkeiten befinden sich häufig in einem Dilemma: Einerseits sehen sie sich mit einer ständig wachsenden Flut an neuem medizinischen Wissen über Krankheitsmanifestationen und ihrer Behandlung konfrontiert. Das ständige Anwachsen neuer Informationen, die ebenso schnell auch wieder veralten, führt dazu, daß sie widersprüchlich beurteilt werden. Andererseits haben HIV-positive Menschen das Gefühl, unter einem enormen Entscheidungsdruck zu stehen. Gerade in der Anfangszeit nach Mitteilung des positiven Testergebnisses ist die Unsicherheit am größten. Es besteht die Befürchtung, nicht rechtzeitig die richtige Therapie zu erhalten oder etwas Falsches zu tun. Zusätzlich haben sich in die öffentliche Diskussion um die richtige Diagnose und Therapie Kritiker der Schulmedizin (die sogenannten "AIDS-Rebellen") eingeschaltet, die eine zusätzliche Verunsicherung der ratsuchenden Patienten bewirken.

Das Dilemma verschlimmert sich noch dadurch, daß infolge der rasanten Entwicklung innerhalb der Medizin auch im klinischen Bereich die Schere zwischen einer kleinen Gruppe von Experten und der großen Gruppe weniger erfahrener Ärzte immer größer geworden ist. Eine Folge davon ist, daß die einseitige Abhängigkeit der Patienten von den wenigen auf die Behandlung von AIDS-Erkrankungen spezialisierten Ärzten immer größer geworden ist. Das hat dazu geführt, daß bereits von "AIDS-Flüchtlingen" gesprochen wird, die vom "flachen" Land in die Stadt kommen und auch da von Arzt zu Arzt gehen, um adäquate medizinische Betreuung zu erhalten.

Nun ist es aber gerade für Patienten in der ersten Phase nach der Mitteilung des positiven Testergebnisses oder der Erstmanifestation einer HIV-assoziierten Erkrankung ganz wichtig, in kompetenter ärztlicher Betreuung zu sein und verbindliche Antworten auf ihre Fragen zu erhalten. Nur dadurch kann es gelingen, den ersten Schock und die tiefe Verunsicherung in der gewohnten Lebensführung zu bewältigen. Das aufklärende und beratende Gespräch mit dem Arzt ist eine Voraussetzung, um die veränderte Lebenssituation zu begreifen und eine neue Perspektive im Blick auf die fragwürdig gewordene Zukunft zu entwickeln.

Betroffenen ist deshalb zu raten, sich an ihre örtlichen AIDS-Hilfen zu wenden, die Informationen über AIDS-spezialisierte Fachärzte haben. In seltenen Fällen wird es notwendig sein, den Hausarzt zu wechseln, wenn dieser der Problematik ablehnend gegenüber steht. Sinnvoll ist es aber, zusätzlich und regelmäßig einen erfahrenen AIDS-Behandler aufzusuchen. In der Regel erfordert es etwas Mut, diese neuen Kontakte aufzunehmen. Das ist aber ein erster Schritt auf dem Weg zur Selbsthilfe und Überwindung der Krise.

Mitteilung der HIV-Infektion an Dritte

Die Frage, ob und wem die Infektion mitgeteilt werden kann, läßt sich nicht generell beantworten. Das ist abhängig von individuellen Faktoren, sozialen Beziehungen und auch geographischen Gegebenheiten. Ein Bluter in der Kleinstadt auf dem flachen Land unterliegt eher der sozialen Kontrolle als ein schwuler Mann, der im Schutz der subkulturellen Szene und der Anonymität der Großstadt lebt. Wenn in der Kleinstadt die Infektion bekannt wird und auf ablehnende Reaktionen stößt, führt das in der Regel zum Ausschluß aus der Gemeinschaft. Die Teilnahme am sozialen Leben, sei es in der Kneipe oder im Gesangsverein, ist manchmal nicht mehr möglich. Große Probleme ergeben sich bei der Partnerwahl.

Ganz allgemein läßt sich zur Zeit nur sagen, daß es für infizierte Menschen keine Offenbarungsverpflichtung gibt: So lange keine reale Gefährdung anderer Menschen vorliegt, muß weder gegenüber dem Arbeitgeber, noch Kollegen, noch Freunden über die Infektion eine Mitteilung gemacht werden.

Erwähnt werden muß dies deshalb, weil sich viele Betroffene aus unterschiedlichen Gründen genötigt sehen, ihren Infektionsstatus mitzuteilen. Sie fühlen einen inneren Druck oder auch Zwang zur Mitteilung. Manchmal sind es moralische Skrupel, ein schuldhaftes Verarbeiten der Infektion, also das schlechte Gewissen, oder einfach das Fehlen der genauen Kenntnis über die Infektionswege und die Angst vor einer vermeintlichen Gefährdung anderer Menschen, wodurch dieser innere Zwang zur Mitteilung entsteht.

Viele haben auch das Gefühl, die HIV-Infektion stünde ihnen auf der Stirn geschrieben. Gleichzeitig haben sie Angst vor Vorwürfen und Ablehnung. Häufig handelt es sich hier um den inneren Konflikt zwischen Mitteilungsbedürfnis einerseits und Angst vor unfreiwilliger Entdekkung und Ausgrenzung andererseits. Dramatisiert wird dieser innere Konflikt gerade in der Anfangsphase nach Bekanntwerden der Infektion durch die Angst, keine Zeit zu haben, sondern durch bald auftretende Erkrankung gegen den eigenen Willen als AIDS-Kranker entdeckt zu werden. Eine eher irrationale Angst vor Entdeckung wird also durch die Furcht vor baldiger Erkrankung angeheizt, was dann subjektiv als bedrückender Mitteilungszwang erlebt wird. Um dem beschämenden Erlebnis unfreiwilliger Entdeckung zuvorzukommen, werden unüberlegt Personen ins Vertrauen gezogen, von denen sich später herausstellt, daß man ihnen besser nichts erzählt hätte. Tatsächlich ist aber die Sorge, entdeckt zu werden, unbegründet. Die Schweigepflicht der in Anspruch genommenen Ärzte und Hilfsorganisationen oder Behörden wird eingehalten. Einige unrühmliche Beispiele, meist aus der allerersten AIDS-Ära, wiederholen sich nicht. In der Regel bleibt über viele Jahre Zeit, sich geeignete Gesprächspartner in Ruhe auszusuchen.

Nun handelt es sich bei der Frage der persönlichen Öffnung gegenüber Dritten nicht nur um einen inneren Konflikt, sondern auch um ein reales Problem. Die Angst Infizierter vor Ausgrenzung und sozialen Nachteilen ist leider immer noch begründet. Die Reaktionen der Umwelt reichen von sublimen Verletzungen über offene Ablehnung bis hin zur realen Verfolgung und Psychoterror. Es ist leider nicht selten, daß die HIV-Infektion zum Anlaß für Arbeitsplatz- und Wohnungsverlust geworden ist. Offenbar ist es trotz umfangreicher Aufklärungsversuche seitens der Bundesregierung bislang nicht ausreichend gelungen, eine innere Bereitschaft in der Bevölkerung zu entwickeln, mit HIV-Infizierten und AIDS-Kranken in der gleichen Weise solidarisch zu sein wie mit Krebs-Kranken.

Zusammenfassend läßt sich feststellen, daß es sich bei der Frage der Mitteilung einer Infektion gegenüber Dritten um ein vielschichtiges Problem handelt: Subjektiv erlebter Zwang zur Mitteilung, Angst vor unfreiwilliger Entdeckung und die Furcht vor Diskriminierung, die mal mehr, mal weniger begründet ist, verursachen eine Mischung von Gefühlen, die eine klare Entscheidung erschweren.

Es ist deshalb zu empfehlen, in jedem Einzelfall immer wieder neu und mit ausreichend Zeit zu überlegen, ob die Infektion mitgeteilt werden soll. Wenn möglich sollten Freunde zu Rate gezogen werden. Zur Orientierung sind folgende zwei Umgehensweisen in Betracht zu ziehen, die sich in der Mehrzahl der Fälle bewährt haben: Während gegenüber Arbeitgebern mit der Information vorsichtig umgegangen werden muß, ist die Furcht vor nachteiligen Folgen seitens nahestehender und vertrauter Personen (Eltern, Freunde) meistens unbegründet. Im Falle einer Erkrankung ahnen sie sogar meist mehr, als Betroffene vermuten. Sie wissen es, ohne daß darüber gesprochen wird. Betroffene sind dann ganz erstaunt, wenn sie weder bei Eltern noch Freunden Überraschung auslösen, sobald sie sich ihnen anvertrauen und über ihre Erkrankung an AIDS sprechen.

Auseinandersetzung statt Verdrängung? Strategien der Bewältigung

Nach dem ersten Schock über die HIV-Infektion oder die Erstmanifestation einer Erkrankung setzt ein enormer Lernprozeß ein: Eine große Anzahl neuartiger Begriffe wie Helferzellzahl und Immunkompetenz sowie fremdklingende Namen bis dahin unbekannter Krankheiten und Medikamente werden gelernt. Zur Neustrukturierung des Lebens gehören eine Vielzahl neuer Kontakte zu Ärzten, Psychologen, Sozialarbeitern und Selbsthilfegruppen, die plötzlich ungeahnte Bedeutung erlangen. Die Erfahrungen, die bei der Suche nach Unterstützung gemacht werden, sind sehr unterschiedlich. Sie hängen ab von der Qualität des Angebots und den Bedürfnissen der Betroffenen. Für einige bedeutet es eine große emotionale Entlastung, im vertrauten Kreis einer Selbsthilfegruppe über Ängste und Schwierigkeiten im Umgang mit der Infektion zu sprechen. Das Gefühl, nicht allein mit der Infektion zu sein, die Erfahrung solidarischer Unterstützung sowie der Austausch von Tips, Informationen und Ratschlägen bei Konflikten mit Freunden, Ärzten oder Arbeitgebern können das aus der HIV-Infektion resultierende Leid erheblich lindern.

Anderen reicht das Angebot der regionalen AIDS-Hilfen nicht und sie versuchen mit Hilfe von Psychotherapie die Umstände der Infektion und die damit zusammenhängende Trauer zu verarbeiten. Zentrales Thema der psychotherapeutischen Bemühungen ist dabei, den Anteil der Selbstverantwortung bei der Bewältigung der Infektion und ihrer Folgen zu erhöhen.

Neben diesen aktiven Bewältigungsversuchen spielt die passive Kontrolle von Unsicherheit und Angst eine große Rolle. Gemeint ist damit, daß viele ganz instinktiv als Strategie der Bewältigung den Weg wählen, die Beschäftigung mit AIDS zeitlich und inhaltlich so gering wie nötig zu halten. Mehr oder weniger bewußt werden der Kontakt zur AIDS-Hilfe, das Lesen von Literatur oder Arztbesuche vermieden. Das hat nichts mit Verdrängung zu tun, sondern ist ein Versuch, das ohnehin immer vorhandene Wissen um die Infektion irgendwie in Schach zu halten. Es hat sich gezeigt, daß es für die Aufrechterhaltung des psychischen Gleichgewichts sinnvoll ist, sich nicht den Alltag durch Arztbesuche und sonstige AIDS-bezogene Aktivitäten dominieren zu lassen. Die Kontrolle latenter und auch vital erlebter Ängste vor Erkrankung sowie die Wiederannäherung an die frühere Unbefangenheit und Unbeschwertheit in der Lebensführung gelingen nur in dem Maße, wie AIDS-freie Lebensräume erhalten bleiben.

Diese Auffassung steht im Widerspruch zu der gängigen Praxis des Gesundheitsversorgungssystems und dem in der Helferszene populären Ideal einer Auseinandersetzungspflicht. Sowohl routinemäßig durchgeführte Blutkontrollen und medizinisch-technische Untersuchungen als auch die häufig aufgenötigte Beschäftigung mit Trauer und Tod wirken psychisch destabilisierend, wenn sie nicht wirklich gewollt werden. Es bedeutet für Betroffene einen langen Lernprozeß, das "wann", "was" und "wieviel" der Beschäftigung mit AIDS nach individuellem Bedürfnis genau zu regulieren. Ich möchte dazu ermuntern, mit dem fürsorglichen Zugriff der Medizin und anderer Helfer kritisch umzugehen und nicht vor deren Kompentenz zu verstummen, sondern sich statt dessen bei der Auswahl der Hilfen auch auf das eigene Gesundheitsgefühl zu verlassen.

In der Auseinandersetzung mit der Krankheit spielen Trauer, Depression und Tod eine wichtige Rolle. Depressive Verstimmungen sind besonders im Falle akuter Erkrankung etwas ganz Normales. Gewöhnlich reagiert jeder Mensch auf körperliche Einschränkungen und Mißempfindungen unmittelbar mit Frustration, Wut und/oder Traurigkeit. Das wird von Nahestehenden häufig nicht ertragen. Entweder bagatellisieren sie das Leid oder fordern den Patienten zum Gespräch heraus: "Du mußt nur darüber sprechen, sagen was dich bedrückt, dann geht's dir auch besser." Hinter dieser Aufforderung steht nicht selten die Unfähigkeit, bleibende Einschränkungen und Leid still zu ertragen. Jeder sollte wissen, daß traurige Gefühle an dieser Stelle nicht nur eine normale Reaktion darstellen, sondern sogar Zeichen psychischer Gesundheit sind. Dasselbe Problem läßt sich häufig auch dann beobachten, wenn sich der Verlauf der Erkrankung beschleunigt und die Unausweichlichkeit des nahenden

Todes bevorsteht. Viele Helfer haben den Wunsch, durch Gespräche über die Krankheit und den Tod den Schmerz der Trauer und des Abschieds zu überwinden. Manche haben sogar präzise Vorstellungen darüber, über was alles gesprochen werden sollte und sind dann ganz enttäuscht, wenn sich der Patient dem verweigert. Offenbar verfügen sie über ein Konzept, wie man "richtig" stirbt. Tatsächlich aber lehrt die Erfahrung, daß vor allem junge Menschen in nur seltenen Momenten bereit sind, das heikle Thema des bevorstehenden Todes anzusprechen. In der Regel haben sie die Hoffnung, daß es ihnen besser gehen möge. Kaum jemandem gelingt es, sich wirklich mit der Realität des bevorstehenden Todes zu arrangieren. Wichtig ist es, diesen Sachverhalt zu respektieren, da es kein Konzept des "richtigen Sterbens" gibt.

Infektionsangst

Nach wie vor ist eine eher irrationale Angst vor Ansteckung sehr verbreitet. Obwohl die Übertragungswege bekannt sind und jeder wissen könnte oder auch weiß, daß soziale Kontakte kein Infektionsrisiko darstellen und die Berührung von Speichel, Tränenflüssigkeit, Schweiß und Urin kein höheres Infektionsrisiko darstellen, bestehen hier irrationalen Ängste weiter. Betroffene begegnen ihnen täglich und müssen lernen, damit umzugehen. Selbst gut informierte Freunde vermeiden plötzlich den gewohnten Begrüßungskuß auf den Mund oder die Benutzung der häuslichen Toilette.

Offenbar reicht rationale Aufklärung nicht aus, um die emotional verankerten irrationalen Ängste zu beseitigen. Menschen, die beruflich oder auch privat mit Infizierten Kontakt haben, machen in der Anfangsphase häufig die Erfahrung, daß sie sich wider besseres Wissen - obwohl keine Exposition für eine Infektion bestanden hat - bei der ängstlichen Frage ertappen: "Habe ich mich nicht vielleicht doch infiziert?" Dieser Angstimpuls ist ein immer wieder zu beobachtendes Übergangsphänomen in der Initialphase der Kontaktaufnahme mit Infizierten. Diese anfänglichen Berührungsängste sind etwas ganz Normales und sollen nicht tabuisiert werden. Solche Berührungsängste können sich gerade durch die reale Beziehung recht schnell verflüchtigen. Es gilt: Jeder darf Angst haben und sollte gleichzeitig die Bereitschaft haben, sie in der wirklichen Begegnung zu überwinden. Hier sind die AIDS-Selbsthilfegruppen gefordert, entsprechende Begegnungsmöglichkeiten zu schaffen.

Suizidalität

Bei der Darstellung der Situation schwerkranker Menschen darf eine Behandlung der Themenkreise Selbstmord, Selbstmordversuch und seine Verhütung nicht fehlen. Nahezu alle Menschen, die so schwer erkrankt sind, daß sie an ihrer Situation leiden oder deren Erkrankung unheilbar ist, haben Selbstmordgedanken. Ausgenommen sind vermutlich nur diejenigen Menschen, denen sich aufgrund religiösen Glaubens oder ethisch motivierter Überzeugungen solche Gedanken verbieten.

Die Selbstmordgedanken kranker Menschen sind zutiefst menschlich und verstehbar: Sie befinden sich in einer existentiellen Grenzsituation, die gekennzeichnet ist durch Verlust an Lebensqualität aufgrund der körperlichen Einschränkungen und Gefühlen von Angst und Hoffnungslosigkeit in Anbetracht eines vielleicht unausweichlich herannahenden Todes. In existentiell ausweglosen Situationen treten Selbstmordgedanken zwangsläufig auf. Sie resultieren aus dem Freiheitswillen des Menschen, der es nicht erträgt, sich dem Diktat eines fremdbestimmten Schicksals zu unterwerfen. Die Erfahrung mit vorwiegend jungen Menschen lehrt, daß die Selbstmordgedanken durch einen unversöhnlichen Konflikt bedingt sind: Einerseits besteht der Wunsch nach Selbständigkeit in dem ganz elementaren Sinn, sich allein versorgen (gehen, essen, waschen) zu können; dem widerspricht andererseits das Erleben der Erkrankung als Begrenzung und Demütigung.

In dem Konflikt zwischen Lebenswillen und schmerzlich erlebter Begrenzung haben Selbstmordgedanken tröstenden Charakter: Sie geben dem Erkrankten das Gefühl zurück, daß er der Krankheit nicht ohnmächtig ausgeliefert ist, sondern selbst über den Zeitpunkt des Todes entscheiden kann. Dieses Gefühl der Entscheidungsfreiheit ist für die psychische Stabilität sehr wichtig, die Würde des Menschen wird dadurch aufrecht erhalten.

An AIDS erkrankte Menschen stehen über viele Jahre in diesem Konflikt. Bereits mit dem positiven Testergebnis werden erste suizidale Überlegungen wach, um der Angst vor der Unsicherheit plötzlich auftretender Erkrankungen zu begegnen. Sie nehmen dann in demselben Maße zu, wie vermehrt körperliche Krankheitszeichen auftreten. Wesentlich ist, daß der Tod selbst nicht so sehr gefürchtet wird. Er ist ohnehin ein Abstraktum, der Erfahrung nur indirekt durch den Tod anderer zugänglich und in der Phantasie schwer vorstellbar. Häufig wird er sogar als Entlastung ersehnt, wobei es sich hier um eine verdeckte Form von suizidaler Phantasie handelt. Angst dagegen bereitet der Prozeß des Sterbens, konkret gesprochen das Siechtum, der Kräfteschwund, die extreme Hilflosigkeit und die Abhängigkeit von Fachpersonal und vor allem mögliche Schmerzen. Suizidgedanken dienen in erster Linie dem Zweck, die Angst vor einem langen Leidensweg zu beruhigen.

Selbstmordgedanken sind also nicht notwendig etwas Schlechtes, Negatives und zu Bekämpfendes. Sie müssen auch nicht neurotisch begründet sein und einen Grund für eine psychotherapeutische Behandlung darstellen. Wenn sie aus existentiellen Konfliktsituationen resultieren, dienen sie der Bewältigung und Abwehr eines unerträglich gewordenen Leidens. In diesem Fall haben sie tröstenden Charakter für das verletzte Selbst und tragen paradoxerweise zum Erhalt des Lebens und seiner Würde bei.

Tatsächlich wird aber der Suizid von nicht wenigen AIDS-Patienten als letztes Mittel zur Lösung der existentiellen Krise gewählt. Nach meiner Erfahrung - verläßliche Daten gibt es bis heute nicht - liegt die Suizidrate von AIDS-Patienten höher als die vergleichbarer anderer Bevölkerungsgruppen. Das bringt natürlich viele persönliche, juristische und ethische Konflikte für Freunde, Angehörige und professionelle Helfer mit sich. Auch wenn Verständnis für die Suizidgedanken von kranken Menschen besteht, ist es trotzdem nicht möglich, sie ohne weiteres zu akzeptieren.

Das Gespräch über Suizidgedanken ist für emotional nahestehende Bezugspersonen eigentlich eine Überforderung. Es kann von einer Mutter nur schwer erwartet werden, daß sie sich mit ihrem Sohn über dessen Suizidabsichten unterhält. Eine ebenso große Belastung bedeutet es für Ehepartner oder nächste Freunde, wenn sie sich diesem Thema stellen sollen. In der Regel wird dies auch instinktiv von den kranken Menschen gespürt und deshalb vermieden oder aber es sind verdeckte Aggressionen im Spiel. Ich habe es einmal erlebt, daß ein Patient seine Mutter zwingen wollte, bei dem beabsichtigten Suizid anwesend zu sein, sehr wohl ahnend, in welche tiefgreifenden emotionalen Konflikte er sie damit stürzen würde. In solchen Fällen liegen meist sehr weit zurückliegende Beziehungskonflikte zugrunde, die unter dem Druck der Situation eskalieren. Nahestehende Bezugspersonen sollten, wenn sie auf Suizidgedanken aufmerksam werden, den Rat professioneller Helfer einholen, schon um sich emotional zu entlasten und Verantwortungsdruck abzugeben.

Wichtige und häufige Gesprächsinhalte seien im folgenden dargestellt:

Die Erfahrung hat gezeigt, daß es sinnvoll ist, Suizidgedanken direkt anzusprechen. Dabei sollte man sich nicht scheuen, ins Detail zu gehen und (sich) zu fragen, wie stark diese Überlegungen das Denken beschäftigen und wie konkret sie sind. Die Angst, "schlafende Hunde zu wecken", ist in der Regel unbegründet. Vielmehr wird es von Patienten entlastend empfunden, wenn sie Selbstmordgedanken frei äußern können. Allerdings gibt es auch hier Ausnahmen, weshalb diese Fragen nur mit dem nötigen Ernst und Einfühlungsvermögen gestellt werden sollten. Wenn ein Patient sich hier unverstanden fühlt, sollte er den "professionellen" Helfer ruhig wechseln.

Die vom Patienten geäußerten Selbstmordgedanken reflektieren immer einen bestimmten Entwicklungsstand in seiner Auseinandersetzung mit dem Krankheitsgeschehen. Eine häufige Motivation ist die Angst vor Siechtum und Leid. In diesen Fällen hilft das konkrete Wissen um die Möglichkeit des Selbstmords dem Patienten, ein Stück der bedrohten Sicherheit zurückzugewinnen. Er gewinnt dadurch das Gefühl, nicht blinden unvorhersehbaren Naturprozessen ausgeliefert zu sein, sondern selbst bestimmen zu können, wie weit er gehen will und wieviel Leid er zu ertragen bereit ist. Paradox und übertrieben formuliert helfen in diesen Fällen dem Patienten die Pillen in der Tasche, bestehende Probleme zu überwinden und den Suizid zu verhindern.

Ferner ist es Aufgabe des Gesprächs mit dem Patienten, gemeinsam zu prüfen, ob er seine Situation realistisch einschätzt. Es gilt zu klären, ob es sich bei den Suizidgedanken nicht vielleicht um ein momentanes Tief, eine vorübergehende depressive Verstimmung oder ein Leid handelt, dem abgeholfen werden kann. Gibt es tatsächlich keine Lebensqualität mehr? Bekanntlich ist die Realitätsprüfung suizidaler Menschen durch das aktuelle

Leid sehr stark eingeschränkt. Ziel dieser Gespräche ist es also, den Patienten darin zu unterstützen, eine fehlerhafte und kurzsichtige Beurteilung seiner Lage zu vermeiden, noch vorhandene Ressourcen zu mobilisieren und nach Lösungsmöglichkeiten zu suchen, um den Lebenswert zu steigern.

Hier wird deutlich, wie wichtig die Wahl des Gesprächspartners ist. Ein gemeinsamer Erfahrungshintergrund ist sehr wichtig und man sollte auf der gleichen Gefühlsebene schwingen. Unter Umständen kann also ein erfahrener "Buddy" (halbprofessioneller freiwilliger Helfer) mehr verstehen und helfen als ein (in diesen Dingen) unerfahrener wenn auch mit Therapieausbildung ausgestatteter Psychologe oder Sozialpädagoge.

8. Medikamentenstudien

Häufig werden Patienten von ihrem behandelnden Arzt gefragt, ob sie an einer Studie teilnehmen wollen. Verständlicherweise löst eine solche Frage erst einmal Angst aus. Niemand möchte schließlich "Versuchskaninchen" spielen. Auf der anderen Seite sind alle Standard-Behandlungsmethoden einmal in der Studienphase gewesen, und gerade auf dem Gebiet der HIV-Behandlung verläuft die Entwicklung neuer Medikamente so schnell, daß zwischen der Studienphase und der Erhebung eines Medikamentes zum neuen Standard oft nur wenige Monate vergehen. Die Situation ist manchmal sogar für den auf diesem Gebiet spezialisierten Arzt schwer zu überblicken. Mit dem nachfolgenden Kapitel soll eine Entscheidungsgrundlage für die Ablehnung oder Teilnahme an einer Studie geschaffen werden.

Fast alle Medikamente, die zur Zeit in Deutschland nach ärztlicher Verordnung käuflich zu erwerben sind, wurden im Hinblick auf mögliche Wirksamkeit und den Anteil der unerwünschten Nebenwirkungen zunächst im Labor, später an Zellkulturen bzw. im Tierversuch untersucht. Bei erfolgreichem Abschluß dieser Vorversuche muß ein Antrag beim Bundesgesundheitsamt auf die Erprobung am Menschen gestellt werden.

Wird der Antrag bewilligt, so werden in drei weiteren Phasen Studien bis zur endgültigen Zulassung als Medikament benötigt.

Im Anschluß an die Zulassung erfolgt über eine gewisse Zeit die Verabreichung des Medikamentes innerhalb einer sogenannten Anwendungsbeobachtung.

Diese vier Studienabschnitte unterteilt man üblicherweise in die Phasen I, II, III und IV.

In der Phase I-Studie wird die Möglichkeit geprüft, die Substanz freiwilligen, erkrankten oder nicht erkrankten Personen zu verabreichen, um schwerwiegende Nebenwirkungen (Toxizität) festzustellen. Gleichzeitig werden die Aufnahme, Verstoffwechselung sowie die Ausscheidung des Medikamentes geprüft. Hierzu werden in der Regel 10 bis 20 Personen, auch Probanden genannt, ausgewählt. Diese Phase I-Studie soll also lediglich die Möglichkeit, diese Substanz dem Menschen zu verabreichen, erproben. Aussagen über die Wirksamkeit können hier nicht getroffen werden.

Nachdem diese Toxizitätsstudie abgeschlossen ist, erfolgt in der Regel eine Phase I/II-Studie: Es werden verschiedene Dosierungen dieser Substanz verabreicht, um die optimale Dosis hinsichtlich auftretender Nebenwirkungen festzustellen. In der Phase II-Studie werden dann Wirksamkeit und Verträglichkeit, ebenfalls an einer möglichst kleinen Patientenzahl, untersucht.

Zu diesem Zeitpunkt besteht immer noch die Möglichkeit, daß diesen Patienten lediglich Schaden zugefügt wird, ohne daß eine positive Wirkung erkennbar ist.

Das Bestreben der Betreiber solcher Studien, die Anzahl der Probanden nicht über die statistisch notwendige Mindestzahl auszuweiten, ist also leicht nachvollziehbar.

Ob die Analyse dieser Phase II-Studie einen deutlichen Vorteil gegenüber einem bereits im Handel befindlichen Medikament ergibt oder diese Substanz gar erstmalig eine Therapiemöglichkeit verspricht, folgt aus einer abschließenden Bewertung.

Erst danach kann die Phase III-Studie begonnen werden. Hierbei wird das Medikament mit dem Hinweis auf Vor- und Nachteile einer deutlich größeren Patientengruppe zur Verfügung gestellt, um auch seltene Nebenwirkungen oder Risiken aufzudecken. Diese sogenannte Zulassungsstudie schließt meistens die wissenschaftliche Bewertung dieser Substanz ab.

In der folgenden Phase IV-Studie werden - zumeist leider nur noch geringfügig - Daten erhoben, die die Substanz hinsichtlich der nun allgemein zugänglichen Verordnungsphase weiter beurteilen soll.

In dieser Phase wird sozusagen die "Alltagstauglichkeit" außerhalb engmaschiger Kontrollen untersucht.

Für Medikamentenstudien am Menschen gibt es weitreichende Vorschriften und Richtlinien, denen sich jeder Arzt zu unterwerfen hat. Dazu gehören vor allen Dingen die ausführliche Information des Patienten über mögliche Vor- und Nachteile der Substanz, allgemeine Fakten (wie z. B., daß diese Substanz noch nicht allgemein im Handel verfügbar ist) sowie Hinweise für das frühzeitige Erkennen von Nebenwirkungen, wie sie sich im Vorversuch ergeben haben.

Nicht zuletzt soll der Patient über die durch die Teilnahme an der Studie entstehenden Belastungen (z. B. häufige Kontrollen, Arztbesuche etc.) informiert werden.

Für Patienten, die Medikamente unter Studienbedingungen einnehmen, soll ein Versicherungsschutz bestehen. Dieser muß in der Einverständniserklärung, die unabdingbarer Bestandteil einer durchzuführenden Studie ist, klar erkennbar sein.

Dieser Versicherungsschutz besteht **nicht** bei nicht geprüften Substanzen, die auf dem grauen Markt erhältlich sind, oder bei einer Studienmedikation, die außerhalb der Studie (z. B. über die Europäische Apotheke) bestellt wurde. Es besteht kein Grund, auf diesen Versicherungsschutz zu verzichten.

Die Zulassungsbehörden haben für Medikamentenstudien zahlreiche Empfehlungen sowie eindeutige Vorschriften erlassen, die in der Deklaration von Helsinki und der sogenannten "Good Clinical Practice" (GCP) zusammengefaßt sind.

Bei Studien pharmazeutischer Unternehmen wird in der Regel akkurat auf die Einhaltung dieser Richtlinien geachtet. Die Vergabe der Medikamente, die Ein- und Ausschlußkriterien der Studie, der Verlauf der Behandlung sowie der behandelnde Arzt selbst werden durch geschultes Personal streng kontrolliert.

Die Studien müssen üblicherweise von einer Ethik-Kommission, die sich aus unabhängigen Ärzten, Juristen sowie Repräsentanten des Verbrauchers zusammensetzen, genehmigt werden, d. h. gegen die Durchführung der Studien dürfen keine ethischen Bedenken bestehen. Ethik-Kommissionen werden heutzutage oft durch universitäre Einrichtungen bzw. in zunehmendem Maße durch die jeweilige Landesärztekammer eingesetzt.

Leider werden von der zuständigen Bundesbehörde selbst in der Regel keine Kontrollen in vergleichbarem Umfang vor Ort duchgeführt.

Hier besteht ein wesenlicher Unterschied zwischen Europa und den USA.

Im HIV- und AIDS-Bereich sind Therapie- und Prophylaxestudien, die neue Medikamente bzw. neue Therapiekonzepte überprüfen, dringend notwendig. Nur so lassen sich theoretische Therapieansätze oder intuitive Therapieschemata hinsichtlich der Wirksamkeit, aber auch im Hinblick auf die Reduktion von Nebenwirkungen optimieren.

Besonders in den USA ist die Bereitschaft der Patienten, an Studien teilzunehmen, ungewöhnlich groß. Dies erklärt sich nicht unmittelbar aus einer besseren Informationspolitik der Selbsthilfeorganisationen, sondern zumeist aus dem damit reduzierten Arztkosteneigenanteil, den die dort häufig nicht krankenversicherten Patienten für ihre gesundheitliche Versorgung aufbringen müssen.

Die Teilnahme an Studien und die damit verbundene, häufig langfristige und engmaschige ärztliche Überwachung reduziert zudem die Therapiekosten für Krankenversicherungen, vorausgesetzt, der Patient hat eine abgeschlossen.

In Europa, insbesondere in Deutschland, haben solche Gesichtspunkte keine wesentliche Bedeutung, da durch die bestehenden Krankenversicherungssysteme – bei aller Kritik – die Versorgung von HIV- und AIDS-Patienten gewährleistet ist.

Ein weiterer, überaus wichtiger Aspekt ist die Bereitschaft der Betroffenen, Belastungen in Kauf zu nehmen, um nicht nur für sich selbst, sondern auch für andere vielleicht neue und bessere Behandlungsmöglichkeiten zu schaffen.

Nicht selten hört man von Patienten die altruistische Aussage: "Wenn diese Studie mit den daraus folgenden Resultaten vielleicht nicht mehr mir selbst zugute kommt, sondern meinem ebenfalls betroffenen Freund oder allen anderen Erkrankten, bin ich bereit, die zusätzlichen Belastungen (häufigere Arztkontakte, Blutabnahmen und eventuelle neue, noch nicht bekannte Nebenwirkungen) in Kauf zu nehmen."

Von besonderer Bedeutung ist, daß bestimmte Erkrankungen lediglich mit Medikamenten, die ausschließlich im Rahmen einer Studie zur Verfügung stehen, therapierbar sind. Die Alternative wäre hier, auf eine eventuell wirksame Therapie zu verzichten. Die meisten Patienten werden bei diesen begrenzten Auswahlmöglichkeiten sozusagen "gezwungen", an Therapiestudien teilzunehmen. Hier findet das oberste Prinzip der Freiwilligkeit seine natürlichen Grenzen.

Gerade im Bereich der HIV-Infektion haben engagierte pharmazeutische Unternehmen gelernt, sich sensibel in dem üblicherweise ungestörten Patienten-Arzt-Verhältnis anzubieten. Ein fairer und offener Umgang der Dreieckspartner Patient-Arzt-pharamazeutisches Unternehmen ist dringend notwendig und wird zunehmend in vielen Fällen auch erreicht.

Entscheidungshilfen

für oder gegen die Teilnahme an einer Studie:

Ein vergleichsweise geringes Risiko haben folgende Studien:

alle Phase IV Studien

reine Beobachtungsstudien

Es werden nur anonym Daten gesammelt. Zur Anwendung kommen nur Standardtherapien.

Wenn ein gut bekanntes Medikament für einen neuen Behandlungszweck eingesetzt werden soll.

Wenn das Medikament durch die amerikanische Gesundheitsbehörde (FDA) bereits zugelassen ist.

In jedem Fall sollte man erfragen:

Wieviele Patienten haben bereits dieses Medikament erhalten ?

Wie sind die bisherigen Ergebnisse und Nebenwirkungen ?

Welches wäre die Standardbehandlung, und wie sind die Ergebnisse ?

War bei der Studienplanung oder in der Ethik-Komission ein Vertreter der Betroffenen (z. B. AIDS-Hilfe) beteiligt ?

Studien erfordern ein besonderes Vertrauensverhältnis zwischen Arzt und Patient. Nur wenn dieses Verhältnis beidseitig gegeben ist, sollte man sich auf die Teilnahme an einer Studie einigen.

9. Sex

Hans S. war einer der ersten 6 Menschen in Deutschland, die AZT einnahmen. Anläßlich dieser Studie lernten wir uns kennen, und er blieb auch anschließend in unserer Sprechstunde. H.S. hatte sich 2 Jahre vorher von seinem Freund getrennt, als bei ihm anläßlich einer ausgeprägten Gürtelrose eine HIV-Infektion diagnostiziert wurde. Der Freund lehnte einen Test ab. Seitdem und für weitere 3 Jahre nahm H.S. keinen sexuellen Kontakt auf und zog aus seiner Wohnung in eine anonyme Hochhauswüste.

Er gab dafür viele Gründe an:

Schnelle Kontakte brächten für den jeweiligen Partner ein zu großes Risiko mit sich.

Aufgrund des zu erwartenden baldigen Todes (bei schon damals sehr niedrigen Helferzellen) lohne sich eine intensivere Kontaktaufnahme nicht mehr.

Sexualität und Tod seien jetzt zu dicht beieinander. Er fühle sich nicht lebendig genug.

Safer Sex sei nichts für ihn; so etwas sei ihm peinlich.

Er gehe nicht mehr aus; da lerne man eben auch niemanden kennen.

Wegen einer PCP wird eine Krankenhausaufnahme notwendig. H.S. lernt dort viele andere Patienten kennen und erfährt Zuwendung durch ein freundliches Pflegeteam sowie eine Betreuung durch den "Hauspsychologen". Danach sucht er eine neue Wohnung und läßt das Leben wieder an sich heran. Sex ? Ja, natürlich. Die Helferzellen sind übrigens immer noch sehr niedrig.

Die Diagnose einer HIV-Infektion führt oft zu einem Erstarren des Sexuallebens, manchmal des ganzen Lebens. Auch wenn sich langsam wieder Normalität einstellt, bleibt oft eine große Unsicherheit über den eigenen Standort, der sich bei vielen Menschen zu einem wichtigen Teil über Sexualität definiert. Der Verlauf der oben beschriebenen schweren reaktiven Depression mit Aufgabe eines Teils der Ich-Identität ist glücklicherweise eher die Ausnahme. In abgemilderter Form erfahren diese Gefühle aber die meisten Menschen in einer vergleichbaren Situation (z. B. auch Tumorpatienten).

Auch ganz reale Dinge wie "selbst zur Gefahr für andere werden" können durch eine depressive Einfärbung oder Umdeutung zu unlösbaren Problemen anwachsen. Deshalb sollte jeder Mensch, der sich mit seinem positiven Testergebnis auseinandersetzt, Rat holen. Nur in wenigen Krankenhäusern ist ein in diesen Dingen kompetent beratender Psychologe oder Arzt verfügbar. Gut ansprechbar sind neben der örtlichen AIDS-Hilfe oft die Beratungsstellen in den Tropeninstituten oder in manchen Gesundheitsämtern.

Auf die psychischen Probleme soll an dieser Stelle nicht eingegangen werden, das wird an anderer Stelle getan. Es folgen aber einige Hilfen für das Sexualleben:

Ein Partner ist HIV-positiv, der andere nicht

Grundsätzlich sind nur sexuelle Handlungen zur Weitergabe des Virus geeignet, bei denen Körperflüssigkeiten des positiven Partners mit den Schleimhäuten des negativen Partners in Berührung kommen. Die unverletzte Haut dagegen bietet einen relativ guten Schutz.

Es gibt Techniken mit mehr oder weniger Risiko.

Ein hohes Risiko haben

Analverkehr ohne Kondom. Das Risiko des empfangenden Partners ist höher, da die Kontaktzeit länger ist und es zu kleinen Schleimhautverletzungen kommen kann. Dadurch kann das Virus leichter in den Blutkreislauf gelangen. Auch das Einbringen von gefühlssteigernden Lösungen oder übertriebene Anwendung einer Analdusche kann die natürliche Schleimhautbarriere verletzen.

Vaginalverkehr ohne Kondom. Das Risiko der Frau ist höher.

Ein mäßiges Risiko haben

Fellatio bis zum Samenerguß in den Mund.

Cunnilingus außerhalb der Monatsblutung.

Rimming (oral-anal-Kontakt). Zusätzlich besteht ein hohes Risiko der Übertragung von Parasiten, die im Stuhl zahlreich vorkommen können.

Fisting ohne Handschuh

Wasserspiele mit Schleimhautkontakt

Ein geringes Risiko haben

Anal- oder Vaginalverkehr mit Kondom

Fellatio Interruptus; der Wonnetropfen enthält (wenn überhaupt) nur geringe Mengen an Virus. Speichel kann das Virus abtöten.

Kein Risiko haben

Sexspielzeuge, sofern sie nicht getauscht werden.

Rubbing, Massagen, alle trockenen Spiele, Telesex, Phantasien.

Für den Partner mit HIV-Infektion bestehen Infektionsrisiken durch die "normalen" Geschlechtskrankheiten. Syphillis gilt als eine der Triggerinfektion, die ein schnelleres Fortschreiten der HIV-Infektion nach sich ziehen kann; bewiesen ist das aber nicht. Ferner ist eine anal-orale Parasitenübertragung möglich.

Beide Partner haben eine HIV-Infektion

Beide Partner sind gesund

Es besteht die Möglichkeit, zusätzlich zum eigenen Virusstamm einen anderen, evtl. gefährlicheren Stamm zu erwerben. Eine der AIDS-Entstehungstheorien geht davon aus, daß erst das Vorhandensein vieler verschiedener

Virusstämme eine Überlastung und die damit verbundene Schwäche des Immunsystems bewirkt. Dem sei entgegengestellt, daß es auch ohne Erwerb eines weiteren Virusstammes durch spontane Veränderung des eigenen Virus zu neuen Varianten kommen kann. Man sollte also ruhig diese "theoretische" Gefahr in das für einen selber beste Verhältnis zum "realen" Gefühlsgewinn setzen und entsprechend verfahren.

Ein oder beide Partner sind krank

Wenn die Partnerschaft schon länger besteht und Außenkontakte zumindest selten sind, kann in der Partnerschaft auf "Safer Sex" verzichtet werden, da wahrscheinlich beide Partner die gleichen potentiellen Krankheitskeime haben und eine Erkrankung eher vom Immunstatus abhängt. Bei neuen Partnern sollte man einen Austausch von Körperflüssigkeiten vermeiden, da neue Krankheitserreger erworben werden können.

Viele neue Infektionen entstehen unter dem Einfluß erlaubter oder verbotener Drogen. Alkohol, Ecstasy, Ketamin, Kokain u.a. setzen die Selbstkontrolle teilweise außer Kraft. Manchmal entsteht auch das Gefühl, daß man sich gar nicht anstecken könne, weil man gegen das Virus immun sei, oder daß man das Virus zur Zeit unter Kontrolle habe und andere nicht anstecken könne. Menschen, die Drogen (ge)brauchen, bedeuten für ihre Partner ein hohes Risiko.

10. Reisen

Reisen ist schön.

Eine HIV-Infektion bzw. eine Vollbilderkrankung (AIDS) stellen kein Reisehindernis dar, erfordern aber zusätzlichen Organisationsaufwand. Im folgenden ist von Reisen die Rede, die ausschließlich der Erholung bzw. der Bildung dienen. Keinesfalls jedoch sind diese Empfehlungen für beruflich Reisende gleichzusetzen. Die Vorbereitung der Reise, besonders die Beschäftigung mit dem Reiseziel und möglichen gesundheitlichen Risiken ist abhängig vom Stadium des Immundefektes. Als Anhaltspunkt eignet sich die Höhe der Helferzellzahl, wobei man eine grobe Einteilung in 3 Gruppen vornehmen kann:

Gruppe 1: Patienten mit über 300 Helferzellen sind hinsichtlich der Reisevorbereitungen bzw. Impfungen mit nicht HIV-Infizierten annähernd gleichzustellen. Bei den allermeisten Patienten steht die antiretrovirale Therapie erst am Beginn bzw. ist noch nicht begonnen worden; prophylaktische Antibiotika-Einnahmen oder Inhalationen finden nicht statt.

Gruppe 2: Alle Patienten, die bisher keine oder nur wenige opportunistische Infektionen durchgemacht haben, bei denen aber eine antiretrovirale Therapie und/oder prophylaktische Maßnahmen (z. B. die Einnahme von Cotrimoxazol, Pentamidin-Inhalationen etc.) durchgeführt werden. Hier ist hinsichtlich Impfproblematik und Reisevorbereitung ein erheblich höherer Aufwand einzuplanen. Die Helferzellen dieser Gruppe liegen oft unter 200.

Gruppe 3: Patienten, die an einer chronischen Infektion leiden, die ständig behandelt werden muß (z. B. eine CMV-Erkrankung) oder Patienten in schlechtem Allgemeinzustand, die in kürzeren Abständen an "normalen" bakteriellen Infektionen oder anderen opportunistischen Infektionen erkranken und deren Gesundheitszustand sich akut verschlechtern kann.

Alle drei Gruppen können verreisen. Gerade auch schwer erkrankte Patienten können dadurch dem Alltag - ständig zwischen Hausarzt und Klinik zu pendeln - entrinnen und neue Lebenskraft schöpfen. Diese neue Kraft wirkt sich positiv auf den Patienten und seine Umgebung aus, wenn es gelingt, harmonische Stunden außerhalb von Krankenhaus und Praxis zu erleben.

Auch Patienten mit Bewegungsstörungen profitieren in der Regel von dieser Ablenkung und dem Verarbeiten neuer Eindrücke.

HIV-infizierte Menschen befinden sich gedanklich häufig in einem "Krankheitsghetto" und erst der Blick aus der Ferne macht ihnen diese Situation klar bzw. zeigt ihnen Möglichkeiten auf, die Schwerpunkte in ihrem Leben - möglicherweise neu und anders zu bestimmen.

Reisevorbereitungen

Zu den Reisevorbereitungen, auch der Gruppe 1, sollte es gehören, sich genau über spezielle Infektionsrisiken des betreffenden Urlaubsortes zu informieren und eventuell vorgeschriebene Impfungen bzw. Prophylaxemaßnahmen (z. B. Malaria) strikt einzuhalten. Hierzu gehört auch das Mitführen einer entsprechenden Reiseapotheke, die z. B. Malaria-Mittel (nach aktuellen Empfehlungen), Durchfall-Medikamente (z. B. Imodium), fiebersenkende Präparate (z. B. Ben-u-ron oder Aspirin), Antibiotika zur Behandlung schwerer Durchfälle (z. B. Ciprobay), Medikamente gegen Übelkeit, Sonnenschutz-Cremes mit höherem Lichtschutzfaktor, Salben gegen Entzündungen, die durch stechende oder beißende Insekten ausgelöst werden sowie Pflaster, Verbandszeug und ähnliches enthalten sollte.

Alle drei Gruppen sollten abgestuft nach Schweregrad entsprechend intensiven Kontakt zu Hilfsorganisationen am Urlaubsort suchen, zumindest aber Ansprechpartner vor Reiseantritt ausfindig machen, mit denen man entweder in der Landessprache oder auch auf englisch oder deutsch kommunizieren kann.

Menschen, die zur Gruppe 2 gehören, also eine antiretrovirale Therapie durchführen bzw. Prophylaxemaßnahmen einhalten wollen, müssen grundsätzlich dafür sorgen, daß entweder diese Medikamente in adäquater Form auch im Urlaubsland eingenommen werden können oder aber vorab mit dem Hausarzt klären, ob für diese Zeit ausgesetzt werden kann. Gerade das Pausieren der antiretroviralen Therapie scheint mir aufgrund von Zollproblematik und Persönlichkeitsschutz eine in den meisten Fällen günstige Maßnahme zu sein. Es ist nicht bewiesen, daß das Pausieren einer antiretroviralen Therapie über drei bis vier Wochen schadet.

Anders ist dies bei Prophylaxemaßnahmen. Hier sollte eine bestehende Inhalationstherapie entweder auf Cotrimoxazol umgestellt werden oder dem Patienten eine Inhalationskammer verschrieben werden, die auch über den Zigarettenanzünder des Autos oder ähnliches funktioniert (Fa. Devillbis -Ultraschallvernebler).

Die Probleme für die Menschen der Gruppe 3 sind natürlich erheblich größer. Hier müssen die mitgebrachten Medikamente unter Umständen zollrechtlich erfaßt werden. Dies dient nicht unbedingt dem Persönlichkeitsschutz. Deshalb sollte vor Reiseantritt geklärt werden, ob diese Medikamente nicht auch am Urlaubsort verschrieben werden können und/oder problemlos erhältlich sind. Hier sollten nicht nur Adressen für mögliche Notfälle bekannt sein, es ist dringend ratsam, schon vor Reiseantritt mit z. B. lokalen AIDS-Hilfen, geeigneten Ärzten oder Kliniken Kontakt aufzunehmen.

In Berlin wird seit Jahren von der AIDS-Hilfe auch für Schwerstkranke und zum Teil bettlägerige Patienten ein Reiseprogramm organisiert. Kompetente Schwestern bzw. Pfleger und Ärzte begleiten die Patienten. Die Erfahrung zeigt, daß Reisen auch in diesen schwierigen Situationen neue positive Eindrücke vermitteln, so daß grundsätzlich jeder, der dazu in der Lage ist, auch an diesen Reisen (vornehmlich im Inland) teilnehmen sollte.

Im allgemeinen unproblematisch sind Urlaubsländer in Westeuropa, USA, Kanada, Australien. Rasche medizinische Hilfe kann grundsätzlich erlangt werden. Allerdings gibt es möglicherweise Einreiseprobleme (USA, Bayern) für HIV-infizierte Menschen. Meistens können diese Probleme mit vorzeigbarem Rückflug-Ticket sowie ausreichenden vorweisbaren Finanzen umgangen werden.

Ein Rückflug-Ticket, das unbeschränkt gültig ist, sollte zur psychologischen Stärkung des Reisenden vorhanden sein. Viele Versicherungen bieten Rückholaktionen durch Flugrettungsdienste an. Man muß jedoch auf die genauen Ausschlußparagraphen achten, damit eine Rückholaktion nicht zu einem finanziellen Desaster für den Betroffenen wird.

Impfungen

Zum besseren Verständnis werden zunächst einige medizinische Grundlagen beschrieben. Das Kapitel "Immunsytem" wird vorausgesetzt.

Man unterscheidet aktive und passive Impfungen.

Bei einer **aktiven Impfung** wird ein lebender, vermehrungsfähiger, aber abgeschwächter Erreger auf den Körper übertragen (Lebendimpfung); oder ein abgetöteter Erreger bzw. Teile davon werden benützt. Das menschliche Immunsystem bildet in einer Abwehrreaktion gegen diesen Erreger Antikörper und ist anschließend gegen den abgeschwächten oder abgetöteten Erreger und das gefährlichere Original geschützt (= immun). Diese Abwehrreaktion setzt ein funktionierendes Immunsystem voraus.

Ist das Immunsystem sehr geschwächt, kann es bei der Lebendimpfung zu schweren Infektionen mit dem abgeschwächten Erreger kommen, da eine wirkungsvolle Antikörperbildung unterbleibt. Zu einer Immunität kommt es bei geschwächtem Immunsystem oft nicht.

Dagegen werden bei einer **passiven Impfung** Antikörper, die gegen eine bestimmte Erkrankung gerichtet sind, als Infusion oder Injektion verabreicht. Diese Antikörper wurden von anderen Menschen oder Tieren gebildet, die mit dem Krankheitserreger oder einem ihm sehr ähnlichen Erreger Kontakt hatten. Solange genügend von diesen Antikörpern im Körper sind, ist man gegen die Erkrankung, gegen die geimpft wurde, geschützt. Innerhalb einiger Wochen bis Monate werden solche Antikörper dann wieder abgebaut und der Schutz läßt nach. Eine passive Impfung ist also dann sinnvoll, wenn in der nächsten Zukunft ein Kontakt mit einem bestimmten gefährlichen Krankheitserreger zu erwarten ist, gegen den das eigene Immunsystem noch keine Antikörper gebildet hat. Bei Krankheiten, bei denen zwischen Infektion und Ausbruch der Erkrankung eine längere Zeit liegt, kann auch versucht werden, dem Ausbruch der Erkrankung mit einer passiven Impfung zuvor zu kommen.

Im vorherigen Kapitel wurde schon erwähnt, daß grundsätzlich HIV-infizierte Menschen mit mehr als 300 Helferzellen immunologisch, also auch impfbiologisch nicht-HIV-infizierten Menschen gleichzusetzen sind. Dies gilt einerseits für die Wirksamkeit von Impfungen, andererseits aber auch für die Risiken, die Impfungen manchmal mit sich bringen.

Mindestens genau so wichtig wie durchgeführte Impfungen sind die Beachtung von hygienischen Maßnahmen und Schutzmaßnahmen vor erregerübertragenden Tieren. Es sollte allgemein bekannt sein, daß die häufigsten Infektionen über die Nahrungsaufnahme übertragen werden. Dies gilt nicht nur für Durchfallerkrankungen (die Rache Montezumas), sondern auch für Viruserkrankungen (Hepatitis A). Zu den wichtigen hygienischen Maßnahmen gehört z. B.: Keine Aufnahme von Leitungswasser am Urlaubsort, wenn über die hygienische Qualität keine Information besteht. Das gilt auch für Wasser zum Zubereiten von Eis oder Eiswürfeln oder zum Zähneputzen. Eine weitere Falle kann der gewaschene Salat sein oder das Wasser in dem ein Teller oder eine Tasse gespült wurde. Wo immer möglich, sollte verschlossenes Mineralwasser getrunken werden. Falls dieses nicht erhältlich ist, nimmt man zum Zähneputzen Cola, Saft oder besser trockenen Weißwein. Käufliche Bakterienfilter sind immer unzureichend. Eine chemische Desinfektion des Wassers ist möglich. Entsprechende Tabletten erhält man in der Apotheke. Gegen die über die Atemwege aufgenommenen Krankheitserreger läßt sich im allgemeinen kein besonderer Schutz empfehlen.

Den Kontakt mit Einheimischen während des Urlaubs zu vermeiden und sich in einem Urlaubsghetto aufzuhalten, widerspricht dem eigentlichen Ziel und Zweck von Reisen. Sicher ist die Gefahr, sich in Berlin oder Frankfurt in der letzten U-Bahn mit Tuberkulose zu infizieren, größer, als in Marokko unter freiem Himmel.

Häufig werden sexuell übertragbare Krankheiten (zu denen auch HIV gehört) im Urlaub aufgrund mangelnder Vorsicht und Verleugnung der Risikosituation übertragen. Es empfiehlt sich dringend, eine ausreichende Anzahl geeigneter Kondome mitzunehmen, da die Ware am

Urlaubsort evtl. nicht dem besten Gefühls- oder Sicherheitsstandard entspricht. Gleiches gilt für Gleitmittel.

Gegen bestimmte Krankheitserreger, die zumeist durch Insekten übertragen werden, gibt es vielfältige mechanische Schutzmöglichkeiten. Hierzu zählen Moskito-Netze, die nicht nur gegen Moskitos schützen, ebenso wie Liegestühle, um direkten Kontakt mit Sandflöhen zu verringern.

Erkrankungen

Die Reisediarrhoe

Etwas weniger als die Hälfte aller Reisenden in Entwicklungsländern oder Schwellenländern erkrankt an einer Reisediarrhoe. Die Übertragung erfolgt fast ausnahmslos durch verunreinigtes Wasser. Bis zu 50 % der Reisediarrhoen, auch bei HIV-Patienten, werden durch ein "Enterotoxin-bildendes Escherichia coli-Bakterium" ausgelöst. Diese spezielle Unterart von normalen Darmbakterien verursacht die wohl in der Welt am häufigsten vorkommende Reiseerkrankung. Erkrankungen durch Shigellen sind genau so häufig wie Erkrankungen durch Salmonellen (ohne Typhus), etwa 15 % der Reisediarrhoen. Im Gegensatz zu nicht HIV-infizierten Menschen können sowohl diese Coli-Bakterien, Shigellen und vor allen Dingen Salmonellen auch nach antibiotischer Therapie im Darm verbleiben und zu wiederkehrenden ernsthaften und lebensbedrohenden Erkrankungen führen. In diesem Fall ist nach Antibiotika-Auslaßversuch bei mehr als 50 % der Patienten eine Dauerprophylaxe nach erfolgtem Rückfall notwendig.

Falls eine Durchfallerkrankung auftritt sollte man folgende Dinge beachten:

Flüssigkeitsverlust unbedingt ausgleichen. Hierzu eignen sich Mineralwasser und z. B. dünner schwarzer Tee mit etwas Traubenzucker. Die über den Stuhlgang oder Erbrechen verlorenen Körpersalze lassen sich durch Salzstengel ergänzen. Bei ausgeprägten Durchfällen oder Fieber sollte das mitzuführende Antibiotikum (z. B. Ciprobay) eingenommen werden. Den Arztbesuch nicht zu lange aufschieben. Spätestens falls am 3. Antibiotikatag keine Besserung eintritt sollte ein Arzt aufgesucht werden. Eine Impfung ist nicht möglich.

Cholera

Die Cholera-Impfung ist aufgrund ihrer nur etwa 50 %igen Effektivität und einer nur kurzen Immunisierungsdauer (drei bis sechs Monate) umstritten. Für HIV-infizierte Reisende nach Indien oder Afrika sollte sie hinsichtlich ihrer Vor- und Nachteile mit einem in diesen Dingen erfahrenen Arzt genau besprochen und abgewogen werden.

Weitere Durchfallerreger

Weniger häufig sind Kryptosporidium Spezies, Theadiasis, Amöbiasis, Isosproa belli, Mikrosporidien und Rotavirus. Es gibt keine spezifischen vorbeugenden Maßnahmen oder Impfungen, so daß bei nachgewiesenen Infektionen Behandlungsversuche durch einen erfahrenen Arzt durchgeführt werden müssen. Bei intaktem Immunsystem heilen diese Erkrankungen in etwa 2 Wochen aus.

Polio

Die Polio-Schluckimpfung wird normalerweise mit einem abgeschwächten Wildtyp bzw. Immunisierungstyp vorgenommen. Es handelt sich also um eine Impfung mit vermehrungsfähigen Erregern. Diese sollten bei HIV-infizierten Menschen nicht durchgeführt werden, da vermehrte Infektionen mit dem Wildtyp als auch dem Impftyp berichtet worden sind. Gut verträglich, auch bei Kindern, ist ein standardisiertes inaktiviertes Vakzin (Impfstoff), das ohne Nebenwirkungen eine positive Impfantwort bei immerhin 52 % der Kinder mit unterschiedlichem Immunstatus erzeugen konnte.

Hepatitis A

Die Erkrankung verursacht eine akute Leberentzündung, die sehr schwer verlaufen kann. Die Hepatitis A-Infektion gehört zu den häufigsten Reiseerkrankungen. Weltweit stellt sie ein weitaus größeres gesundheitliches als auch wirtschaftliches Problem dar als die häufig überschätzte Cholera. Bei einem Reisenden mit HIV-Infektion sollte deshalb nach Ausschluß einer bereits durchgemachten Infektion bei Reisen in gefährdete Gebiete (z. B. alle Mittelmeerländer) ein passiver Impfschutz angeboten werden.

Hepatitis B

Nach einer mehrere Wochen dauernden Inkubationszeit kann eine Leberentzündung entstehen, die bei HIV-infizierten Menschen schwerer verläuft und oft chronisch wird. Eine Impfung ist bei HIV-Infektion grundsätzlich anzuraten, falls nicht schon Antikörper von einem früheren Kontakt mit dem Erreger im Blut nachweisbar sind.

Grippeschutzimpfung

Da der Impfstoff gegen die echte Grippe kein Lebendvirus enthält, sind die Nebenwirkungen auch bei fortgeschrittener AIDS-Erkrankung zu vernachlässigen. Die Antikörperantwort durch die Impfung beträgt bei Patienten mit HIV-Infektion bis zu 80 %. Diese sinkt dann bei Patienten mit dem Vollbild AIDS auf etwa 50 % ab.

Die Grippe-Epidemien finden in der südlichen Hemisphäre von April bis September statt. In tropischen Ländern muß das ganze Jahr über mit einer Grippe-Epidemie gerechnet werden.

Tuberkulose

Die Gefahr, sich mit einer Tuberkulose auf einem drei- bis vierwöchigen Trip zu infizieren, ist denkbar klein. Bei Patienten mit noch gutem Immunstatus kann ein Hauttest auf eine evtl. durchgemachte Infektion oder bei negativem Test auf eine erhöhte Ansteckungsgefahr hinweisen. Die sogenannte BCG-Schutzimpfung (Bacille calmette-Guerin) wird bei Menschen mit HIV-Infektion nicht empfohlen. Auch dieser tierspezifische Tuberkulose-Erreger hat bei HIV-infizierten Menschen eine generalisierte BCG-Infektion mit erheblichem Krankheitswert verursacht.

Pilzerkrankungen

Neben der allseits bekannten Candida-Infektion (Soor) gibt es weitere Pilze, die vor allen Dingen bei Infektionen mit dem HI-Virus ernsthafte und generalisierte, unbehandelt tödlich verlaufende Erkrankungen auslösen können. Zu denen gehören insbesondere zwei Erreger (Histoplasma capsulatum und Coccidioides immitis). Die Pilzsporen können auch während eines kurzen Aufenthaltes inhalativ in die Lunge aufgenommen werden. Die Kokzidioidomykose ist heimisch in Mexiko und Südamerika sowie in den südwestlichen Staaten der USA. Die Histoplasmose kann grundsätzlich in allen südlichen Ländern vorkommen, besonders häufig finden Infektionen in Südostasien, Afrika sowie in den Vereinigten

Staaten, vor allen Dingen in der Nähe von Ohio, dem Mississippi-Fluß und den Mississippi-Bergen statt.

Sexuell übertragbare Erkrankungen

Neben der Gefahr, HIV zu übertragen, besteht für Menschen mit HIV bei Reisen in südliche oder tropische Gefilde ein Risiko, Syphillis oder Gonorrhoe während eines sexuellen Kontakts zu acquirieren. Neben diesen gut bekannten Erkrankungen gibt es andere weniger bekannte Geschlechtserkrankungen mit unterschiedlichen Manifestationen vor allen Dingen im Genitalbereich wie Geschwürbildungen, Lymphknotenbildungen usw. Diese Erkrankungen sind in tropischen und subtropischen Gebieten weitaus verbreiteter als in Mitteleuropa. Zu den Erkrankungen, die durch Geschlechtsverkehr übertragen werden können, gehört auch das Hepatitis B-Virus. Für Patienten mit HIV-Erkrankung ist das Risiko, Hepatitis B-Viren ständig im Körper zu behalten, wesentlich höher als für Menschen ohne HIV-Infektion.

Tropen- bzw. Reiseerkrankungen, die durch Tiere bzw. Insekten übertragen werden

Zu den am häufigsten auftretenden Reiseerkrankungen gehört die Malaria. Die Todesfälle aufgrund von Infektionen mit der gefährlichen Form der Malaria, der sogenannten Malaria tropica, häufen sich aufgrund von Leichtsinn, falsch verstandenen Informationen oder schlichter Unkenntnis auch in Deutschland. Nach den bisher veröffentlichten Daten scheint die Sensibilität von HIV-infizierten Menschen gegenüber dieser Erkrankung höher zu sein als bei nicht HIV-infizierten Menschen. Grundsätzlich gilt bei der Prophylaxe der Malaria, daß der persönliche Schutz vor Mückenstichen auch während einer Einnahme von chemischen Prophylaxe-Medikamenten nicht zu vernachlässigen ist. Dies gilt umso mehr für Menschen mit einer HIV-Infektion. Zu diesen Schutzmaßnahmen gehören Kleidung, Moskito-Netze sowie mücken-vertreibende Hautlotionen.

Bei der Auswahl der chemischen Malaria-Prophylaxe sind die neuesten Informationen der Tropeninstitute hinsichtlich Resistenzverhalten sowie der verschiedenen Malaria-Typen in unterschiedlichen Regionen einzubeziehen. Erst dann kann der Arzt die richtige prophylaktische Medikation verschreiben. Die Nebenwirkungen dieser Prophylaxe-Medikamente sind im einzelnen evtl. nicht unerheblich. Sie reichen von zusätzlicher Immunsuppression durch Chloroquin bis zu psychischen Problemen bzw. Verfolgungswahn unter der Mefloquin-Prophylaxe. Ein für Menschen mit HIV-Infektion allgemein gültiges Prophylaxe-Regime gibt es nicht. Trotz dieser möglichen Nebenwirkungen (sie treten nicht bei jedem Patienten auf) muß bei Reisen in Malaria-gefährdete Gebiete eine Prophylaxe unbedingt - besonders wenn eine HIV-Infektion vorliegt - eingehalten werden.

Leishmaniasis

Die Leishmaniasis, vor allem die viszerale Form (betrifft die inneren Organe), ist eine ernsthafte, schwer zu diagnostizierende Erkrankung und hat, da sie aufgrund fehlender eindeutiger Symptomatik bei HIV-Patienten spät bzw. zu spät entdeckt wird, eine schlechte Prognose. Die ersten Krankheitszeichen sind zudem häufig erst Monate oder Jahre nach Exposition erkennbar. Infizieren kann man sich z. B. bei einem Urlaubsaufenthalt in Südeuropa (Spanien, Portugal). Für diese Erkrankung gibt es weder eine vorbeugende Impfung noch vorbeugende Medikamente. Man sollte also darauf achten, Sandfliegenbisse mit entsprechenden mechanischen Schutzmaßnahmen (Sandaletten, Liegestuhl) zu verhindern.

Gelbfieber

Die Gelbfieber-Impfung sollte grundsätzlich vermieden werden, da es sich auch hier um einen Lebendimpfstoff handelt. Regionen, in denen Gelbfieber endemisch ist, sollten daher, da keine anderen therapeutischen oder prophylaktischen Maßnahmen zur Verfügung stehen, grundsätzlich und strikt gemieden werden.

Tollwut-Impfung

Die Tollwut-Impfung kann sowohl als Aktiv- als auch als Passivimpfung grundsätzlich durchgeführt werden, da es sich hier nicht um einen Lebendimpfstoff handelt. Der Aufbau eines Antikörperschutzes wird jedoch von der noch zur Verfügung stehenden Immunaktivität abhängig sein. Wenn ein komplett neuer Tollwutschutz aufgebaut werden soll, ist zu berücksichtigen, daß hierfür etwa ein Monat notwendig ist. Während dieser Zeit sollte nicht mit einer Chloroquin-Prophylaxe (da immunsuppressiv) begonnen werden. Bei Personen unter 300 Helferzellen sollte nach erfolgter Impfung der Impfschutz durch die Messung der Antikörperantwort überprüft werden und erst dann die Reise in endemische Gebiete angetreten werden.

11. Den richtigen Arzt finden

Es ist wichtig, ausreichend Zeit und Energie in die Wahl des "richtigen" Arztes zu investieren. Eine erstklassige medizinische Versorgung verlängert nicht nur das Leben, sondern bedeutet auch weniger Tage im Krankenhaus bei insgesamt besserem Befinden.

Um die Komplikationen einer HIV-Infektion zu bewältigen und die Patienten adäquat zu behandeln, bedarf es neben einer ständigen Durchsicht der neuen Fachliteratur auch der fortwährenden Umsetzung dieses Wissens durch die Behandlung der auftretenden Erkrankungen.

Die meisten Ärzte in Deutschland haben erst sehr wenige Patienten mit einer HIV-Infektion behandelt. Es gibt viele Ärzte, die noch keinen solchen Patienten behandelt haben. So kann es in kleinen Städten schwierig sein, einen Spezialisten zu finden.

Dem gegenüber gibt es in allen großen Städten HIV-Schwerpunktpraxen, manchmal im Zusammenschluß mehrerer Ärzte, die sehr große Erfahrung in der Behandlung aller (auch der seltenen) Komplikationen haben. Dazu kommen Ambulatorien und Polikliniken der Universitäten, Tropeninstitute und Gesundheitsämter.

Insgesamt läßt sich sagen, daß die Versorgung der Patienten mit HIV-Infektion in den großen Städten besser ist.

Wie findet man nun den richtigen Arzt ?

Grundsätzlich ist der richtige Arzt für jeden Patienten ein anderer. Und je größer die Auswahl vor Ort ist, desto einfacher ist es, einen Arzt zu finden, der nicht nur die nötige Fachkompetenz besitzt, sondern auch bestimmten persönlichen Anforderungen genügt.

Diese Anforderungen können sehr unterschiedlich sein:

Es gibt Präferenzen bezüglich Geschlecht und Alter. Manche Patienten wollen eher "geführt" werden, andere wollen bis ins Detail selbst entscheiden. Unangenehm ist es, wenn sich ein unsensibler, aber zugewandter Arzt in persönliche Dinge einmischt. Ebenso schlimm ist es, wenn man die Zuwendung die man sich von seinem Arzt wünscht, nicht erhält, weil der kompetent, aber sehr kühl ist. Die Praxis soll möglichst anonym oder möglichst intim sein. Es soll eine Szenepraxis sein oder doch lieber irgendwo, wo sonst keine Bekannten verkehren.

Solche Wünsche und daß der Arzt auf etwa der gleichen Wellenlänge liegen sollte, kann man sich in Ruhe vergegenwärtigen und sich dann anschließend im Bekanntenkreis oder z. B. bei der AIDS-Hilfe erkundigen.

Oft wird es nicht möglich sein, sich alle Wünsche zu erfüllen, und man muß bei den persönlichen Dingen Kompromisse machen. Keine Kompromisse sollte man machen, wenn es um die Fachkompetenz des Arztes geht.

Solange das Immunsystem intakt ist und keine Anzeichen für eine Infektion bestehen, sollte man bei seinem bisherigen Hausarzt bleiben, sofern zu diesem ein Vertrauensverhältnis besteht. Drei bis viermal pro Jahr sollte man sich zu einem Spezialisten überweisen lassen, der einen angemessenen Check der körperlichen Situation und einen Laborcheck durchführt. Diesen Spezialisten sollte man sich wie beschrieben gut aussuchen, da man ihn möglicherweise im Verlauf der Jahre öfter brauchen wird.

Es besteht keine Treuepflicht.

Wenn das Immunsystem nicht mehr optimal funktioniert und Krankheitssymptome oder eine opportunistische Infektion auftreten, sollte man zu diesem Spezialisten wechseln. Eine gute Möglichkeit besteht auch darin, den

Hausarzt zu behalten und zusätzlich in die Sprechstunde einer Universitätspoliklinik zu gehen. Diese Sprechstunden werden meistens von den Infektiologen, Hämatologen oder Dermatologen angeboten.

Unabhängig von seinen persönlichen Eigenschaften sollte der Spezialist:

- über das entsprechende Wissen verfügen
- ausreichend viele Patienten behandeln
- nicht homophob sein
- eine realistische Vorstellung über Drogengebrauch haben
- Sexualität für etwas Normales halten und
- ein Ratgeber in Sachen "safer sex" sein können
- mit dem Hausarzt harmonieren

In der Sprechstunde ist es sehr hilfreich für beide Seiten, wenn alle wichtigen Fragen bereits vorher auf einem Zettel notiert sind. Oft ist man als Patient doch etwas nervös und vergißt irgendwelche Fragen (auch Ärzte sind gelegentlich Patienten und es geht ihnen genauso).

Wichtige Fragen sind:

- Wie heißt meine Erkrankung ?
- Was für ein Krankheitserreger ist das ?
- Wie wäre der natürliche Verlauf ?
- Welche Behandlungsmöglichkeiten gibt es ?
- Welche Nebenwirkungen haben diese ?
- Welcher Verlauf ist unter der Therapie zu erwarten ?
- Wie ist mein körperlicher Zustand ansonsten ?
- Wann ist eine Wiedervorstellung notwendig ?

Falls ein Krankenhausaufenthalt notwendig wird, sollte man ebenfalls Einfluß auf die Auswahl der Klinik nehmen. Grundsätzlich gilt für "Kassenpatienten", daß eine Klinikaufnahme in die nächstgelegene Klinik zu erfolgen hat, Privatpatienten haben freie Wahl. Die nächstgelegene Klinik mag nun aber nicht die entsprechende Fachkompetenz haben, weil es dort keine entsprechende Abteilung gibt. Gehen Sie wenn irgend möglich in eine Klinik, in der Patienten mit den entsprechenden Erkrankungen häufig behandelt werden.

Wenn es zu einer Noteinweisung kommt, kann man sich die Klinik oft nicht aussuchen. In größeren Städten sollte man mit Hinweis auf die bestehende HIV-Infektion bereits im Notarztwagen und in der Aufnahmestation die Weichen richtig stellen. Für kleinere Kliniken ist die Versorgung eines AIDS-Kranken nämlich ein finanzielles Desaster, weil die Kosten für Antibiotika, apparative Untersuchungen und bei langer Liegedauer evtl. die Anschaffung eines Spezialbettes den von der Krankenkasse pro Tag gezahlten Geldbetrag um ein Vielfaches übersteigen. Entsprechend ist für beide Seiten Ihre Verlegung in eine Fachabteilung von Vorteil. Diese erhält auch einen kostendeckenden Betrag von der Krankenkasse.

Am besten ist natürlich, es kommt zu keiner Noteinweisung, weil man rechtzeitig zum richtigen Arzt gegangen ist.

Augenarzt

Da im Verlauf einer HIV-Infektion ungefähr 25 % der Patienten an einer Infektion mit Beteiligung der Augen erkranken, sollte regelmäßig ein Augenarzt aufgesucht werden. Dieser muß über das Bestehen einer HIV-Infektion unterrichtet sein, um rechtzeitig die richtige Diagnose zu stellen. Wenn Sie aus anderen Gründen schon einen Augenarzt ihres Vertrauens haben, brauchen Sie nicht zu wechseln; er kann alle Kontrollen durchführen. Die Behandlung einer Infektion muß ohnehin durch den

Spezialisten erfolgen. Wenn Sie keinen Augenarzt haben, fragen Sie im Bekanntenkreis oder bei der örtlichen AIDS-Hilfe.

Eine ärztliche Untersuchung des Auges sollte in regelmäßigen Abständen stattfinden:

- Helferzellzahl zwischen 200 bis 500 halbjährlich
- Helferzellzahl unter 200 vierteljährlich
- Wenn eine CMV-Infektion eines anderen Organs vorliegt sechswöchentlich

Im China
des Konfuzius
mußten die Ärzte
für jeden verstorbenen Patienten
einen gelben Lampion vor die Tür
hängen.

Achten Sie auf gelbe Lampions.

Fragen Sie gelegentlich auch
andere Ärzte um ihre
Meinung.

Index

Deutsche AIDS-Hilfen

* Stand 1.10.1994

* 52070 **Aachen**: AIDS-Hilfe Aachen e.V., Zollernstr. 1. Büro: 0241/532558. Beratungstelefon: 0241/19411. Telefax: 0241/902232. Bürozeiten: Mo-Fr 10-12, Mo+Di+Do 13-16. Beratungszeiten: Mo+Mi 19-21.

* 48683 **Ahaus**: AIDS-Hilfe Ahaus und Westmünsterland e.V., Windmühlentor 6. Büro: 02561/67192. Beratungstelefon: 02561/19411. Bürozeiten: Mo-Fr 10-16. Beratungszeiten: Di 10-16, Mi 20-22.

* 59227 **Ahlen**: AIDS-Hilfe Ahlen e.V. Beratungsstelle für den Kreis Warendorf, Königstr. 9. Büro: 02382/31 93. Beratungstelefon: 02382/19411. Telefax: 02382/81179. Bürozeiten: Mo 9-19, Mi 14-17, Di 9-17, Do+Fr 9-17. Beratungszeiten: siehe Bürozeiten. * 86152 **Augsburg**: Augsburger AIDS-Hilfe e.V., Ludwigstr. 20. Büro: 0821/156693. Beratungstelefon: 0821/19411. Telefax: 0821/19411. Bürozeiten: Mo-Fr 9-12. Beratungszeiten: Mo-Do 17-19.

96049 **Bamberg**: AIDS-Hilfe Bamberg e.V., Eisgrube 18. Büro: 0951/52 255. Beratungstelefon: 0951/52 255. Bürozeiten: Mo 18-20. Beratungszeiten: Mo 18-20.

95448 **Bayreuth**: AIDS-Hilfe Bayreuth e.V., Markgrafenallee 44. Büro: 0921/66 153. Beratungstelefon: 0921/19 411. Bürozeiten: Di + Do 19-21. Beratungszeiten: Di + Do 19-21.

* 10439 **Berlin**: pluspunkt Berlin e.V., Ueckermünder Str. 1 A. Büro: 030/4458681. Beratungstelefon: 030/4444412. Telefax: 030/4459608. Bürozeiten: Mo+Mi+Do+Fr 10-18. Beratungszeiten: Mo+Mi+Do+Fr 10-18; Kontaktcafé Mi-Fr ab 17, So ab 15. Cafe 030/4444383.

* 10437 **Berlin**: jederMann e.V. Prenzelberger AIDS-Projekt, Greifenhagener Str. 6. Büro: 030/444-1764. Beratungstelefon: 030/444-6655. Telefax: 030/445-6000. Bürozeiten: Mo-Fr 10-18. Beratungszeiten: Mo-Do 15-20, Fr 13-18.

* 10551 **Berlin**: AIDS-Forum e.V. mit Gruppe Tollhaus, Bredowstr. 14. Büro: 030/3967505. Telefax: 030/3967801. Bürozeiten: Mi 16.30-19 und nach Vereinbarung. Beratungszeiten: Siehe Bürozeiten.

* 10719 **Berlin**: Berliner AIDS-Hilfe e.V., Meinekestr. 12. Büro: 030/8833017. Beratungstelefon: 030/19411. Telefax: 030/8825194. Bürozeiten: Mo-Do 10-18, Fr 10-16. Beratungszeiten: Mo-Do 12-18, Fr 12-16; telefonische Beratung rund um die Uhr.

* 10783 **Berlin**: Kommunikations- und Beratungszentrum homosexueller Frauen und Männer, Kulmer Str. 20a. Büro: 030/2153742. Beratungstelefon: 030/2190000. Telefax: 030/2153742. Beratungszeiten: Männer: Mo+Mi 17-20, Di+Do 15-18.

10777 **Berlin**: Mann-O-Meter, Motzstr. 5. Büro: 030/216 80 08. Telefax: 030/2157078. Bürozeiten: Mo-Sa 15-23, So 15-21. Beratungszeiten: Nach Vereinbarung.

* 10999 **Berlin**: ZIK Gemeinnützige GmbH Wohnprojekt für Menschen mit HIV und AIDS, Reichenberger Str. 130. Beratungstelefon: 030/6123085. Telefax: 030/6186564. Beratungszeiten: Telefonische Sprechzeiten: Mo+Di+Do+Fr 10-12, Mi 15-19; Beratungszeiten nach Vereinbarung und Mi 16-19. Wohnprojekt Dessauerstraße, 030/2644318, Mo-Fr 10-14. Übergangshaus Pankstraße, 030/4629995.

10965 **Berlin**: HIV e.V., Heimstr. 17. Büro: 030/691 80 33. Telefax: 030/694 33 49. Bürozeiten: Mo-Fr 10-15.

* 10965 **Berlin**: ad hoc e.V., Chamissoplatz 5. Büro: 030/6941260. Beratungstelefon: 030/6941260. Telefax: 030/6941114. Bürozeiten: 10-17. Beratungszeiten: nach Vereinbarung.

* 33602 **Bielefeld**: AIDS-Hilfe Bielefeld e.V., Artur-Ladebeck-Straße 26. Büro: 0521/133388. Beratungstelefon: 0521/19411. Bürozeiten: Mo nach Vereinbarung, Di+Fr 10-14, Mi 10-16, Do 10-21. Beratungszeiten: Telefonische Beratung Di 19-21, offener Treff Do 19-21.

* 44791 **Bochum**: AIDS-Hilfe Bochum e.V., Bergstr. 115. Büro: 0234/51919. Beratungstelefon: 0234/19411. Telefax: 0234/51919. Bürozeiten: Mo+Di 9-12.30, Do 14-18. Beratungszeiten: Mo+Di 10-12, Mi 17-19. Frauentelefon Do 18-20.

* 53113 **Bonn**: AIDS-Hilfe Bonn e.V., Weberstr. 52. Büro: 0228/219021. Beratungstelefon: 0228/19411. Telefax: 0228/219024. Bürozeiten: Mo+Di 14-17, Mi+Do 10-13+14-17, Fr 10-13+14-15. Beratungszeiten: Mo 14-17, Mi 19-21, Do 14-17.

38100 **Braunschweig**: Braunschweiger AIDS-Hilfe e.V., Echternstr. 15. Büro: 0531/14141. Beratungstelefon: 0531/19 411. Bürozeiten: Mo-Fr 10-12. Beratungszeiten: Mo-Do 18-20.

28203 **Bremen**: AIDS-Hilfe Bremen e.V., Am Dobben 66. Büro: 0421/70 20 12. Beratungstelefon: 0421/19411. Bürozeiten: Mo-Fr 8-12. Beratungszeiten: Mo-Fr 10-13, Mo 16-18. 28203 **Bremen**: Rat & Tat Zentrum für Homosexuelle e.V., Theodor-Körner-Str. 1. Büro: 0421/70 00 07. Beratungstelefon: 0421/70 41 70. Telefax: 0421/70 00 09. Bürozeiten: Mo+Di+Mi+Fr 9-13. Beratungszeiten: Mo+Di+Mi+Fr 9-13, Do 18-21.

* 29221 **Celle**: Cellesche AIDS-Hilfe e.V., Großer Plan 12. Büro: 05141/23646. Beratungstelefon: 05141/19411. Bürozeiten: Do 14.30 - 17. Beratungszeiten: Mo 19-21, Do 16-18.

* 64295 **Darmstadt**: AIDS-Hilfe Darmstadt, Hindenburgstr. 35. Büro: 06151/31 11 77. Beratungstelefon: 06151/19 411. Telefax: 06151/367318. Bürozeiten: Mo-Do 11-13 + 15-17, Fr 11-13. Beratungszeiten: nach Vereinbarung.

* 35683 **Dillenburg**: AIDS-Hilfe Gießen e.V. im Gesundheitsamt, Bismarckstraße 30. Büro: 02771/30060. Beratungstelefon: 02771/19411. Bürozeiten: Mi 13-14. Beratungszeiten: Mi 11-13.

* 44135 **Dortmund**: AIDS-Hilfe Dortmund e.V., Klosterstr. 14. Büro: 0231/527637. Beratungstelefon: 0231/19411. Telefax: 0231/527638. Bürozeiten: Mo+Di+Do+Fr 10-15, Mi 14-19. Beratungszeiten: siehe Bürozeiten und nach Vereinbarung.

Flensb **Dresden**: AIDS-Hilfe Dresden e.V., Wiener Str. 41.

47053 **Duisburg**: AIDS-Hilfe Duisburg/Kreis Wesel e.V., Friedenstr. 100. Büro: 0203/66 66 33. Beratungstelefon: 0203/19 411. Bürozeiten: Mo-Fr 8.30 - 17. Beratungszeiten: Mo + Do 20-22.

* 40227 **Düsseldorf**: AIDS-Hilfe Düsseldorf e.V., Oberbilker Allee 310. Büro: 0211/7260526. Beratungstelefon: 0211/19411. Telefax: 0211/7260536. Bürozeiten: Mo-Fr 10-18. Beratungszeiten: Mo-Fr 10-18; So-Fr Telefonberatung 20-22.

25336 **Elmshorn**: AIDS-Hilfe für die Kreise Pinneberg und Steinburg, Vormstegen 25. Büro: 04121/65058. Beratungstelefon: 04121/19 411. Telefax: 04121/65058. Bürozeiten: Mo+Mi 10.30-15, Di 10.30-18, Do 14-30-18. Beratungszeiten: Mo+Do 16-18. Pflegefachberatung 04121/61557.

45127 **Essen**: AIDS-Hilfe Essen e.V., Varnhorststr. 17. Büro: 0201/23 6096-97. Beratungstelefon: 0201/19 411. Bürozeiten: Mo-Fr 9-17. Beratungszeiten: Mo-Fr 9-12 + 20-22.

* 24939 **Flensburg**: AIDS-Hilfe Flensburg e.V., Kompanietor Schiffbrücke 12. Büro: 0461/25599. Beratungstelefon: 0461/19411. Telefax: 0461/25599. Bürozeiten: Mi 11-13+15-17, Do 16-19. Beratungszeiten: Mi 18-21 (telefonisch); offene Sprechstunde: Do 16-19. AIDS-Pflegeberatung: 0461/17711.

60322 **Frankfurt**: AIDS-Hilfe Frankfurt e.V., Eschersheimer Landstr. 9. Büro: 069/5900-12, 13. Beratungstelefon: 069/19 411. Telefax: 069/591101. Bürozeiten: Mo-Fr 9-13, Mo-Do 14-17, Fr 14-16. Beratungszeiten: Telefon: Mo+Di+Do+Fr 17-19, Mi 17-21.

* 60329 **Frankfurt**: Café Ruhdolf Kontaktcafé und Übernachtungseinrichtung, Mainzer Landstraße 93. Büro: 069/231020. Telefax: 069/231004. Beratungszeiten: Mo 11.30-15, Di 14-16.30, Mi 11.30-15, Fr 9-11.

* 60318 **Frankfurt**: Regenbogendienst Ambulante Hauskrankenpflege und Sozialberatung, Eiserne Hand 12. Büro: 069/591393. Telefax: 069/5976056. Bürozeiten: 10-13.

* 60313 **Frankfurt**: Kiss (Kriseninterventionsstelle) Anlaufstelle für männliche Prostituierte, Alte Gasse 37. Büro: 069/293671. Beratungstelefon: 069/293671. Bürozeiten: Mo+Mi 14-19, Do 16-20. Beratungszeiten: siehe Bürozeiten.

60313 **Frankfurt**: Café Switchboard Informationsstelle für Schwule Positivenarbeit, Alte Gasse 36. Büro: 069/283535.

* 79104 **Freiburg**: Freiburger AIDS-Hilfe e.V., Habsburgerstr. 79. Büro: 0761/276924. Beratungstelefon: 0761/19411. Telefax: 0761/288112. Bürozeiten: Mo-Fr 10-13, Mo+Di+Do 15-17, Mi 17-19. Beratungszeiten: siehe Bürozeiten.

86742 **Fremdingen**: Aids-Hilfe Ansbach/Dinkelsbühl e.V. c/o Georg Großeibel, Raustetten 9.

36037 **Fulda**: AIDS-Hilfe Fulda e.V., Friedrichstr. 4. Büro: 0661/77 011. Bürozeiten: Mo+Di+Do 11-14. Beratungszeiten: Mo+Di+Do 11-14, Mo+Do 19-21.

* 45879 **Gelsenkirchen**: AIDS-Hilfe Gelsenkirchen e.V., Husemannstr. 39-41. Büro: 0209/25526. Beratungstelefon: 0209/19411. Telefax: 0209/209166. Bürozeiten: Mo-Do 12-17, Fr 11-14. Beratungszeiten: Mo 19-22, Fr 15-17 von Frau zu Frau. Krisentelefon 0209/491960.

35390 **Gießen**: AIDS-Hilfe Gießen e.V., Diezstr. 8. Büro: 0641/390226. Beratungstelefon: 0641/19411. Telefax: 0641/394476. Bürozeiten: Mo+Mi+Fr 10-14, Do 14-18. Beratungszeiten: Do 14-18, Mo 10-14.

* 37073 **Göttingen**: AIDS-Arbeitskreis - Göttinger AIDS-Hilfe e.V., Obere Karspüle 14. Büro: 0551/43735. Beratungstelefon: 0551/19411. Telefax: 0551/41027. Bürozeiten: Mo-Fr 10-13. Beratungszeiten: Di 19-21, Mi 11-13, Do 16-18.

* 58089 **Hagen**: AIDS-Hilfe Hagen e.V., Christian--Rohlfs-Str. 1. Büro: 02331/338833. Beratungstelefon: 02331/19411. Bürozeiten: Mo-Fr 9-13. Beratungszeiten: Mo 20-22, Di 19-21, Mi 9.30-12.

06112 **Halle**: AIDS-Hilfe Halle e.V., Magdeburger Str. 34. Büro: 0345/35419. Beratungstelefon: 0345/36419. Telefax: 0345/35419. Bürozeiten:

Mo-Fr 10-18. Beratungszeiten: Mo-Fr 10-18, dazu Di-Mi anonyme Tel 16-20.

* 20099 **Hamburg**: Intervention e.V., St. Georgs Kirchhof 26. Büro: 040/24 04 02. Beratungstelefon: 040/24 04 02. Bürozeiten: Di+Do 18-20.

* 20099 **Hamburg**: Hein & Fiete Hamburgs schwuler Infoladen, Gurlittstr. 47. Büro: 040/240440. Beratungstelefon:040/240333. Telefax: 040/240675. Bürozeiten: Mo-Fr 10-16. Beratungszeiten: Mo-Fr 16-21. Öffnungszeiten Mo-Fr 16-21 (Infotelefon240333). Schwulenberatungsstelle Prävention e.V. Mo 19-21, 240402.

* 20357 **Hamburg**: Palette Hamburg e.V. "Im Schanzenhof", Bartelsstr. 12. Büro: 040/4302777. Beratungstelefon: 040/433053. Telefax: 040/4322096. Bürozeiten: Mo+Mi+Do+Fr 10-18, Di 10-19. Beratungszeiten: Nach telefonischer Vereinbarung.

* 22767 **Hamburg**: AIDS-Hilfe Hamburg e.V. -Struensee Centrum-, Paul-Roosen-Str. 43. Büro: 040/319 69 81. Beratungstelefon: 040/19411. Telefax: 040/31 96 984. Bürozeiten: Mo-Fr 9-12+13-16, Fr 9-12. Beratungszeiten: (telefonisch) Mo+Mi+Fr 10-12+18-21, Di 16-21, Do 18-21; (persönlich) Di 16-19, Mi 10-12 oder nach Vereinbarung.

59063 **Hamm**: AIDS-Hilfe Hamm e.V., Werler Str. 105. Büro: 02381/5575. Beratungstelefon: 02381/5575. Bürozeiten: Mo-Do 8-16, Fr 8-12. Beratungszeiten: siehe Bürozeiten; dazu Di 20-22 (Frauen), Mi 20-22 (Schwule).

30159 **Hannover**: Hannöversche AIDS-Hilfe e.V., Johannssenstr. 8. Büro: 0511/32 77 71. Beratungstelefon: 0511/19 411. Bürozeiten: Mo-Fr 10-13 + 14-16. Beratungszeiten: Mo-Fr19-21.

* 25746 **Heide**: AIDS-Hilfe Westküste e.V., Große Westerstraße 30. Büro: 0481/7676. Beratungstelefon: 0481/19411. Bürozeiten: Mo-Fr 9-17. Beratungszeiten: Mi 20-22 und nach Vereinbarung.

* 69117 **Heidelberg**: AIDS-Hilfe Heidelberg e.V., Untere Neckarstr. 17. Büro: 06221/161700. Beratungstelefon: 06221/19411. Telefax: 06221/168837. Bürozeiten: Mo+Di+Do+Fr 11-13 und nach Vereinbarung. Beratungszeiten: telefonisch erfragen.

* 74072 **Heilbronn**: AIDS-Hilfe Unterland e.V., Wilhelmstr. 3. Büro: 07131/89064. Beratungstelefon: 07131/19411. Bürozeiten: Mo+Mi 10-16, Di 19-21, Do 13-18. Beratungszeiten: siehe Bürozeiten. Wohnprojekt 07131/165238.

* 44651 **Herne**: AIDS-Hilfe Herne e.V., Hauptstr. 94. Büro: 02325/60990. Beratungstelefon: 02325/60990. Bürozeiten: Mo 9.30-11.30, Di 14-18, Do 18-20. Beratungszeiten: wie Bürozeiten.

* 31135 **Hildesheim**: Hildesheimer AIDS-Hilfe e.V., Einumer Str. 74. Büro: 05121/516612. Beratungstelefon: 05121/19411. Telefax: 05121/510051. Bürozeiten: Mo+Di+Do 9-12. Beratungszeiten: Do 19-21 und nach Vereinbarung. Kinder und AIDS in Niedersachsen: Frau Bruns.

67655 **Kaiserslautern**: AIDS-Hilfe Kaiserslautern e.V., Pariser Str. 23. Büro: 0631/18 099. Beratungstelefon: 0631/19411. Telefax: 0631/10812. Bürozeiten: Di+Do 9-12. Beratungszeiten: Mo+Fr 19-21, Mi 18-20.

* 76133 **Karlsruhe**: AIDS-Initiative Karlsruhe e.V., Sophienstr. 58. Büro: 0721/26424+26260. Beratungstelefon:0721/19411. Telefax:0721/25198. Bürozeiten: Mo-Do 12-18, Fr 10-14. Beratungszeiten: (Telefon) Mo-Mi 15-18, Fr 10-14.

* 34121 **Kassel**: AIDS-Hilfe Kassel e.V., Frankfurter Str. 65. Büro: 0561/283908. Beratungstelefon: 0561/283908. Bürozeiten: Mo-Fr 10-12. Beratungszeiten: Mi 18-20, Do 11-13.

* 24116 **Kiel**: AIDS-Hilfe Kiel e.V., Goethestr. 23. Büro: 0431/551054. Beratungstelefon: 0431/19411. Telefax: 0431/555662. Bürozeiten: Mo 10-13, Mi 13-16, Do 12-18. Beratungszeiten: Mo-Do 10-13, Mi 18-20, Do 14-16, Fr 11.30-13 und nach Vereinbarung.

* 56068 **Koblenz**: AIDS-Hilfe Koblenz e.V., Löhrstr. 53. Büro: 0261/16699. Beratungstelefon: 0261/19411. Telefax: 0261/17235. Bürozeiten: Mo-Do 10-12 + 13-15. Beratungszeiten: Mi 19-21 oder nach telefonischer Vereinbarung.

* 51145 **Köln**: AIDS-Hilfe Köln e.V., Beethovenstr. 1. Büro: 0221/202030. Beratungstelefon: 0221/19411. Telefax: 0221/230325. Bürozeiten: Mo-Fr 9.30-17. Beratungszeiten: Mo-Mi-Do 10-13, Mo-Fr 14-17, Mo+Do 17-19; Telefon Mo-Di-Do-Fr 19-21.

50674 **Köln**: Junkie-Bund-Köln e.V., Beethovenstr. 1. Büro: 0221/218345. Bürozeiten: Mo-Fr 11-17. Beratungszeiten: Nach Vereinbarung.

* 50667 **Köln**: Schwule Initiative für Pflege und Soziales (SchwIPS) Ambulanter Pflege und Betreuungsdienst für an AIDS Erkrankte, Pipinstr. 7. Büro: 0221/9257680. Bürozeiten: Mo-Fr 10-14.

* 50776 **Köln**: SchIPS Pflege- und Beratungszentrum, Rubensstraße 8-10. Büro: 0221/9218300. Bürozeiten: Mo-Fr 10-14.

* 78464 **Konstanz**: AIDS-Hilfe Konstanz e.V., Friedrichstr. 21. Büro: 07531/21113. Beratungstelefon: 07531/19411. Telefax: 07531/15029. Bürozeiten: Mo+Di+Do+Fr 10-12, Do 16-20. Beratungszeiten: Siehe Bürozeiten.

* 47798 **Krefeld**: AIDS-Hilfe Krefeld e.V., Nordwall 83. Büro: 02151/775020. Beratungstelefon: 02151/19411. Telefax: 02151/786592. Bürozeiten: Mo-Fr 10-13. Beratungszeiten: Mo-Fr 10-13, Mi 19.30-21.30.

* 76829 **Landau**: AIDS-Hilfe Landau e. V., Weißenburger Str. 2b. Büro: 06341/88688. Beratungstelefon: 06341/19411. Telefax: 06341/84386. Bürozeiten: Mo+Mi+Fr 14-16, Di 10-12 + 19-21.

* 31275 **Lehrte**: Förderverein für HIV-infizierte Kinder, Alte Bahnhofstraße 6. Büro: 05132/2165. Beratungszeiten: Mo-Fr 9.30-12, Mi 15-18.

* 04107 **Leipzig**: AIDS-Hilfe Leipzig e.V., Karl--Tauchnitz-Str. 3. Büro: 0341/2323127. Beratungstelefon: 0341/19411. Telefax: 0341/2323126. Bürozeiten: Mo-Fr 10-18. Beratungszeiten: Di+Do 18-21.

* 51373 **Leverkusen**: Aids-Hilfe Leverkusen e.V., Manforter-Str. 184. Büro: 0214/401766. Beratungstelefon: 0214/401766. Telefax: 0214/401766. Bürozeiten: Mo+Mi 9-12, Di 19-21, Do 18-20. Beratungszeiten: siehe Bürozeiten.

* 49808 **Lingen**: AIDS-Hilfe Emsland e.V., Karolinenstr. 2. Büro: 0591/54121. Beratungstelefon: 0591/19411. Telefax: 0591/54121. Bürozeiten: Mo+Mi+Fr 10-13, Mo+Mi+Do 14-17. Beratungszeiten: Mo+Fr 20-22.

* 23552 **Lübeck**: Lübecker AIDS-Hilfe e.V. Ebeling-Haus, Engelsgrube 16. Büro: 0451/72551+704133. Beratungstelefon:0451/19411. Telefax: 0451/7070218. Bürozeiten: Mo-Fr 10-13. Beratungszeiten: Di+Do 18-20.

58511 **Lüdenscheid**: AIDS-Hilfe im Märkischen Kreis e.V., Duisburgweg 3. Büro: 02351/23 202. Beratungstelefon: 02351/23 202. Bürozeiten: Mo 19-21. Beratungszeiten: Mo 19-21.

* 21335 **Lüneburg**: AIDS-Hilfe Lüneburg e.V., Katzenstr. 3. Büro: 04131/403550. Beratungstelefon: 04131/19411. Bürozeiten: Mo-Do 9-13+14-17, Fr 9-14. Beratungszeiten: siehe Bürozeiten; Schwulengruppe Mi 20-22.

* 55116 **Mainz**: AIDS-Hilfe Mainz e.V., Hopfengarten 19. Büro: 06131/222275. Beratungstelefon: 06131/19411. Telefax: 06131/233874. Bürozeiten: Mo+Mi+Fr 10-17, Di+Do 10-19. Beratungszeiten: Mo-Fr 10-16, Mo+Fr 17-19, Mi 19-21.

* 68161 **Mannheim**: AIDS-Hilfe Mannheim e.V., L 10,8. Büro: 0621/28600. Beratungstelefon: 0621/19411. Telefax: 0621/152764. Bürozeiten: Mo+Di+Do+Fr 10-13, Mi 15-18, Do 19-21, Mo 18.30-19.30. Beratungszeiten: siehe Bürozeiten; Telefonische Beratung von Positiven für Positive: 0621/28479 Do 19-21.

* 35037 **Marburg**: AIDS-Hilfe Marburg e.V., Bahnhofstr. 38. Büro: 06421/64523. Beratungstelefon: 06421/19411. Telefax: 06421/62414. Bürozeiten: Mo+Mi+Fr 10-12. Beratungszeiten: Persönliche Beratung Mo 14-16, Do 20-21; Telefonische Beratung Mo 14-16, Do 19-21.

41061 **Mönchengladbach**: AIDS-Hilfe Mönchengladbach/Rheydt e.V, Erzbergerstr. 8. Büro: 02161/45 0 55. Beratungstelefon: 02161/19 4 11. Bürozeiten: Mo-Do 9.30-18, Fr 9.30-13. Beratungszeiten: Nach Vereinbarung.

* 80469 **München**: Münchener AIDS-Hilfe e.V., Corneliusstr. 2. Büro: 089/268071. Beratungstelefon: 089/19411. Telefax: 089/263455. Bürozeiten: Mo+Di+Do 10-16. Beratungszeiten: Mi 10-13, Fr 10-14.

* 80469 **München**: Münchener AIDS-Hilfe e.V. Ambulanter Dienst, Herzog-Heinrich-Str.30. Büro: 089/5438060. Telefax: 089/5389634. Bürozeiten: Mo-Do 10-12, 13.30-16; Fr 10-14. Ab 1.1.1995 Pflege+Service-Centrum der Münchener AIDS--Hilfe. Lindwurmstraße 71-73, 80337 München.

* 48143 **Münster**: AIDS-Hilfe Münster e.V., Herwarthstr. 2. Büro: 0251/43 031. Beratungstelefon: 0251/19 411. Telefax: 0251/43019. Bürozeiten: Mo-Fr 10-15. Beratungszeiten: Di-Fr 14-19.

* 17033 **Neubrandenburg**: AIDS-Hilfe Neubrandenburg, Ziegelbergstr. 1. Büro: 0395/5443083. Telefax: 0395/5443083. Bürozeiten: Mo-Fr 9-15. Beratungszeiten: Mo 18-20, Di 9-11, Do 14-17.

41460 **Neuss**: AIDS-Hilfe Neuss e.V., Adolf--Flecken-Str. 10. Büro: 02101/22 29 25. Beratungstelefon: 02101/22 29 25. Bürozeiten: Mo-Fr 10-14. Beratungszeiten: Mo-Fr 10-14.

48529 **Nordhorn**: AIDS-Hilfe Grafschaft Bentheim e.V., Bentheimer Str. 35. Büro: 05921/76 590. Beratungstelefon: 05921/19 411. Bürozeiten: Mo 19-21, Mi 10-13, Do 19-21.

* 90443 **Nürnberg**: AIDS-Hilfe Nürnberg-Erlangen-Fürth e.V, Hessestr. 5-7. Büro: 0911/266191. Beratungstelefon: 0911/19411. Telefax: 0911/268254. Bürozeiten: Mo 14-19, Di-Do 10-16, Fr 10-13. Beratungszeiten: Mo 14-19, Di-Do 13-16, Do 19-21. Ambulante Hilfe 0911/268590 Mo-Fr 10-12.

* 46045 **Oberhausen**: AIDS-Hilfe Oberhausen e.V., Langemarkstr. 12. Büro: 0208/806518. Beratungstelefon: 0208/19411. Telefax: 0208/806518. Bürozeiten: Mo-Do 10-17. Beratungszeiten: Mo 13-17.

* 63065 **Offenbach**: AIDS-Hilfe Offenbach e.V., Frankfurter Str. 48. Büro: 069/883688. Beratungstelefon: 069/883688. Telefax: 069/881043. Bürozeiten: Mo+Do 10-12.30 + 13.30-16, Di 16-20. Beratungszeiten: siehe Bürozeiten.

* 26123 **Oldenburg**: Oldenburgische AIDS-Hilfe e.V., Nadorster Str. 24. Büro: 0441/883010. Beratungstelefon: 0441/19411. Telefax: 0441/8850507. Bürozeiten: Mo-Fr 9-12, Mo 14-16, Mi 14-20. Beratungszeiten: siehe Bürozeiten.

* 57462 **Olpe**: AIDS-Hilfe Kreis Olpe e.V., Kampstraße 26. Büro: 02761/40 322. Beratungstelefon: 02761/40290. Bürozeiten: Mo-Fr 9-12. Beratungszeiten: Mi 18-20.

* 49080 **Osnabrück**: AIDS-Hilfe Osnabrück e.V., Koksche Str. 4. Büro: 0541/801024. Beratungstelefon: 0541/19411. Telefax: 0541/804788. Bürozeiten: Mo-Fr 10-14, Mi+Do 14-17. Beratungszeiten: siehe Bürozeiten.

33102 **Paderborn**: AIDS-Hilfe Paderborn e.V., Riemekestr. 15. Büro: 05251/21 959. Beratungstelefon: 05251/19411. Bürozeiten: Mo-Do 10-12.

Beratungszeiten:Mo 14-16, Mi 17-19, Do 10-12, So 19-21.

* 75172 **Pforzheim**: AIDS-Hilfe Pforzheim e.V., Frankstr. 143. Büro: 07231/43330. Beratungstelefon: 07231/41110. Bürozeiten: Mo-Do 9-13 und 14-18, Fr 9-13. Beratungszeiten: nach Vereinbarung.

* 14467 **Potsdam**: AIDS-Hilfe Potsdam e.V. Haus der Jugend, Berliner Str. 49. Büro: 0331/2801060. Beratungstelefon: 0331/19411. Telefax: 0331/2801070. Bürozeiten: Mo-Do 8-15, Fr 8-14. Beratungszeiten: Mo+Mi 14-20.

* 93055 **Regensburg**: AIDS-Hilfe Regensburg e.V., Bruderwöhrdstr. 10. Büro: 0941/791266. Beratungstelefon: 0941/19411. Bürozeiten: Mi 10-12, Do 17-19. Beratungszeiten: Mo+Mi 18-20.

* 37130 **Reinhausen** bei Göttingen: Positiv e.V., c/o Waldschlößchen. Büro: 05592/1738. Telefax: 05592/1792. Bürozeiten: TelefonzeitenMo-Fr 9-12.

* 37130 **Reinhausen** bei Göttingen: Bildungswerk AIDS und Gesellschaft e.V., Waldschlößchen. Büro: 05592/1738. Telefax: 05592/1792. Bürozeiten: Telefonzeiten Mo-Fr 8.30-12.30, Mi 17-19. 48431 **Rheine**: AIDS-Hilfe Kreis Steinfurt e.V., Thiemauer 42. Büro: 05971/52984. Beratungstelefon: 05971/19411. Bürozeiten: nach Vereinbarung. Beratungszeiten: Telefonberatung Do 20-22.

* 66111 **Saarbrücken**: AIDS-Hilfe Saar e.V., Nauwieser Str. 19. Büro: 0681/31112. Beratungstelefon: 0681/19411. Telefax: 0681/34252. Bürozeiten: Mo-Fr 9-12+14-17. Beratungszeiten: Mo-Fr 14-17.

19055 **Schwerin**: AIDS-Hilfe Schwerin e.V. c/o Club Einblick e.V., Dr.-Külz-Str.3.

57072 **Siegen**: AIDS-Hilfe Kreis Siegen-Wittgenstein, Sandstr. 12. Büro: 0271/22222.

* 59494 **Soest**: AIDS-Hilfe im Kreis Soest e.V. c/o Jugendcafé, Siechenstr.9. Büro: 02921/2888. Beratungstelefon: 02921/77878. Telefax: 02921/2883. Bürozeiten: Mo 16-20. Beratungszeiten: Di-Mi 9-12, Do 10-12+18-20.

42719 **Solingen**: AIDS-Hilfe Solingen Regenbogen e.V., Ringstr.4. Büro: 0212/332992. Beratungstelefon: 0212/19411. Telefax: 0212/334895. Bürozeiten: Entsprechend der Ansage unter der Telefonnummer 19411.

* 70193 **Stuttgart**: AIDS-Hilfe Stuttgart e.V., Hölderlinplatz 5. Büro: 0711/226484. Beratungstelefon: 0711/19411. Bürozeiten: Mo-Fr 10-12, Mo 14-17. Beratungszeiten: Telefon Mo+Do 19-21, Frauentelefon Mo 16-18.

* 54292 **Trier**: AIDS-Hilfe Trier e.V., Paulinstr. 114. Büro: 0651/25076. Beratungstelefon: 0651/19411. Telefax: 0651/25595. Bürozeiten: Mo-Fr 10-16. Beratungszeiten: Mo-Fr 10-16.

* 53840 **Troisdorf**: AIDS-Hilfe im Rhein-Sieg Kreis e.V., Am Bügerhaus 3. Büro: 02241/78018. Bürozeiten: Mo-Fr 10-12.30, Mi 14-17. Beratungszeiten: Mo 10-13, Mi 15-18.

* 72070 **Tübingen**: AIDS-Hilfe Tübingen-Reutlingen e.V., Herrenberger Str. 9. Büro: 07071/49922+440414. Beratungstelefon: 07071/19411. Telefax: 07071/44437. Bürozeiten: Mo+Do 10-12. Beratungszeiten: Mo 12-14, Di 20-22, Do 16-18.

* 89077 **Ulm**: AIDS-Hilfe Ulm/Neu-Ulm/Alb--Donau e.V., Furttenbachstr. 14. Büro: 0731/37331. Beratungstelefon: 0731/19411. Telefax: 0731/9317527. Bürozeiten: Mo-Fr 9.30-12. Beratungszeiten: Mo-Fr 9.30-12, Mo+Fr 19.30-21.

59432 **Unna**: AIDS-Hilfe im Kreis Unna e.V., Nordring 21. Büro: 02303/16 898. Beratungstelefon: 02303/19411. Bürozeiten: Mo-Fr 9-12.

41747 **Viersen**: AIDS-Hilfe Kreis Viersen e.V., Lambersartstr. 29. Büro: 02162/34 987. Bürozeiten: Di 9-12 u. 19-21, Do 9-12.

* 99423 **Weimar**: AIDS-Hilfe Weimar e.V., Erfurter Str. 17. Büro: 03643/61451. Beratungstelefon: 03643/19411. Telefax: 03643/59636. Bürozeiten: Mo-Fr 11-15. Beratungszeiten: Mo-Fr 11-15, Mi 11-20. Rosa Telefon 03643/3407 Mi 16-23.

* 65183 **Wiesbaden**: AIDS-Hilfe Wiesbaden e.V., Karl-Glässing-Str. 5. Büro: 0611/302436. Beratungstelefon: 0611/19411. Telefax: 0611/377213. Bürozeiten: Mo-Fr 10-14 außer Mi.. Beratungszeiten: Mo+Fr 19-21, Di+Do 12-14.

* 26382 **Wilhelmshaven**: Wilhelmshavener AIDS-Hilfe e.V., Bremer Str. 139. Büro: 04421/21149. Beratungstelefon: 04421/21149. Telefax: 04421/27939. Bürozeiten: Mo-Fr 10-16. Beratungszeiten: siehe Bürozeiten. Schwulengruppe Do 19-21.

38440 **Wolfsburg**: AIDS-Hilfe Wolfsburg e.V., Schachtweg 5a. Büro: 05361/13 332. Beratungstelefon: 05361/19411. Bürozeiten: Mo-Fr 8-12. Beratungszeiten: Jeden 2. Donnerstag 20-22, Di 19.30-21.

* 42103 **Wuppertal**: AIDS-Hilfe Wuppertal e.V., Hofaue 9. Büro: 0202/450003. Beratungstelefon: 0202/19411. Telefax: 0202/452570. Bürozeiten: Mo-Fr 10-15. Beratungszeiten: Mo-Fr 10-14.

97082 **Würzburg**: AIDS-Hilfe Würzburg e.V., Nigglweg 2. Büro: 0931/44 467. Beratungstelefon: 0931/19411. Bürozeiten: Di 11-13. Beratungszeiten: Di+Do 19-21.

* 08056 **Zwickau**: Zwickauer AIDS-Hilfe, Hauptstraße 18-20. Büro: 0375/835365. Beratungstelefon: 0375/293300. Telefax: 0375/835370. Bürozeiten: Mo-Mi-Do 9-11.30, 13-15.30, Fr 9-11. Beratungszeiten: Di 9-12, 13-17.30; tel. Beratung Di 19-Mitternacht.

Patricia Bourcillier

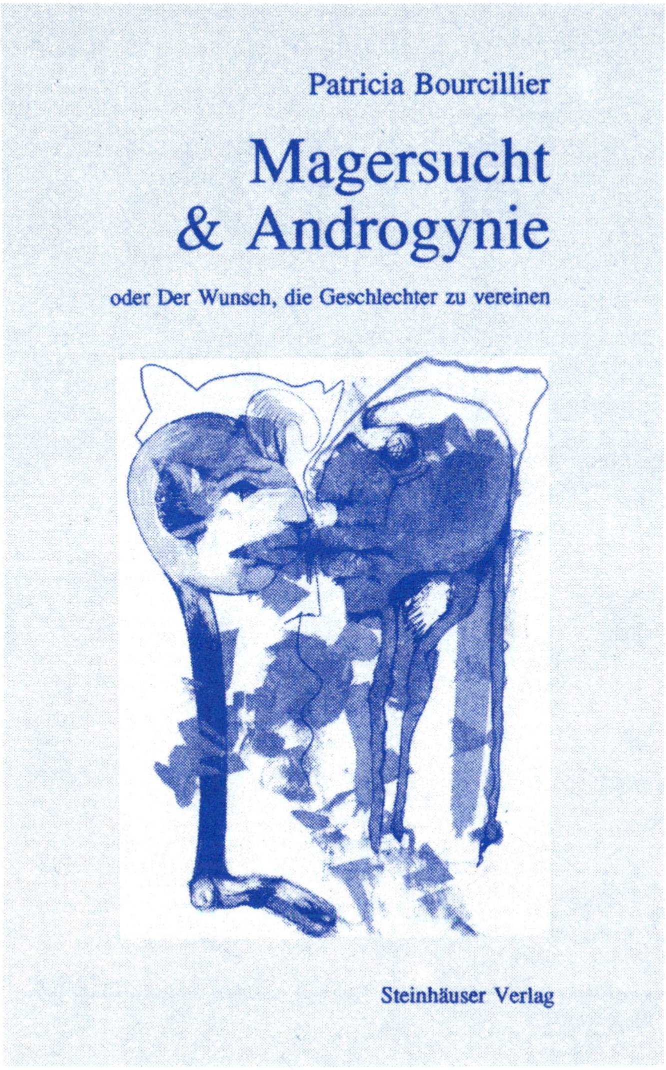

Magersucht & Androgynie, oder Der Wunsch, die Geschlechter zu vereinen. 352 Seiten. Mit rotem Gemälde auf gelbem Cover von Marianne Lindow. Paperback.
© Steinhäuser Verlag 1992, Am Kriegermal 34,
42399 Wuppertal-Beyenburg. ISBN 3-924774-16-8.
DM 28.–

BRODT – HELM – KAMPS

AIDS 1995

Diagnostik und Therapie HIV-assoziierter Erkrankungen

5. Auflage

Steinhäuser Verlag

AIDS 1995.
Diagnostik und Therapie HIV-assoziierter Erkrankungen.
5. Auflage.
Von H.-R Brodt, E. B. Helm und B. S. Kamps.

42399 Wuppertal-Beyenburg. ISBN 3-924774-20-X.
DM 49.80